DIE ZEIT

HISTORISCHE KRIMINALROMANE

Robert van Gulik

Nagelprobe in Pei-tscho

Kriminalfälle des Richters Di
alten chinesischen Originalquellen entnommen

Deutsch von Klaus Schomburg

Mit 8 Illustrationen des Autors
im chinesischen Holzschnittstil

Mit einer Krimi-Analyse
der ZEIT-Redaktion

Zeitverlag Gerd Bucerius GmbH & Co. KG

Lizenzausgabe des Zeitverlag Gerd Bucerius GmbH & Co. KG, Hamburg,
für die ZEIT Edition »Historische Kriminalromane«, 2010

Lizenzausgabe mit freundlicher Genehmigung der Diogenes Verlag AG Zürich
Titel der Originalausgabe: *The Chinese Nail Murders*

Projektleitung: Sabine M. Müller
Layout und Umschlaggestaltung: Buchholz Graphiker
Satz und Repro: Buch-Werkstatt GmbH, Bad Aibling
Druck und Bindung: GGP Media GmbH, Pößneck

Printed in Germany

ISBN: 978-3-8419-0002-9
Vertrieb Handel: Edel Germany GmbH

Bildnachweis Einband [M]: dpa/picture-alliance,
Arnold Metzinger/dieKLEINERT.de/picture-alliance

INHALT

DIE PERSONEN

Man beachte, dass in China der Familienname – hier groß gedruckt – dem Vornamen vorausgeht.

Hauptpersonen	
DI Jen-dsiä	Bezirksvorsteher und Richter von Pei-tscho, einem Stadtbezirk an der Nordgrenze des Tang-Reiches
HUNG Liang	Richter Dis vertrauter Ratgeber und Wachtmeister des Gerichts
MA Jung TSCHIAO Tai TAO Gan	Richter Dis Helfer
KUO	ein Apotheker, außerdem Leichenbeschauer am Gericht
Frau KUO, geborene WANG	seine Frau, Aufseherin des Frauengefängnisses
Personen im Fall der kopflosen Leiche	
YEH Pin	ein Papierkaufmann
YEH Tai	sein jüngerer Bruder
PAN Feng	ein Raritätenhändler
Frau PAN, geborene YEH	seine Frau
KAO	Aufseher des Südostviertels
Personen im Fall der Papierkatze	
LAN Tao-kuei	ein Boxmeister
MEI Tscheng	sein Hauptgehilfe
Personen im Fall des ermordeten Kaufmanns	
LU Ming	ein Baumwollkaufmann, vor fünf Monaten gestorben
Frau LU, geborene TSCHEN	seine Witwe
LU Mei-lan	ihre kleine Tochter
Weitere Personen	
LIAO	Gildenmeister der Lederhandwerker
LIAO Lien-fang	seine verschwundene Tochter
TSCHU Ta-yuan	Ladenbesitzer und prominenter Bürger von Pei-tscho
YÜ Kang	sein Sekretär, verlobt mit Fräulein Liao Lien-fang

KARTENSKIZZE VON PEI-TSCHO

1. Gericht
2. Ehemaliger Exerzierplatz
3. Trommelturm
4. Tschus Anwesen
5. Kuos Apotheke
6. Tempel des Kriegsgottes
7. Lagerhäuser
8. Pen Fangs Raritätengeschäft
10 Glockenturm
11 Frau Lus Baumwollgeschäft
13. Lan Rao-kueis Haus
14. Themalbadehaus
15. Markthalle
16. Tempel des Konfuzius
17. Liaos Haus
18. Medizinhügel
20 Friedhof

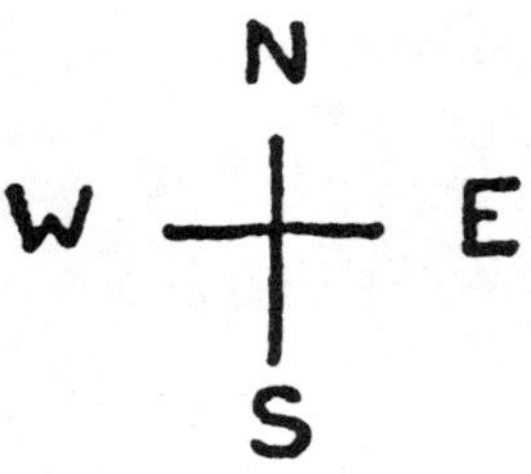

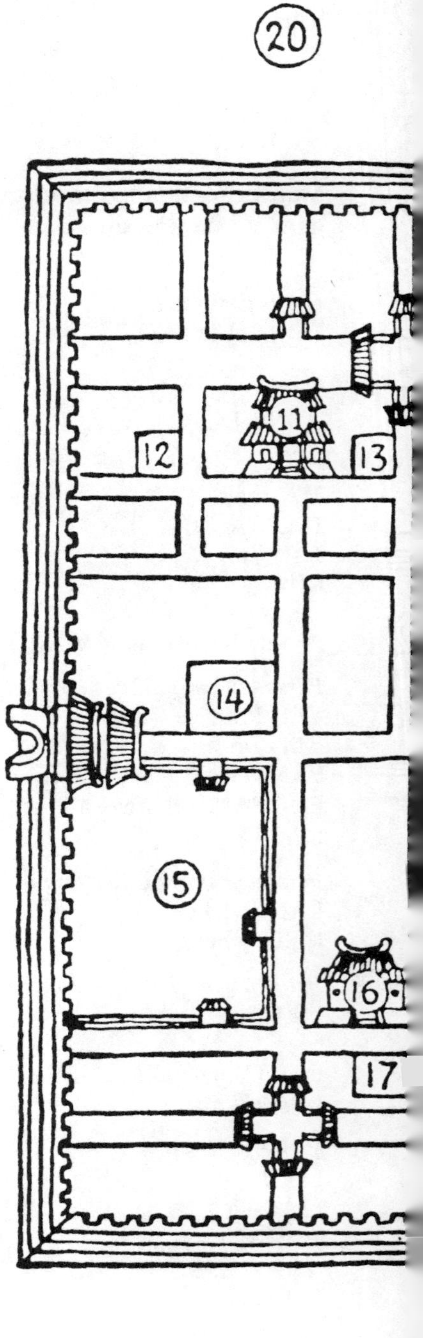

北州全圖

RH
G

Erstes Kapitel

Eine unerwartete Begegnung in einem Gartenpavillon; Richter Di erfährt von einem heimtückischen Mord.

»Ein Richter muss den schäumenden Wogen aus Hass,
Falschheit und Zweifel mutig die Stirn bieten,
Der einzige Weg, der dahin führt, ist gerade und
schmal wie die Klinge eines Rapiers.
Nicht ein einziges Mal darf er straucheln, nicht ein
einziges Mal innehalten, um auf sein Herz zu hören,
Sein unfehlbarer Leitstern ist allein die Gerechtigkeit,
immer unnahbar und kalt.«

In der vergangenen Nacht saß ich allein in meinem Gartenpavillon und genoss die kühle Abendbrise. Es war spät, meine Frauen hatten sich schon lange in ihre Gemächer zurückgezogen. Ich hatte den Abend über in meiner Bibliothek hart gearbeitet, eifrig unterstützt von meinem jungen Diener, der mir aus den Regalen die Bücher holte, die ich wünschte, und die Textstellen kopierte, die ich brauchte.

Wie Sie wissen, verbringe ich meine Mußestunden damit, ein Handbuch über Verbrechen und Verbrechensaufklärung in unserer gegenwärtigen großen Ming-Dynastie zu schreiben, dazu einen Anhang mit den Biografien berühmter Detektive früherer Zeiten. Im Augenblick arbeite ich an der Biografie Di Jendsiäs, des hervorragenden Staatsmannes, der vor siebenhundert Jahren lebte. In der ersten Hälfte seiner Laufbahn, als er noch als Bezirksvorsteher in den Provinzen diente, löste er eine erstaunliche Anzahl rätselhafter Verbrechen, so dass er nun vor allem als ›Richter Di‹, der Meisterdetektiv unserer glanzvollen Vergangenheit, bekannt ist.

Nachdem ich meinen gähnenden Diener zu Bett geschickt hatte, schrieb ich einen langen Brief an meinen älteren Bruder, der als Obersekretär des Präfekten von Pei-tscho, hoch oben im Norden, Dienst tut. Er war vor zwei Jahren auf diesen Posten berufen worden und hatte sein ehemaliges Haus hier in der nächsten Straße in meiner Obhut zurückgelassen. Ich schrieb ihm von meiner Entdeckung, dass Pei-tscho die letzte Station Richter Dis als Bezirksrichter war, bevor ihm ein hohes Amt in der Hauptstadt übertragen wurde. Ich bat meinen Bruder deshalb, die lokalen Aufzeichnungen für mich durchzusehen; vielleicht fände er interessantes Material über dort von Richter Di aufgeklärte Verbrechen. Ich wusste, er würde sein Bestes tun, denn wir haben uns immer sehr nahegestanden.

Als ich den Brief beendet hatte, fiel mir auf, dass es sehr heiß in meiner Bibliothek war. Ich schlenderte in den Garten, wo ein kühler Wind über den Lotosteich wehte. Ich beschloss, mich vor dem Schlafengehen noch ein wenig in den kleinen Pavillon zu setzen, den ich in der entferntesten Ecke neben einer Gruppe von Bananenpalmen errichtet hatte. Ich verspürte kein besonderes Verlangen, zu Bett zu gehen, denn um die Wahrheit zu sagen, hatte es kürzlich einigen Ärger gegeben, als ich eine dritte Frau in meinen Haushalt aufnahm. Sie ist ein reizendes und auch gut erzogenes Wesen. Ich verstehe nicht, warum meine erste und meine zweite Frau eine sofortige Abneigung gegen sie fassten und mir jede Nacht übelnehmen, die ich bei ihr weile. Nun hatte ich versprochen, diese Nacht in den Gemächern meiner ersten Frau zu verbringen, und ich muss zugeben, dass ich es nicht sehr eilig hatte, dorthin zu gehen.

Während ich in dem bequemen Armstuhl aus Bambus saß, fächelte ich mir mit meinem Kranichfedernfächer gemächlich Luft zu und betrachtete nachdenklich den in die kühlen Strahlen des silbrigen Mondes getauchten Garten. Plötzlich bemerkte ich, wie sich das kleine hintere Gartentor öffnete. Wer beschreibt meine entzückte Überraschung, als ich meinen älteren Bruder eintreten sah!

Ich sprang hoch und eilte ihm auf dem Gartenpfad entgegen, um ihn zu begrüßen.

»Was führt dich hierher?«, rief ich aus. »Warum hast du mich nicht wissen lassen, dass du in den Süden kommst?«

»Ich musste ganz unerwartet abreisen«, sagte mein Bruder. »Mein erster Gedanke war, dich zu besuchen. Ich hoffe, du entschuldigst die späte Stunde!«

Ich ergriff liebevoll seinen Arm und führte ihn zum Pavillon. Ich bemerkte, dass sein Ärmel feucht und kalt war.

Begegnung in einem Gartenpavillon

Nachdem ich ihn auf meinem Armsessel hatte Platz nehmen lassen, setzte ich mich auf den Stuhl gegenüber und betrachtete ihn besorgt. Er hatte viel Gewicht verloren, sein Gesicht war grau, und die Augen schienen leicht hervorzutreten.

»Es ist vielleicht die Wirkung des Mondlichts«, sagte ich beunruhigt, »aber ich glaube, du siehst krank aus. Ich nehme an, die Reise von Pei-tscho war sehr anstrengend?«

»Sie hat sich in der Tat als sehr schwierig erwiesen«, sagte mein Bruder ruhig, »ich hatte gehofft, vier Tage früher hier zu sein, doch es gab so viel Nebel.« Er wischte einen Brocken getrockneten Lehm von seinem einfachen weißen Gewand und fuhr dann fort: »Ich habe mich in letzter Zeit nicht besonders wohl gefühlt, weißt du, ich spüre einen bohrenden Schmerz hier oben.« Er berührte vorsichtig seine Schädeldecke. »Er reicht bis tief hinter die Augen. Außerdem leide ich unter Anfällen von Schüttelfrost.«

»Das heiße Klima hier in unserer Heimat wird dir guttun!«, sagte ich tröstend, »und morgen wird dich unser alter Arzt untersuchen. Nun erzähle mir alle Neuigkeiten von Pei-tscho!«

Er gab mir einen knappen Bericht von seiner Arbeit dort; er schien mit seinem Vorgesetzten, dem Präfekten, gut zurechtzukommen. Als er jedoch auf seine privaten Angelegenheiten zu sprechen kam, machte er ein sorgenvolles Gesicht. Seine Erste Dame habe sich in jüngster Zeit sehr merkwürdig benommen, sagte er. Ihr Verhalten ihm gegenüber habe sich geändert, er wisse nicht warum. Er deutete an, dass dies in einem gewissen Zusammenhang mit seiner plötzlichen Abreise stehe.

Er begann heftig zu frösteln, und ich drängte ihn nicht, mir weitere Einzelheiten von einem Problem zu erzählen, das ihm offensichtlich viel Kummer bereitete.

Um ihn von seinen Gedanken abzulenken, brachte ich das Thema auf Richter Di und berichtete ihm von dem Brief, den ich soeben geschrieben hatte.

»Oh ja«, sagte mein Bruder, »in Pei-tscho erzählt man sich eine sonderbare alte Geschichte über drei mysteriöse Fälle, die Richter Di löste, als er dort Bezirksvorsteher war. Da sie seit Generationen überliefert und wieder und wieder in den Teehäusern erzählt worden ist, hat diese Geschichte natürlich viele Ausschmückungen erfahren.«

»Es ist gerade erst nach Mitternacht«, sagte ich aufgeregt, »wenn es dich nicht zu sehr ermüdet, würde ich die Geschichte gern hören!«

Ein schmerzerfülltes Zucken lief über das eingefallene Gesicht meines Bruders. Doch als ich mich hastig für meine unvernünftige Bitte zu entschuldigen begann, hob er seine Hand und gebot mir, zu schweigen.

»Es mag von Nutzen für dich sein, die merkwürdige Geschichte zu hören«, sagte er ernst. »Wenn ich ihr selbst früher mehr Aufmerksamkeit geschenkt hätte, wäre alles vielleicht ganz anders gekommen ...«

Seine Stimme verlor sich, wieder berührte er leicht seine Schädeldecke. Dann fuhr er fort:

»Nun, es ist dir sicher bekannt, dass zu Richter Dis Zeit, nach unserem siegreichen Feldzug gegen die Tataren, die Nordgrenze unseres Kaiserreiches zum ersten Mal weit in die Ebenen nördlich von Pei-tscho vorgeschoben wurde. Heute ist Pei-tscho eine blühende, dicht bevölkerte Präfektur, das geschäftige Handelszentrum der nördlichen Provinzen. Aber damals war es ein ziemlich isolierter Bezirk, und unter der spärlichen Bevölkerung befanden sich viele Familien halb tatarischer Abstammung, die heimlich noch die seltsamen Riten der barbarischen Zauberer praktizierten. Weiter nördlich war die große Nordarmee des obersten Befehlshabers Wen Lo stationiert, um das Tang-Reich vor neuen Invasionen der tatarischen Horden zu schützen.«

Nach diesen einleitenden Bemerkungen begann mein Bruder mit einer unheimlichen Erzählung. Das Signal der vierten Nachtwache war bereits erklungen, als er sich schließlich erhob und sagte, er müsse gehen.

Ich wollte ihn nach Hause begleiten, denn ein heftiges Frösteln hatte ihn nun ergriffen, und seine heisere Stimme war so schwach geworden, dass ich kaum verstehen konnte, was er sagte. Aber er lehnte entschieden ab, und wir trennten uns an meinem Gartentor.

Ich war nicht in der Stimmung, schlafen zu gehen und kehrte in meine Bibliothek zurück. Dort begann ich eilig, die seltsame Geschichte aufzuschreiben, die mir mein Bruder erzählt hatte. Als das rote Glühen der Morgendämmerung den Himmel verfärbte, legte ich den Schreibpinsel nieder und streckte mich auf der Bambusliege auf der Veranda aus.

Ich erwachte erst, als die Zeit des Mittagsmahls nahte. Ich ließ mir von meinem jugendlichen Diener den Reis auf die Veranda hinausbringen und aß mit Genuss, diesmal mit Freude den angekündigten

Besuch meiner ersten Frau erwartend. Triumphierend würde ich ihren vorwurfsvollen Wortschwall wegen meines Ausbleibens in der vergangenen Nacht mit der unangreifbaren Entschuldigung der überraschenden Ankunft meines älteren Bruders unterbrechen. Nachdem ich mich solchermaßen mit dieser ärgerlichen Frau befasst hätte, würde ich zum Haus meines Bruders gehen, um eine gemütliche Unterhaltung mit ihm zu führen. Vielleicht würde er mir dann verraten, warum genau er Pei-tscho verlassen hatte, und ich könnte ihn bitten, mir über einige Punkte Aufschluss zu geben, die in der alten Geschichte, die er mir erzählt hatte, nicht sehr klar waren.

Doch als ich gerade die Essstäbchen aus der Hand legte, kam mein Hausbesorger und verkündete die Ankunft eines Sonderboten aus Pei-tscho. Dieser übergab mir einen Brief des Präfekten, der mir mit Bedauern mitteilte, dass mein älterer Bruder vier Tage zuvor, um Mitternacht, plötzlich gestorben war.

Richter Di saß zusammengekauert in seinem Armstuhl hinter dem Schreibtisch in seinem privaten Büro. Er war in einen dicken Pelzmantel gehüllt und trug eine alte Pelzmütze mit Ohrenklappen, aber immer noch spürte er den eisigen Luftstrom, der durch den weitläufigen Raum zog.

Er sah seine beiden älteren Mitarbeiter an, die auf Schemeln vor dem Schreibtisch saßen, und sagte:

»Dieser Wind bläst durch die kleinsten Ritzen!«

»Er kommt direkt aus der Wüstenebene im Norden, Euer Ehren«, bemerkte der alte Mann mit dem ausgefransten Bart. »Ich werde einen Gerichtsdiener rufen, damit er mehr Kohle in das Heizbecken füllt!«

Während er sich erhob und zur Tür schlurfte, sagte der Richter stirnrunzelnd zu seinem anderen Mitarbeiter:

»Dieser nördliche Winter scheint dir nichts auszumachen, Tao Gan.«

Der so angesprochene hagere Mann schob die Hände tiefer in die Ärmel seines Kaftans aus Ziegenfell. Mit einem schiefen Lächeln sagte er:

»Ich habe meinen alten Körper durch das ganze Reich geschleppt, Euer Ehren, in Hitze und Kälte, Trockenheit und Nässe – es ist mir ganz einerlei! Und ich besitze diesen prächtigen Tatarenkaftan, der so viel besser ist als all die teuren Pelze!«

Der Richter dachte, dass er selten ein erbärmlicher aussehendes Kleidungsstück gesehen hatte. Aber er wusste, dass sein gerissener alter Mitarbeiter zum Geiz neigte. Tao Gan war ursprünglich ein umherziehender Betrüger gewesen. Vor neun Jahren, als Richter Di Bezirksvorsteher von Han-yuan war, hatte er Tao Gan aus einer unangenehmen Situation befreit. Der Gauner hatte daraufhin seiner früheren Lebensweise abgeschworen und den Richter gebeten, in seine Dienste treten zu dürfen. Seitdem hatten sich sein umfassendes Wissen über die Methoden der Unterwelt und seine hervorragende Menschenkenntnis beim Aufspüren raffinierter Verbrecher als äußerst nützlich erwiesen.

Wachtmeister Hung kam mit einem Gerichtsdiener zurück, der einen Eimer glühender Kohle trug. Er schaufelte sie in das große Kupferbecken neben dem Schreibtisch. Nachdem Hung seinen Platz wieder eingenommen hatte, sagte er, seine dünnen Hände reibend:

»Der Nachteil dieses Büros ist seine übermäßige Größe, Euer Ehren! Wir haben nie ein Büro gehabt, das dreißig Quadratfuß maß!«

Der Richter betrachtete die schweren Holzsäulen, die die hohe, vom Alter geschwärzte Decke stützten, und die gegenüberliegenden breiten Fenster, die mit dickem Ölpapier bespannt waren und schwach die Weiße des Schnees draußen im Hof reflektierten.

»Vergiss nicht, Wachtmeister«, sagte er, »dass dieses Gericht bis vor drei Jahren das Hauptquartier des obersten Befehlshabers unserer Nordarmee war. Das Militär scheint immer viel Ellbogenfreiheit zu brauchen!«

»Da, wo er jetzt ist, wird der oberste Befehlshaber jede Menge davon haben!«, bemerkte Tao Gan. »Zweihundert Meilen weiter nördlich, mitten in der gefrorenen Wüste!«

»Ich glaube«, sagte Wachtmeister Hung, »das Personalministerium in der Hauptstadt hinkt ein paar Jahre hinterher! Als sie Euer Ehren hierher schickten, dachten sie offenbar, Pei-tscho läge immer noch an der Nordgrenze unseres Reiches!«

»Da magst du recht haben!«, entgegnete Richter Di mit einem düsteren Lächeln. »Als der Leiter des Ministeriums mir meine Papiere aushändigte, sagte er sehr höflich, aber ein wenig zerstreut, er verlasse sich darauf, dass ich mit den Barbarenangelegenheiten in Pei-tscho ebenso gut fertig werde wie in Lan-fang. Aber hier in Pei-tscho bin ich von den Barbarenstämmen jenseits der Grenze durch eine Entfernung von dreihundert Meilen und eine hunderttausend Mann starke Armee getrennt!«

Der alte Wachtmeister zupfte finster an seinem Bart. Er erhob sich und ging zu dem Teeofen in der Ecke des Zimmers. Wachtmeister Hung war ein altes Faktotum der Familie Di und hatte sich um den Richter gekümmert, als dieser noch ein Kind war. Vor zwölf Jahren, als Richter Di auf seine erste Stelle als Bezirksvorsteher in den Provinzen berufen worden war, hatte Hung, ungeachtet seines fortgeschrittenen Alters, darauf bestanden, ihn zu begleiten. Der Richter hatte ihm einen offiziellen Status verliehen, indem er ihn zum Wachtmeister des Gerichts ernannte. Der alte Mann war Richter Di und seiner Familie treu ergeben und als zuverlässiger Berater, mit dem dieser vorbehaltlos alle seine Probleme diskutieren konnte, von unschätzbarem Wert.

Richter Di nahm dankbar die große Schale heißen Tee entgegen, die der Wachtmeister ihm reichte.

Indem er seine Hände um die Tasse legte, um sie zu wärmen, sagte er:

»Alles in allem können wir uns nicht beklagen! Die Leute hier sind eine gesunde Rasse, rechtschaffen und arbeitsam. In den vier Monaten, die wir jetzt hier sind, haben wir neben der üblichen Verwaltungsarbeit nur ein paar Fälle von tätlichen Angriffen und Schlägereien gehabt, und die wurden von Ma Jung und Tschiao Tai rasch geklärt! Und ich muss zugeben, dass die Militärpolizei mit Deserteuren und anderem Treibgut der Nordarmee, das sich in diesen Bezirk verirrt, sehr wirksam umzugehen weiß.« Er strich sich langsam über seinen langen Bart. »Allerdings«, fuhr er fort, »ist da noch der Fall Fräulein Liaos, die vor zehn Tagen verschwunden ist.«

»Gestern«, bemerkte Tao Gan, »traf ich ihren Vater, den alten Gildenmeister Liao. Er erkundigte sich wieder, ob wir immer noch nichts über seine Tochter Lien-fang in Erfahrung gebracht hätten.«

Richter Di setzte seine Teetasse ab. Er zog die struppigen Augenbrauen zusammen und sagte:

»Wir haben auf dem Markt Nachforschungen angestellt, wir haben allen militärischen und zivilen Behörden ihre Personenbeschreibung gegeben. Ich denke, wir haben alles getan, was wir tun konnten.«

Tao Gan nickte.

»Ich glaube, wir haben uns schon viel zu viel Mühe wegen des Verschwindens von Fräulein Liao Lien-fang gemacht«, sagte er. »Ich bin immer noch der Meinung, dass sie mit einem heimlichen Geliebten durchgebrannt ist. Es wird nicht lange dauern, und sie taucht wieder auf, mit einem dicken Baby im Arm und einem verschämten Ehemann an ihrer Seite, um ihren alten Vater um Verzeihung und Versöhnung zu bitten!«

»Vergiss aber nicht«, warf Wachtmeister Hung ein, »dass sie verlobt war!«

Tao Gan lächelte nur zynisch.

»Ich stimme zu«, sagte Richter Di, »dass die Umstände auf eine Flucht zu deuten scheinen. Sie ging mit ihrer Anstandsdame zum Markt, und während sie in der dichten Menge standen und einem Tataren mit seinem dressierten Bären zusahen, verschwand sie plötzlich. Da man eine junge Frau in einer Menschenmenge nicht entführen kann, liegt ein freiwilliges Verschwinden sehr nahe.«

Der tiefe Ton des Bronzegongs erklang in der Ferne. Richter Di erhob sich.

»Die Morgensitzung des Gerichts beginnt gleich«, sagte er. »Wie dem auch sei, ich werde mir heute die Berichte zu Fräulein Liaos Fall noch einmal ansehen. Vermisste Personen sind immer eine Plage! Da lobe ich mir doch einen unkomplizierten Mord!«

Während Wachtmeister Hung ihm half, seine Amtsrobe anzulegen, fügte der Richter hinzu: »Ich frage mich, warum Ma Jung und Tschiao Tai noch nicht von der Jagd zurück sind.«

Der Wachtmeister erwiderte:

»Gestern Abend sagten sie, sie würden vor Morgengrauen aufbrechen, um den Wolf zu fangen, und rechtzeitig zur Vormittagssitzung zurück sein.«

Seufzend vertauschte Richter Di seine warme Pelzmütze mit der Amtskappe aus schwarzer Seide. Gerade als er zur Tür ging, trat der Oberkonstabler ein. Hastig sagte er:

»Die Leute sind sehr aufgeregt, Euer Ehren! Heute Morgen wurde im Südviertel eine Frau grausam ermordet aufgefunden!«

Der Richter verhielt seinen Schritt. Er wandte sich an Wachtmeister Hung und sprach ernst:

»Das war eine sehr dumme Bemerkung, die ich vorhin gemacht habe, Wachtmeister! Man sollte niemals leichtfertig von Mord reden.«

Tao Gan sagte mit einem besorgten Blick:

»Hoffen wir, dass es nicht das Mädchen Lien-fang ist!«

Richter Di enthielt sich eines Kommentars. Als er den Gang durchquerte, der sein privates Büro mit der Hintertür des Gerichtssaals verband, fragte er den Oberkonstabler:

»Haben Sie Ma Jung und Tschiao Tai gesehen?«

»Sie kamen vor wenigen Augenblicken zurück, Euer Ehren«, antwortete der Oberkonstabler, »doch da soeben der Marktaufseher ganz erregt im Gericht erschien, um eine hitzige Rauferei in einem Weinladen zu melden, und dringend um Unterstützung bat, sind Euer Ehren beiden Mitarbeiter sogleich mit ihm zurückgeritten.«

Der Richter nickte.

Er öffnete die Tür, zog den Vorhang zur Seite und betrat den Gerichtssaal.

Zweites Kapitel

Ein Papierkaufmann erhebt Anklage gegen einen Raritätenhändler; Richter Di begibt sich zum Schauplatz des Verbrechens.

Richter Di saß auf der erhöhten Plattform hinter dem Richtertisch und überblickte den dicht gefüllten Gerichtssaal. Dort waren mehr als hundert Personen versammelt.

Sechs Konstabler standen in zwei Dreierreihen vor dem Richtertisch, an ihrer Seite der Oberkonstabler. Wachtmeister Hung hatte seinen üblichen Platz hinter Richter Dis Stuhl eingenommen, und Tao Gan stand seitlich davon, dicht bei dem niedrigen Tisch, an dem der rangälteste Schreiber seine Pinsel anordnete.

Der Richter wollte soeben seinen Hammer heben, als zwei mit gepflegten Pelzroben bekleidete Männer im Eingang des Gerichtssaals erschienen. Sie hatten Mühe, sich einen Weg durch die Menge zu bahnen, denn mehrere Leute richteten Fragen an sie. Der Richter gab dem Oberkonstabler ein Zeichen, worauf dieser rasch durch die Versammlung schritt und die Neuankömmlinge vor den Richtertisch führte. Richter Di schlug hart mit dem Hammer auf den Tisch.

»Ruhe und Ordnung!«, rief er.

Es wurde plötzlich still im Saal, alle beobachteten die beiden Männer, die vor der Estrade auf dem Steinfußboden niederknieten. Der ältere war ein dünner Mann mit einem weißen Spitzbart, sein hageres Gesicht wirkte abgespannt. Der andere war von schwerer Statur, er hatte ein rundes, breites Gesicht und trug einen Bart in Form einer schmalen Fräse, die sein fleischiges Kinn umrahmte.

Richter Di verkündete:

»Hiermit erkläre ich die Morgensitzung des Gerichts von Pei-tscho für eröffnet. Ich verlese die Anwesenheitsliste.«

Nachdem das Personal vorschriftsmäßig den Namensaufruf beantwortet hatte, beugte sich der Richter in seinem Stuhl vor und fragte:

»Wer sind die beiden Männer, die sich an das Gericht wenden?«

»Diese unbedeutende Person«, sagte der Ältere ehrerbietig, »heißt Yeh Pin, von Beruf Papierkaufmann, und dies neben mir ist mein jüngerer Bruder Yeh Tai, der mir im Laden hilft. Wir melden Euer Ehren, dass unser Schwager, der Raritätenhändler Pan Feng, unsere Schwester, seine Frau, grausam ermordet hat. Wir beschwören Euer Ehren ...«

»Wo ist dieser Pan Feng?«, unterbrach ihn Richter Di.

»Er ist gestern aus der Stadt geflohen, Euer Ehren, aber wir hoffen ...«

»Alles zu seiner Zeit!«, sagte der Richter kurz angebunden. »Legen Sie zunächst dar, wann und wie der Mord entdeckt wurde!«

»Früh heute Morgen«, begann Yeh Pin, »ging mein Bruder zu Pans Haus. Er klopfte wiederholt an der Tür, aber niemand öffnete. Er befürchtete, dass irgendein Unglück geschehen war, denn Pan und seine Frau sind um diese Zeit immer zu Hause. Also eilte er wieder zurück ...«

»Halt!«, unterbrach Richter Di. »Warum fragte er nicht zuerst die Nachbarn, ob sie Pan und seine Frau hatten fortgehen sehen?«

»Ihr Haus ist in einer sehr einsamen Straße gelegen, Euer Ehren«, antwortete Yeh, »und die beiden Nachbarhäuser stehen leer.«

»Fahren Sie fort!«, sagte der Richter.

»Wir gingen zusammen dorthin zurück«, ergriff Yeh Pin wieder das Wort, »das Haus ist nur zwei Straßen von unserem entfernt. Wir klopften und riefen erneut, aber niemand antwortete. Nun, ich kenne mich dort sehr gut aus, und wir gingen rasch um das Grundstück herum. Wir kletterten über die Mauer und eilten zur Rückseite des Hauses. Die beiden vergitterten Schlafzimmerfenster waren offen. Ich stellte mich auf die Schultern meines Bruders und blickte nach drinnen. Ich sah ...«

Die Gefühlsaufwallung erstickte Yehs Stimme. Trotz der Kälte lief ihm der Schweiß über die Stirn. Er fasste sich wieder und fuhr fort:

»Auf dem Ofenbett an der Wand sah ich die nackte Leiche meiner Schwester, über und über mit Blut bedeckt, Euer Ehren! Ich stieß einen Schrei aus, ließ die Eisenstäbe los und fiel zu Boden. Mein Bruder half mir auf die Beine, und wir eilten zum Aufseher des Stadtviertels ...«

Richter Di schlug mit seinem Hammer auf den Tisch.

»Der Kläger möge sich beruhigen und eine zusammenhängende Geschichte erzählen!«, sagte er mürrisch. »Sie haben den blutbedeckten Körper Ihrer Schwester nur durch das Fenster gesehen. Woher wissen Sie, dass sie tot ist?«

Yeh antwortete nicht, heftige Schluchzer schüttelten seine Gestalt. Plötzlich hob er den Kopf.

»Euer Ehren«, stammelte er, »da war kein Kopf.«

Tiefes Schweigen herrschte in dem überfüllten Saal.

Richter Di lehnte sich in seinen Stuhl zurück. Er strich sich langsam über den Backenbart und sagte:

»Fahren Sie bitte fort. Sie erwähnten, dass Sie zum Aufseher des Stadtviertels gingen.«

»Wir trafen ihn an der Straßenecke«, fuhr Yeh Pin mit ruhigerer Stimme fort. »Ich berichtete ihm, was wir gesehen hatten und dass wir befürchteten, Pan Feng sei vielleicht ebenfalls ermordet worden. Wir baten um Erlaubnis, die Tür aufbrechen zu dürfen. Wer beschreibt unseren Zorn, als der Aufseher Kao sagte, er habe Pan Feng gestern um die Mittagszeit mit einem Ledersack die Straße entlanglaufen sehen. Er habe die Absicht gehabt, für ein paar Tage die Stadt zu verlassen.

Dieser Satan hat unsere Schwester getötet und ist geflohen, Euer Ehren! Ich beschwöre Euer Ehren, den abscheulichen Verbrecher zu verhaften, damit der Tod unserer armen Schwester gerächt werden kann!«

»Wo ist dieser Aufseher Kao?«, fragte Richter Di.

»Ich bat ihn, uns zum Gericht zu begleiten, Euer Ehren«, klagte Yeh, »aber er weigerte sich mit der Bemerkung, er müsse das Haus bewachen und darauf achten, dass sich dort niemand zu schaffen mache.«

Der Richter nickte. Er flüsterte Wachtmeister Hung zu:

»Endlich einmal ein Aufseher, der seine Arbeit versteht!« Zu Yeh Pin sagte er:

»Der Schreiber wird jetzt Ihre Klage verlesen, und wenn Sie mit dem Wortlaut einverstanden sind, bestätigen Sie und Ihr Bruder dies mit Ihrem Daumenabdruck.«

Der Schreiber las seine Aufzeichnungen vor, und die Brüder Yeh bekräftigten deren Richtigkeit. Nachdem sie ihren Daumenabdruck unter das Dokument gesetzt hatten, sprach der Richter:

»Ich werde mich nun sogleich mit meinen Leuten zum Schauplatz des Verbrechens begeben, und Sie und Ihr Bruder werden mich dorthin begleiten. Bevor wir jedoch aufbrechen, geben Sie dem Schreiber eine genaue Schilderung Pan Fengs, damit sein Steckbrief an alle zivilen und militärischen Behörden verteilt werden kann. Pan Feng hat nur einen Vorsprung von einer Nacht, und die Straßen sind schlecht, daher habe ich keinen Zweifel, dass er bald festgenommen wird. Seien

Sie versichert, dass dieses Gericht den Mörder Ihrer Schwester seiner gerechten Strafe zuführen wird.«

Der Richter schlug mit dem Hammer auf den Tisch und erklärte die Sitzung für beendet.

Zurück in seinem privaten Büro, stellte sich Richter Di an das Kohlebecken. Während er die Hände über dem Feuer wärmte, sagte er zu Wachtmeister Hung und Tao Gan:

»Wir warten hier, bis Yeh Pin mit der Beschreibung Pan Fengs fertig ist.«

»Dieser abgetrennte Kopf«, bemerkte Wachtmeister Hung, »ist sehr merkwürdig!«

»Vielleicht ist Yeh infolge des Zwielichts im Zimmer einer optischen Täuschung zum Opfer gefallen«, sagte Tao Gan, »ein Zipfel der Steppdecke könnte den Kopf der Frau verdeckt haben.«

»Wir werden gleich selbst sehen, was passiert ist«, sagte der Richter.

Der Schreiber kam mit Pan Fengs ausführlicher Personenschilderung herein, und Richter Di setzte rasch den Text für die Plakate auf und schrieb eine Nachricht an den Befehlshaber des nächsten Militärpostens. Er befahl dem Schreiber: »Sorgen Sie dafür, dass diese Angelegenheit sofort erledigt wird!«

Richter Dis große Amtssänfte stand draußen im Hof bereit. Der Richter stieg ein und forderte Wachtmeister Hung und Tao Gan auf, sich zu ihm zu setzen. Die acht Träger, vier vorn und vier hinten, hoben die Stangen auf ihre Schultern und fielen in eine rhythmische Gangart. Zwei Konstabler zu Pferde ritten voraus, und der Oberkonstabler bildete mit vier weiteren Männern den Schluss.

Als sie auf die Hauptstraße gelangten, die die Stadt von Norden nach Süden durchquerte, schlugen die Konstabler an der Spitze ihre kleinen Kupfergongs und riefen mit lauter Stimme: »Weg frei! Weg frei! Für Seine Exzellenz, den Bezirksrichter!«

Auf der von Läden gesäumten Hauptstraße waren viele Menschen unterwegs. Ehrerbietig machten sie Platz, als sich die Prozession näherte.

Der Weg führte am Tempel des Kriegsgottes vorbei und nach einigen Biegungen in eine lange gerade Straße. Auf der linken Seite befand sich eine Reihe von Lagerhäusern mit kleinen vergitterten Fenstern, auf der rechten eine lange hohe Mauer, die hier und da von einer schmalen Tür unterbrochen wurde. Vor der dritten Tür, an der eine kleine Gruppe von Menschen wartete, kam der Zug zum Stillstand.

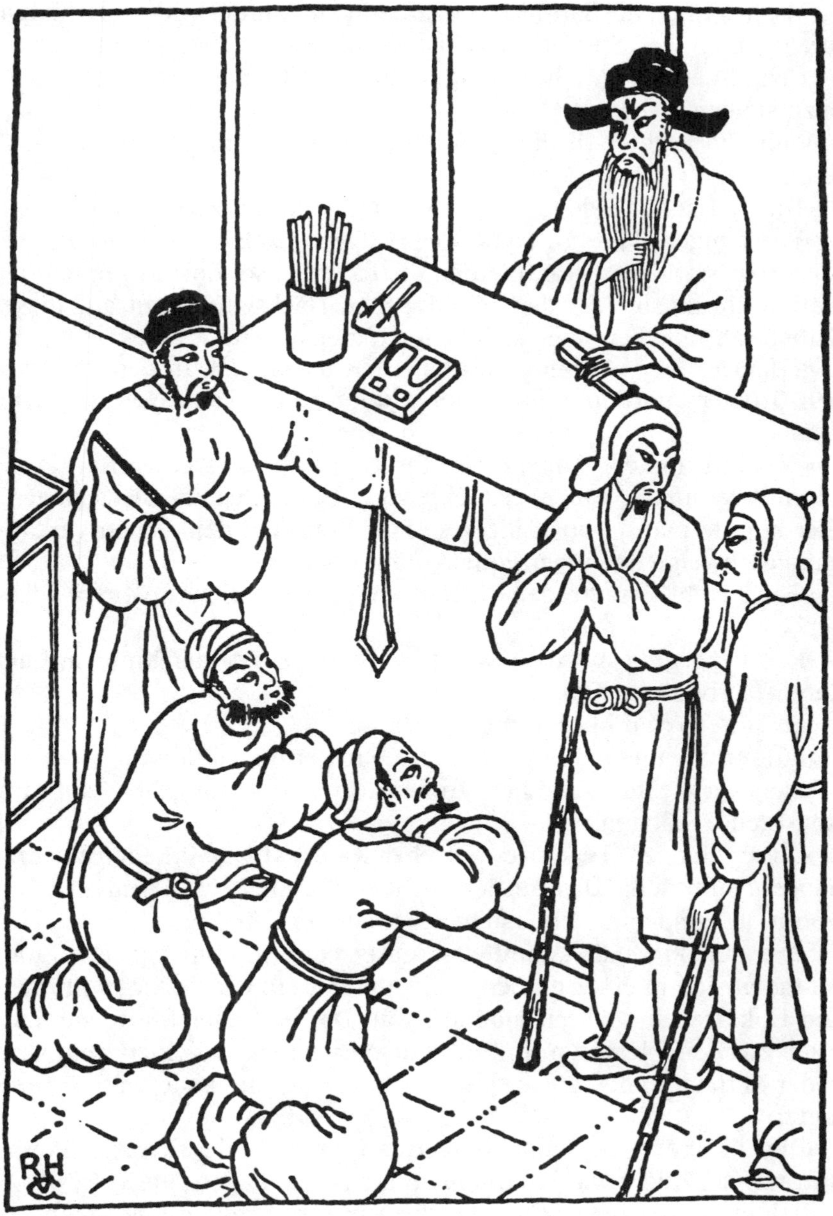

Die Brüder Yeh melden einen Mord

Als die Träger die Sänfte absetzten, trat ein Mann mit einem offenen, intelligenten Gesicht vor und gab sich als Kao, Aufseher des Südostviertels, zu erkennen. Ehrerbietig half er dem Richter, aus seiner Sänfte zu steigen.

Während Richter Di die Straße hinauf- und hinuntersah, bemerkte er:

»Dieser Teil der Stadt scheint ziemlich verlassen zu sein!«

»Vor einigen Jahren«, sagte der Aufseher, »als unsere Nordarmee noch hier stationiert war, dienten die Lagerhäuser dort gegenüber als Aufbewahrungsort für den militärischen Nachschub, und auf dieser Seite der Straße befanden sich acht Offiziersquartiere. Jetzt stehen die Lagerhäuser leer, aber ein paar Familien haben sich in den verlassenen Offiziersquartieren eingerichtet, unter ihnen Pan Feng und seine Frau.«

»Was in Himmels Namen«, rief Tao Gan aus, »mag einen Raritätenhändler veranlasst haben, sich eine so seltsame Gegend auszusuchen? Hier könnte man ja noch nicht einmal einen Bohnenkuchen verkaufen, geschweige denn wertvolle Antiquitäten!«

»Ganz recht!«, sagte der Richter. »Wissen Sie die Antwort, Aufseher?«

»Pan Feng ging mit den Waren in die Häuser seiner Kunden, Euer Ehren«, antwortete Kao.

Ein kalter Wind blies durch die Straße.

»Führen Sie uns hinein!«, sagte der Richter ungeduldig.

Zuerst erblickten sie einen großen leeren Hof, umgeben von einstöckigen Gebäuden.

»Dieser Bereich«, erklärte Aufseher Kao, »ist in Einheiten zu drei Häusern unterteilt. Das mittlere in dieser Einheit wird von Pan bewohnt, die beiden anderen stehen seit einiger Zeit leer.«

Sie traten durch die unmittelbar jenseits des Hofes gelegene Tür und befanden sich in einer großen Halle, die mit ein paar billigen Stühlen und Holztischen spärlich möbliert war. Der Aufseher führte sie über einen zweiten, kleineren Hof mit einem Brunnen und einer Steinbank in der Mitte. Kao deutete auf die drei Türen auf der anderen Seite und sagte:

»Die mittlere ist die Schlafzimmertür. Links befindet sich Pans Werkstatt mit der Küche dahinter, und rechts ist ein Lagerraum.«

Richter Di, der bemerkte, dass die Tür zum Schlafzimmer halb offen stand, fragte rasch:

»Wer ist da drin gewesen?«

»Niemand, Euer Ehren«, antwortete der Aufseher. »Nachdem wir die Tür zum Haupteingang aufgebrochen hatten, habe ich darauf geachtet, dass keiner von meinen Gehilfen weiter als bis zu diesem Hof gegangen ist, damit am Schauplatz des Verbrechens nichts verändert würde.«

Der Richter nickte beifällig. Als er das Schlafzimmer betrat, sah er, dass die linke Seite fast vollständig von einem breiten Ofenbett eingenommen wurde, auf dem sich eine dicke wattierte Steppdecke befand. Obenauf lag der nackte Körper einer Frau. Er lag auf dem Rücken, die Hände vorn zusammengebunden, die Beine steif ausgestreckt. Der Hals endete in einem Stumpf aus zerfetztem Fleisch. Der Körper und die Steppdecke waren mit getrocknetem Blut bedeckt.

Richter Di wandte rasch seine Augen von diesem grässlichen Anblick ab. An der Rückwand zwischen den beiden Fenstern sah er einen Toilettentisch; ein Handtuch, das vor dem Spiegel hing, flatterte in dem eisigen Wind, der durch die offenen Fenster blies.

»Kommt herein und schließt die Tür!«, befahl der Richter Wachtmeister Hung und Tao Gan. Und zum Aufseher gewandt, sagte er: »Beziehen Sie draußen Wachposten und sorgen Sie dafür, dass uns niemand stört! Wenn die Brüder Yeh eintreffen, können sie in der Halle warten!«

Nachdem sich die Tür hinter dem Aufseher geschlossen hatte, nahm Richter Di den Rest des Zimmers in Augenschein. An der Wand gegenüber dem Ofenbett stand der übliche Viererstapel Kleiderkisten aus rotem Leder, eine für jede Jahreszeit, und in der Ecke dicht daneben ein kleiner rot lackierter Tisch. Von zwei Schemeln abgesehen war das Zimmer leer.

Unwillkürlich wanderte sein Blick zur Leiche zurück. Dann sagte er: »Ich sehe überhaupt keine abgelegten Kleidungsstücke des Opfers. Schau mal in den Kleiderkisten nach, Tao Gan!«

Tao Gan öffnete die oberste. »Hier ist nichts außer ordentlich gefalteten Kleidern, Euer Ehren!«

»Sieh in allen vieren nach!«, sagte der Richter kurz. »Der Wachtmeister wird dir helfen.«

Während die beiden sich an die Arbeit machten, blieb Richter Di, nachdenklich an seinem Bart zupfend, in der Mitte des Raumes stehen. Nun, nachdem die Tür geschlossen war, hing das Handtuch unbeweglich vor dem Spiegel. Er bemerkte, dass es voller Blutflecken war. Er erinnerte sich, dass viele Leute glaubten, es bringe Unglück, eine Leiche in einem Spiegel reflektiert zu sehen. Anscheinend war der Mörder einer von ihnen. Ein Ausruf Tao Gans ließ ihn sich umdrehen.

»Diese Juwelen fand ich in einem Geheimfach im Boden der zweiten Kiste«, sagte er, indem er dem Richter zwei wunderschöne goldene, mit Rubinen besetzte Armbänder und sechs Haarnadeln aus massivem Gold zeigte.

»Nun«, sprach Richter Di, »ich nehme an, ein Raritätenhändler hat Gelegenheit, an solche Dinge billig heranzukommen. Leg sie wieder zurück, dieses Zimmer wird ohnehin versiegelt. Ich interessiere mich mehr für fehlende Kleidungsstücke als für Juwelen, die da sind! Lasst uns einen Blick in den Lagerraum werfen!«

Als er sah, dass in dem Raum Packkisten aller Größen übereinandergestapelt waren, sagte der Richter:

»Durchsuche all diese Kisten, Tao Gan. Denke daran, dass uns außer den Kleidern auch ein abgetrennter Kopf fehlt! Ich werde mit dem Wachtmeister in die Werkstatt gehen.«

Die Wände in Pan Fengs kleiner Werkstatt waren mit Regalen besetzt, in denen sich die verschiedensten Arten von Schalen, Vasen, geschnitzte Jade, Statuen und andere kleine Antiquitäten befanden. Der viereckige Tisch in der Mitte war mit Flaschen, Büchern und einer großen Sammlung Pinsel aller Größen beladen.

Auf ein Zeichen des Richters öffnete Wachtmeister Hung die große Kleiderkiste. Sie enthielt nur Männerkleider.

Richter Di zog die Tischschublade auf und durchstöberte ihren Inhalt. »Sieh mal!«, sagte er, indem er auf den Haufen losen Silbers deutete, das zwischen Bündeln alter Rechnungen lag, »Pan Feng hatte es mächtig eilig, wegzukommen! Er hat weder seine Juwelen noch sein Geld mitgenommen!«

Sie warfen einen Blick in die Küche, fanden dort aber nichts von Bedeutung.

Tao Gan gesellte sich zu ihnen. Während er sein Gewand abstaubte, sagte er:

»Jene Kisten enthalten große Vasen, Bronzegegenstände und andere Antiquitäten. Alles ist mit einer Staubschicht bedeckt, offenbar ist schon seit über einer Woche niemand mehr dort gewesen.«

Der Richter sah seine beiden Gehilfen verblüfft an und strich sich langsam über den Backenbart.

»Eine erstaunliche Situation!«, bemerkte er schließlich. Er drehte sich um und verließ das Haus, gefolgt von den beiden Männern.

Aufseher Kao wartete zusammen mit dem Oberkonstabler und den Brüdern Yeh in der Halle.

Richter Di quittierte ihre Verbeugungen mit einem Nicken, dann befahl er dem Oberkonstabler:

»Lassen Sie zwei Ihrer Männer Haken holen und den Brunnen durchforschen. Besorgen Sie außerdem eine Trage und Decken, damit die Leiche zum Gericht transportiert werden kann. Anschließend versiegeln Sie die drei hinteren Räume und lassen, bis Sie weitere Befehle erhalten, zwei Männer als Wachen zurück.«

Er bedeutete den beiden Brüdern Yeh, vor seinem Tisch Platz zu nehmen. Der Wachtmeister und Tao Gan setzten sich auf die Bank an der Wand.

»Ihre Schwester ist in der Tat heimtückisch ermordet worden«, sprach der Richter ernst zu Yeh Pin. »Von ihrem abgetrennten Kopf fehlt jede Spur.«

»Dieser Satan Pan hat ihn mitgenommen!«, rief Yeh Pin aus. »Der Aufseher hier sah, dass er einen Ledersack mit einem rundlichen Gegenstand darinnen bei sich trug!«

»Erzählen Sie mir genau, wie Sie Pan begegneten und was er sagte!«, befahl Richter Di dem Aufseher.

»Ich traf Pan Feng, als er sehr schnell in westlicher Richtung die Straße entlangging«, sagte der Aufseher. »Ich fragte ihn: ›Wohin so eilig, Herr Pan?‹ Er blieb nicht einmal stehen, um eine höfliche Antwort zu geben, sondern murmelte im Vorbeigehen so etwas wie, er müsse die Stadt für ein paar Tage verlassen. Sein Gesicht war gerötet, trotz der Tatsache, dass er keinen Pelzmantel anhatte. In seiner rechten Hand trug er einen Ledersack mit einem bauchigen Gegenstand darin.«

Der Richter dachte einen Augenblick nach. Dann fragte er Yeh Pin:

»Hat Ihre Schwester Ihnen jemals erzählt, dass Pan sie misshandelte?«

»Nun«, antwortete Yeh nach einigem Zögern, »um Euer Ehren die Wahrheit zu sagen, ich war immer der Meinung, dass sie recht gut miteinander auskamen. Pan ist Witwer, natürlich viel älter als sie, mit einem erwachsenen Sohn, der in der Hauptstadt arbeitet. Er heiratete meine Schwester vor zwei Jahren, und ich hielt ihn immer für einen netten Burschen, wenn er auch ein wenig langweilig war und sich immer über seine schlechte Gesundheit beklagte. Der schlaue Satan muss uns die ganze Zeit zum Narren gehalten haben!«

»Mir hat er nie etwas vormachen können!«, stieß der jüngere Yeh plötzlich hervor. »Er ist eine gemeine, niederträchtige Person und ... und meine Schwester beklagte sich oft, dass er sie schlug!«

Zornig blies Yeh Tai seine schlaffen Backen auf.

»Warum hast du mir nie etwas davon gesagt?«, fragte Yeh Pin überrascht.

»Ich wollte dich nicht beunruhigen!«, erwiderte Yeh Tai düster. »Doch nun werde ich alles erzählen! Wir werden den Hund fangen!«

»Warum«, unterbrach Richter Di, »suchten Sie heute Morgen Ihre Schwester auf?«

Yeh Tai zögerte einen Moment, dann antwortete er:

»Nun, ich wollte einfach nur sehen, wie es ihr ginge.«

Der Richter erhob sich.

»Ich werde Ihren ausführlichen Bericht im Gericht hören, wo er zu Protokoll genommen werden kann«, sagte er kurz. »Ich kehre jetzt dorthin zurück, und Sie ebenfalls, damit Sie Zeugen der Autopsie sein können.«

Aufseher Kao und die Brüder Yeh geleiteten den Richter zu seiner Sänfte.

Als sie wieder durch die Hauptstraße kamen, ritt einer der Konstabler an das Fenster von Richter Dis Sänfte. Er wies mit seiner Peitsche auf ein Haus und sagte:

»Das ist die Apotheke von Kuo, dem Leichenbeschauer, Euer Ehren. Soll ich hineingehen und ihn auffordern, zum Gericht zu kommen?«

Richter Di erblickte eine kleine, ordentlich aussehende Ladenfront. Das Schild trug in drei großen, gut geschriebenen Zeichen die Aufschrift ›Der Zimthain‹.

»Ich werde selbst mit ihm sprechen«, sagte der Richter. Im Aussteigen fügte er zu seinen beiden Mitarbeitern gewandt hinzu: »Ich sehe mir immer gern Apotheken an. Ihr wartet besser draußen, ich glaube nicht, dass dort viel Platz ist.«

Als Richter Di die Tür aufstieß, traf ihn ein angenehmer Geruch aromatischer Kräuter. Ein Buckliger, ganz darin vertieft, mit einem großen Messer eine getrocknete Pflanze zu schneiden, stand hinter dem Ladentisch.

Er kam rasch um die Theke herum und verneigte sich tief.

»Diese Person ist der Apotheker Kuo«, sagte er mit einer überraschend tiefen, wohlklingenden Stimme.

Er war nur vier Fuß groß, hatte jedoch sehr breite, kräftige Schultern und einen großen Kopf mit langem, unordentlichem Haar. Seine Augen waren ebenfalls ungewöhnlich groß.

»Ich hatte bisher noch keine Gelegenheit, Ihre Dienste als Leichenbeschauer in Anspruch zu nehmen«, sagte Richter Di, »aber mir sind Ihre Fähigkeiten als Arzt zu Ohren gekommen, und so nahm ich diese Gelegenheit wahr, einmal hereinzuschauen. Sie haben sicher gehört, dass im Südostviertel eine Frau ermordet worden ist. Ich möchte, dass Sie die Autopsie im Gericht vornehmen.«

»Ich werde sogleich hinkommen, Euer Ehren«, sagte Kuo. Mit einem Blick auf die Regale voller Krüge und Bündel getrockneter Kräuter fügte er schüchtern hinzu: »Bitte entschuldigen Sie diesen armseligen Laden, Herr, alles ist in solcher Unordnung!«

»Im Gegenteil«, entgegnete Richter Di liebenswürdig, »ich sehe, dass alles sehr ordentlich ist.« Da er vor dem großen, schwarzlackierten Medizinschrank stand, las er einige der Namen, die in akkuraten weißen Zeichen auf die zahllosen Schubladen geschrieben waren. »Dies ist ein gutes Sortiment schmerzstillender Mittel. Sie haben sogar das Mondkraut. Das ist ziemlich selten.«

Kuo zog eifrig die bezeichnete Schublade auf und entnahm ihr ein Bündel dünner trockener Wurzeln. Während er es vorsichtig entwirrte, bemerkte der Richter, dass er lange, feingliedrige Finger hatte. Kuo sagte:

»Dieses Kraut wächst nur auf der hohen Klippe vor dem nördlichen Stadttor. Die Leute hier nennen die Klippe deshalb Medizinhügel. Wir sammeln es im Winter, wenn Schnee liegt.«

Richter Di nickte. »Im Winter entfaltet es seine größte Wirksamkeit«, bemerkte er, »weil sich der Saft dann in den Wurzeln sammelt.«

»Euer Ehren besitzen ein Expertenwissen!«, sagte Kuo erstaunt.

Der Richter zuckte die Achseln.

»Ich lese gern alte Medizinbücher«, erwiderte er. Er spürte, wie etwas an seinen Füßen entlangstrich. Als er hinunterblickte, sah er eine kleine weiße Katze. Sie humpelte davon und rieb ihren Rücken an Kuos Bein. Kuo hob sie behutsam hoch und sagte:

»Ich fand sie mit einem gebrochenen Bein auf der Straße. Ich habe es geschient, aber leider ist es nicht gut zusammengewachsen. Ich hätte den Boxmeister Lan Tao-kuei um Rat fragen sollen, er ist ein wunderbarer Knocheneinrichter.«

»Meine Gehilfen haben mir von ihm erzählt«, sagte Richter Di. »Sie halten ihn für den größten Boxer und Ringer, den sie je gesehen haben.«

»Er ist ein guter Mann, Euer Ehren«, bestätigte Kuo. »Es gibt nicht viele wie ihn!«

Seufzend setzte er das Kätzchen wieder auf den Boden.

Der blaue Vorhang im hinteren Teil des Ladens wurde beiseite gezogen, und eine hochgewachsene schlanke Frau mit Teetassen auf einem Tablett kam herein. Als sie ihm mit einer anmutigen Verbeugung eine Tasse anbot, bemerkte der Richter, dass ihr Gesicht regelmäßige, feingeschnittene Züge hatte. Sie trug keine Schminke, und dennoch war ihr Gesicht zart und weiß wie reinste weiße Jade. Ihr Haar war zu drei einfachen Haarrollen frisiert. Vier große Katzen folgten ihr auf den Fersen.

»Ich habe Sie schon im Gericht gesehen«, sagte Richter Di. »Es heißt, dass Sie das Frauengefängnis ausgezeichnet in Ordnung halten.«

Frau Kuo verneigte sich wieder.

»Euer Ehren sind zu liebenswürdig. Es gibt sehr wenig im Gefängnis zu tun. Nur ganz selten verirrt sich eine der Frauen, die den Truppen gefolgt sind, aus dem Norden hierher, sonst ist das Gefängnis meistens leer.«

Der Richter war von ihrer beherrschten, dennoch vollkommen höflichen Art zu sprechen angenehm überrascht.

Während er den ausgezeichneten Jasmintee schlürfte, legte Frau Kuo sorgsam einen Pelzumhang um die Schultern ihres Mannes. Richter Di bemerkte den zärtlichen Blick, mit dem sie ihn ansah, als sie sein Halstuch zuknotete.

Es widerstrebte ihm, aufzubrechen. Die friedliche Atmosphäre dieses kleinen Ladens, erfüllt vom Duft süßer Kräuter, war eine willkommene Abwechslung nach der schrecklichen Szene in dem kalten Mordzimmer. Mit einem Seufzer des Bedauerns stellte er seine Teetasse ab und sagte:

»Ich muss mich nun auf den Weg machen!«

Er trat ins Freie und wurde zum Gericht zurückgetragen.

Drittes Kapitel

Eine kopflose Leiche wird obduziert; der Richter berät sich mit seinen vier Mitarbeitern.

Bei Richter Dis Rückkehr in sein privates Büro erwartete ihn der Archivar. Während Wachtmeister Hung und Tao Gan sich an dem Teeofen in der Ecke des Raumes zu schaffen machten, nahm Richter Di hinter seinem Schreibtisch Platz. Ehrerbietig legte der Archivar einen Stapel Dokumente auf den Schreibtisch.

»Rufen Sie den Bürovorsteher!«, befahl der Richter, während er die Papiere durchzusehen begann.

Als der herbeigerufene Angestellte eintrat, sah Richter Di auf und sagte:

»Der Oberkonstabler wird gleich mit der Leiche von Frau Pan im Gericht eintreffen. Ich möchte keine Außenstehenden oder Gaffer dabei haben, deshalb soll die Autopsie nicht öffentlich durchgeführt werden. Sagen Sie Ihren Gehilfen, sie sollen dem Leichenbeschauer Kuo bei den Vorbereitungen hier in der Seitenhalle helfen, und informieren Sie die Wachen, dass sie außer dem Gerichtspersonal, den beiden Brüdern des Opfers und dem Aufseher des Südviertels niemandem Einlass gewähren sollen.«

Wachtmeister Hung reichte dem Richter eine Tasse dampfenden Tee. Nach ein paar Schlucken sagte dieser mit einem schwachen Lächeln:

»Unser Tee ist mit dem Jasmintee, den ich soeben in Kuos Apotheke trank, nicht zu vergleichen! Übrigens, die Kuos sind ein sehr ungleiches Paar – aber sie scheinen recht glücklich miteinander zu sein!«

»Frau Kuo war Witwe«, sagte Tao Gan. »Ihr erster Mann war hier Metzger, ich glaube, er hieß Wang. Er starb vor vier Jahren nach einem Trinkgelage. Ein Glück für die Frau, würde ich sagen, denn ich habe gehört, dass er ein gemeiner, ausschweifender Kerl gewesen sein soll.«

»Ja«, fügte der Archivar hinzu, »Metzger Wang hinterließ hohe Schulden, auch in dem Bordell hinter dem Markt. Seine Witwe verkaufte den Laden und das gesamte Inventar, aber das deckte nur die Schulden, die er woanders hatte. Der Bordellbesitzer bestand darauf, dass sie sich bei ihm als Dienstmagd verdingte, um die Schulden zu begleichen, doch da griff der alte Kuo ein. Er bezahlte die Geldsumme und heiratete sie.«

Richter Di drückte das große rote Gerichtssiegel auf das Dokument, das vor ihm lag. Dann sah er hoch und bemerkte:

»Sie scheint eine ziemlich gebildete Frau zu sein!«

»Sie hat vom alten Kuo viel über Medizin und Heilmittel gelernt, Euer Ehren«, sagte der Archivar. »Sie ist jetzt eine gute Ärztin. Am Anfang missbilligten es die Leute, dass sie sich als verheiratete Frau so frei in der Öffentlichkeit bewegte, aber nun sind sie froh, dass sie es tut. Sie kann weibliche Patienten viel besser behandeln als ein Mann, der natürlich nur ihren Puls fühlen darf.«

»Ich bin froh, dass sie die Aufseherin unseres Frauengefängnisses ist«, sagte der Richter, indem er dem Archivar die Papiere aushändigte. »In der Regel sind jene Frauen verachtenswerte alte Vetteln, die ständig überwacht werden müssen, um zu verhindern, dass sie die Gefangenen betrügen und misshandeln.«

Der Archivar öffnete die Tür, trat jedoch zur Seite, um zwei große breitschultrige Männer vorbeizulassen, die dicke lederne Reiterjacken und Pelzmützen mit Ohrenklappen trugen. Es waren Ma Jung und Tschiao Tai, die beiden anderen Mitarbeiter Richter Dis.

Als sie mit großen Schritten näher kamen, warf ihnen der Richter einen wohlgefälligen Blick zu. Ursprünglich waren beide Straßenräuber gewesen, ›Brüder der grünen Wälder‹, wie sie euphemistisch genannt werden. Vor zwölf Jahren, als Richter Di zu seinem ersten Posten als Bezirksrichter reiste, hatten sie ihn auf einer einsamen Wegstrecke angegriffen. Aber sie waren von Richter Dis Furchtlosigkeit und unwiderstehlicher Persönlichkeit so beeindruckt gewesen, dass sie auf der Stelle ihr gewalttätiges Leben aufgaben und in des Richters Dienste traten. Während der darauffolgenden Jahre hatte sich dieses respekteinflößende Paar bei der Festnahme gefährlicher Verbrecher und anderen schwierigen Aufgaben als sehr nützlich erwiesen.

»Was war los?«, fragte Richter Di Ma Jung.

Ma Jung lockerte sein Halstuch und antwortete grinsend:

»Nichts Besonderes, Euer Ehren! Zwei Gruppen Sänftenträger gerieten in dem Weinladen in Streit, und als Bruder Tschiao und ich dazukamen, fingen sie gerade an, sich eine richtige Messerschlacht zu liefern. Aber wir beide tätschelten ihnen ein bisschen die Köpfe, und kurz danach gingen alle ganz ruhig nach Hause. Wir haben die vier Rädelsführer mitgebracht; wenn Euer Ehren einverstanden sind, könnten wir sie eine Nacht im Gefängnis zubringen lassen.«

»Das ist in Ordnung«, sagte der Richter. »Übrigens, habt ihr den Wolf erwischt, über den sich die Bauern beklagten?«

»Ja, Euer Ehren«, antwortete Ma Jung, »und es war eine prima Jagd! Unser Freund Tschu Ta-yuan entdeckte den Burschen zuerst, ein riesiges Biest. Aber er brauchte zu lange, um einen Pfeil auf die Sehne zu legen, und so traf Tschiao Tai das Tier mit dem seinen direkt in die Kehle! Ein herrlicher Schuss, Euer Ehren!«

»Durch Tschus Ungeschicklichkeit erhielt ich meine Chance!«, bemerkte Tschiao Tai mit seinem ruhigen Lächeln. »Ich weiß nicht, warum er den Schuss verpatzte, er ist ein ausgezeichneter Bogenschütze!«

»Und er beschäftigt sich jeden Tag damit«, fügte Ma Jung hinzu. »Sie sollten ihn einmal mit den lebensgroßen Zielen üben sehen, die er aus Schnee formt! Er schießt, während er im Galopp um sie herumreitet, und fast jeder Pfeil trifft sie mitten in den Kopf!« Ma Jung seufzte bewundernd. Dann fragte er: »Was ist das für ein Mord, von dem alle Leute reden?«

Richter Di machte ein betrübtes Gesicht. »Das ist eine üble Geschichte«, sagte er. »Geht jetzt in die Seitenhalle und seht nach, ob wir mit der Autopsie beginnen können.«

Als Ma Jung und Tschiao Tai zurückkehrten und verkündeten, dass alles bereit sei, begab sich Richter Di in die Seitenhalle, gefolgt vom Wachtmeister und Tao Gan.

Der Oberkonstabler und zwei Schreiber standen wartend neben einem hohen Tisch. Während der Richter dahinter Platz nahm, stellten sich seine vier Männer an der gegenüberliegenden Wand auf. Richter Di bemerkte Yeh Pin und Yeh Tai, die zusammen mit Aufseher Kao in einer Ecke standen. Der Richter erwiderte ihre Verbeugungen mit einem Nicken, dann gab er Kuo das Zeichen.

Der Bucklige schlug die Steppdecke zur Seite, die die Strohmatte auf dem Boden vor dem Tisch bedeckte. Zum zweiten Mal an diesem Tag sah der Richter die verstümmelte Leiche. Seufzend nahm er seinen Pinsel in die Hand und füllte das Amtsformular aus, indem er beim Schreiben laut las: »Leichnam der Frau Pan, geborene Yeh. Alter?«

»Zweiunddreißig Jahre«, antwortete Yeh Pin mit erstickter Stimme. Sein Gesicht war totenblass.

»Die Autopsie kann beginnen!«, sagte Richter Di.

Kuo tauchte ein Tuch in das Kupferbecken, das mit heißem Wasser gefüllt neben ihm stand, und befeuchtete die Hände der Toten. Vorsichtig löste er den Strick. Dann versuchte er ihre Arme zu bewegen, doch die waren ganz steif. Er streifte den Silberring von der rechten Hand und legte ihn auf ein Stück Papier. Dann wusch er die Leiche gründlich und untersuchte sie Zoll für Zoll. Nachdem eine beträchtliche Zeit vergangen war, drehte er den Körper um und wusch auch die Blutflecken auf dem Rücken ab.

Inzwischen hatte Wachtmeister Hung Ma Jung und Tschiao Tai rasch zugeflüstert, was er über den Mord wusste. Ma Jung sog seinen Atem ein.

»Siehst du die Striemen da auf dem Rücken?«, sagte er aufgebracht murmelnd zu Tschiao Tai. »Warte, bis ich den Kerl, der das getan hat, in die Finger kriege!«

Kuo verwandte viel Zeit auf den Halsstumpf. Schließlich erhob er sich und begann seinen Bericht:

»Es handelt sich um die Leiche einer verheirateten Frau, es sind keine Anzeichen einer Geburt zu erkennen. Die Haut ist glatt und weist weder Muttermale noch alte Narben auf. Am Körper sind keine Verletzungen feststellbar, aber die Handgelenke sind von Stricken aufgerissen, und an den Brüsten und Oberarmen befinden sich Prellungen. Rücken und Hüften sind mit Striemen bedeckt, die offenbar von einer Peitsche stammen.«

Kuo wartete, bis der Schreiber diese Einzelheiten notiert hatte. Dann fuhr er fort:

»Am Halsstumpf sind die Spuren eines großen Messers erkennbar, vermutlich eines Hackmessers, wie es in der Küche benutzt wird.«

Richter Di zupfte finster an seinem Bart. Er forderte den Schreiber auf, Kuos Bericht vorzulesen, dann ließ er den Leichenbeschauer seinen Daumenabdruck daruntersetzen. Er befahl ihm, Yeh Pin den Ring zu geben. Yeh betrachtete ihn neugierig und sagte:

»Der Rubin fehlt! Ich bin mir sicher, dass er noch da war, als ich meine Schwester vorgestern sah.«

»Trug Ihre Schwester keine anderen Ringe?«, fragte Richter Di.

Auf Yehs Kopfschütteln hin fuhr der Richter fort: »Sie können den Leichnam nun fortbringen lassen, Yeh Pin, und in einen Behelfssarg legen. Der abgetrennte Kopf ist noch nicht entdeckt worden, er war weder im Haus noch im Brunnen. Ich versichere Ihnen, dass ich alles tun werde, um den Mörder zu verhaften und den Kopf zu finden, damit er ordnungsgemäß zusammen mit der Leiche begraben werden kann.«

Die Brüder Yeh verneigten sich schweigend, und Richter Di erhob sich und kehrte in sein privates Büro zurück, gefolgt von seinen vier Mitarbeitern.

Als er den weitläufigen Raum betrat, fröstelte ihn trotz seiner schweren Pelzkleidung. Er sagte kurz angebunden zu Ma Jung:

»Leg mehr Kohle in das Heizbecken!«

Während Ma Jung sich an die Arbeit machte, nahmen die anderen Platz. Der Richter strich sich nachdenklich über seinen langen Backenbart und schwieg für einige Zeit. Nachdem Ma Jung sich ebenfalls gesetzt hatte, bemerkte Tao Gan:

»Dieser Mord wirft wirklich ein paar knifflige Probleme auf!«

»Ich sehe nur eins«, knurrte Ma Jung, »und das ist, wie wir diesen Schurken Pan Feng in unsere Finger bekommen! Die eigene Frau auf solche Weise abzuschlachten! Und eine so hübsche dazu!«

Richter Di, tief in Gedanken versunken, hatte ihn nicht gehört. Plötzlich stieß er ärgerlich hervor:

»Das ist eine unmögliche Situation!«

Er stand abrupt auf. Während er hin und her ging, fuhr er fort:

»Da haben wir eine entkleidete Frau, aber nicht ein einziges ihrer Kleidungsstücke, nicht einmal ihre Schuhe. Sie ist gefesselt, misshandelt und geköpft worden, und es gibt keinerlei Anzeichen für einen Kampf! Der Ehemann, der dies angeblich getan haben soll, packte sorgsam den Kopf und alle Kleider der Frau ein, brachte das Zimmer in Ordnung und floh – aber die wertvollen Schmuckstücke seiner Frau und das Silber in der Schublade ließ er zurück, wohlgemerkt! Nun, was sagt ihr dazu?«

Wachtmeister Hung bemerkte:

»Man könnte glauben, Euer Ehren, dass eine dritte Person beteiligt war.«

Richter Di hielt inne. Er nahm wieder hinter dem Schreibtisch Platz und sah unverwandt seine Mitarbeiter an. Tschiao Tai nickte. Er sagte:

»Selbst ein so starker Mann wie ein Scharfrichter mit seinem riesigen Schwert hat manchmal Schwierigkeiten, den Kopf eines Verbrechers vom Rumpf zu trennen. Und wir haben gehört, dass Pan Feng ein schwacher, älterer Mann ist. Wie hätte er seiner Frau den Kopf abschneiden können?«

»Vielleicht«, meinte Tao Gan, »entdeckte Pan den Mörder im Haus und bekam eine solche Angst, dass er wie ein Hase davonrannte und seinen ganzen Besitz zurückließ.«

Während Richter Di sich langsam an seinem Bart zupfte, sagte er:

»Da könnte etwas dran sein, Tao Gan. Auf jeden Fall müssen wir diesen Pan so schnell wie möglich finden!«

»Und zwar lebend!«, fügte Tao Gan bedeutsam hinzu. »Wenn meine Theorie stimmt, wird ihm der Mörder auf den Fersen sein!«

Plötzlich wurde die Tür aufgestoßen, und ein magerer alter Mann schlurfte herein. Der Richter sah ihn erstaunt an.

»Was führt dich hierher, Hausbesorger?«, fragte er.

»Euer Ehren«, erwiderte sein alter Hausbesorger, »ein berittener Bote ist aus Tai-yuan eingetroffen. Die Erste Dame lässt fragen, ob Euer Ehren ein paar Augenblicke Zeit für sie erübrigen könnte.«

Richter Di erhob sich. Zu seinen Mitarbeitern sagte er:

»Kommt bei Einbruch der Dunkelheit wieder zu mir. Dann gehen wir gemeinsam zu Tschu Ta-yuans Abendgesellschaft.«

Mit einem kurzen Nicken verließ er den Raum, gefolgt von seinem Hausbesorger.

Viertes Kapitel

Richter Di begibt sich zu einem abendlichen Jägerfestessen; die Militärpolizei verhaftet einen Verdächtigen.

Kurz nach Einbruch der Dunkelheit standen sechs Konstabler mit erleuchteten Lampions aus dickem Ölpapier im Gerichtshof bereit. Der Oberkonstabler, der sie mit den Füßen stampfen sah, um sich aufzuwärmen, sagte grinsend:

»Macht euch keine Sorgen wegen der Kälte, Männer! Ihr wisst, wie großzügig der ehrenwerte Tschu Ta-yuan ist, er wird uns allen ein gutes Mahl in seiner Küche zukommen lassen!«

»Und für gewöhnlich vergisst er auch den Wein nicht!«, sagte ein junger Konstabler zufrieden.

Dann nahmen sie alle Haltung an. Richter Di erschien in der Tür, gefolgt von seinen vier Mitarbeitern. Der Oberkonstabler rief nach den Trägern, und der Richter bestieg zusammen mit Wachtmeister Hung und Tao Gan die Sänfte. Als der Stallknecht die Pferde von Ma Jung und Tschiao Tai brachte, sagte der Letztere:

»Wir holen unterwegs Meister Lan Tao-kuei ab, Euer Ehren!«

Richter Di nickte, und die Träger fielen in einen raschen Schritt.

Sich in das Polster zurücklehnend, sagte Richter Di:

»Der Bote aus Tai-yuan brachte beunruhigende Nachrichten. Die Mutter meiner ersten Frau ist ernsthaft erkrankt, und so hat diese beschlossen, morgen früh aufzubrechen. Meine zweite und meine dritte Frau werden sie, zusammen mit den Kindern, begleiten. Es wird keine leichte Reise sein um diese Jahreszeit, aber das ist nicht zu ändern. Die alte Dame ist jetzt über siebzig Jahre alt, und meine Frau macht sich große Sorgen.«

Wachtmeister Hung und Tao Gan äußerten ihr Mitgefühl. Der Richter dankte ihnen und fuhr dann fort:

»Es kommt mir sehr ungelegen, dass ich zu Tschu Ta-yuans Abendgesellschaft muss. Die Wachen bringen drei Planwagen zum Gericht für den Transport meiner Familie, und ich wäre gern dabei gewesen, um das Packen und Laden zu überwachen. Aber Tschu ist der prominenteste Bürger dieser Stadt, ich kann es nicht verantworten, dass er sein Gesicht verliert, indem ich im letzten Moment meinen Besuch absage.«

Der Wachtmeister nickte und meinte:

»Ma Jung erzählte mir, dass Tschu Vorbereitungen für ein gewaltiges Mahl in der Haupthalle seines herrschaftlichen Hauses getroffen hat. Er ist ein lebenslustiger Bursche; Ma Jung und Tschiao Tai genießen die Jagdausflüge, die er für sie organisiert – von den Trinkgelagen gar nicht zu reden!«

»Ich frage mich, wie es ihm gelingt, so fröhlich zu bleiben«, warf Tao Gan ein, »wenn man bedenkt, dass er acht Frauen hat, mit denen er in Frieden leben muss!«

»Nun«, sagte Richter Di tadelnd, »du weißt, dass er keine Kinder hat. Es muss ihn sehr bekümmern, dass er keinen Sohn zeugen kann, um den Fortbestand seiner Familie zu sichern. Er ist ein äußerst athletischer Mann; ich glaube nicht, dass er sich diesen Harem nur zu seinem Vergnügen hält.«

»Tschu Ta-yuan ist sehr wohlhabend«, bemerkte Wachtmeister Hung philosophisch, »aber es gibt Dinge, die er sich mit seinem Reichtum nicht kaufen kann!« Nach einer Weile fügte er hinzu: »Ich fürchte, dass es in den nächsten Tagen für Euer Ehren sehr einsam sein wird, wenn Euer Ehren Gemahlinnen und Kinder alle fort sind!«

»Angesichts des Mordfalls, der im Gericht anhängig ist«, erwiderte der Richter, »glaube ich ohnehin nicht, dass ich viel Zeit für meine Familie gehabt hätte. Während ihrer Abwesenheit werde ich in meinem Büro essen und schlafen. Vergiss nicht, dies dem Bürovorsteher mitzuteilen, Wachtmeister!«

Er blickte aus dem Fenster und sah die schwarze Masse des Trommelturms drohend vor dem sternenübersäten Winterhimmel aufragen.

»Wir sind gleich da!«, sagte er.

Die Träger hielten vor einem imposanten Tor. Die hohen rotlackierten Torflügel schwangen auf, und ein sehr großer und schwerer, in kostbare Zobelpelze gehüllter Mann trat vor und half dem Richter, aus der Sänfte zu steigen. Er hatte ein breites, gerötetes Gesicht mit einem sauber gestutzten schwarzen Bart.

Nachdem Tschu Ta-yuan den Richter willkommen geheißen hatte, machten zwei andere Männer ihre Verbeugungen. Richter Di erkannte zu seiner Bestürzung den alten Gildenmeister Liao mit seinem schmalen Gesicht und dem zitternden grauen Spitzbart. Er überlegte, dass Liao ihn während des Essens sicherlich fragen würde, welche Fortschritte es bei den Ermittlungen nach seiner verschwundenen Tochter gäbe. Der junge Mann, der neben ihm stand, war Yü Kang, Tschus Sekretär. Als er dessen bleiches, nervöses Gesicht sah, wusste der Richter, dass auch er sich zweifellos nach Neuigkeiten bezüglich seiner Verlobten erkundigen würde.

Richter Di war noch bestürzter, als Tschu sie, anstatt in die große Empfangshalle, zu einer offenen Terrasse im Südflügel führte.

»Eigentlich hatte ich vorgehabt«, sagte Tschu lärmend, »Euer Ehren ein Festessen in der Halle zu bereiten, aber wir sind nur einfache Bauern hier im Norden; wissen Sie, wir könnten es niemals mit der Kochkunst aufnehmen, die Euer Ehren zu Hause gewöhnt sind! Deshalb dachte ich, Euer Ehren würden es viel eher vorziehen, ein richtiges Jägeressen draußen im Freien zu erleben. Geröstetes Fleisch und einfache alkoholische Getränke; ländliche Kost eben, wissen Sie, doch nicht ganz ohne Geschmack, hoffe ich!«

Der Richter gab eine höfliche Antwort, doch insgeheim hielt er Tschus Idee für sehr unglücklich. Der Wind hatte nachgelassen, und überall auf der Terrasse standen hohe Wandschirme aus Filz, aber es war immer noch sehr kalt. Der Richter fröstelte, er hatte Halsschmerzen. Er musste sich am Morgen in Pans Haus erkältet haben und hätte ein gemütliches Abendessen in der warmen Halle vorgezogen.

Die Terrasse wurde von zahlreichen Fackeln erleuchtet, deren flackerndes Licht auf vier Tische fiel, die aus dicken, von Böcken gestützten Brettern bestanden und ein großes Quadrat bildeten. In der Mitte befand sich ein riesiges Kohlebecken mit einem Haufen glühender Kohle darin. Drei Bedienstete standen darum herum und rösteten Fleischstücke an langen eisernen Gabeln.

Tschu Ta-yuan ließ den Richter auf einem Klappstuhl an der Stirnseite des Tisches zwischen sich selbst und Meister Liao Platz nehmen. Wachtmeister Hung und Tao Gan wurden zusammen mit Tschus Sekretär Yü Kang an dem Tisch auf der rechten Seite platziert gegenüber von zwei älteren Männern, die Tschu als die Gildenmeister der Papierkaufleute und der Weinhändler vorstellte. Ma Jung und Tschiao Tai saßen mit dem Boxmeister Lan Tao-kuei an dem Tisch gegenüber vom Richter.

Richter Di betrachtete interessiert den berühmten Boxer, den Meister der nördlichen Provinzen. Das Licht fiel auf seinen glattrasierten Kopf und sein Gesicht. Der Boxer hatte sich alle Haare abrasieren lassen, um beim Kampf nicht von ihnen behindert zu werden. Der Richter wusste von Ma Jung und Tschiao Tais begeisterten Erzählungen, dass Lan sich völlig seiner Kunst widmete; er hatte nie geheiratet und lebte ein sehr asketisches Leben. Während er die übliche höfliche Konversation mit Tschu machte, freute sich Richter Di insgeheim, dass Ma Jung und Tschiao Tai in Tschu Ta-yuan und Lan Tao-kuei so geistesverwandte Freunde in Pei-tscho gefunden hatten.

Tschu brachte einen Trinkspruch auf den Richter aus, den dieser erwidern musste, obgleich der unverdünnte Alkohol ihm Schmerzen in seiner brennenden Kehle verursachte.

Anschließend erkundigte sich Tschu nach dem Mord, und Richter Di gab ihm einen kurzen Bericht, während er zwischendurch von dem gerösteten Fleisch kostete. Aber das Fett drehte ihm den Magen um. Er versuchte, ein bisschen Gemüse mit seinen Essstäbchen aufzunehmen, doch es fiel ihm schwer, diese wie die anderen mit Handschuhen zu führen. Ungeduldig zog er sie aus, aber nun froren seine Finger und machten das Essen noch schwieriger.

»Dieser Mord«, sagte Tschu heiser flüsternd, »hat unseren Freund Liao hier zutiefst beunruhigt. Er befürchtet, dass seine Tochter Lien-fang vielleicht einem ähnlichen traurigen Schicksal zum Opfer gefallen ist. Könnten Sie ihn nicht ein bisschen aufmuntern?«

Richter Di sprach ein paar Worte zu Meister Liao über die Anstrengungen, die gemacht wurden, um seine Tochter zu finden, doch das ermutigte den Graubart, eine ausführliche Schilderung ihrer hervorragenden Eigenschaften vom Stapel zu lassen. Der Richter empfand viel Sympathie für den alten Herrn, aber er hatte seine Geschichte schon mehrere Male im Gericht gehört, und außerdem hatte er rasende Kopfschmerzen. Sein Gesicht glühte, sein Rücken und seine Beine jedoch waren eiskalt. Er fragte sich unglücklich, ob seine Frauen und Kinder nicht eine sehr unbequeme Reise bei diesem Wetter hätten.

Tschu beugte sich wieder zum Richter hinüber und sagte:

»Ich hoffe, dass Euer Ehren das Mädchen finden werden, entweder tot oder lebendig! Mein Sekretär grämt sich zu Tode wegen ihr; das kann ich sehr gut verstehen, wohlgemerkt, schließlich ist sie seine Verlobte und ein prächtiges Weibsbild. Aber auf meinem Besitz gibt es sehr viel Arbeit, wissen Sie, und der Bursche war in letzter Zeit wirklich keine besonders große Hilfe!«

Während er ihm ins Ohr flüsterte, hüllte Tschu den Richter in eine Wolke aus Alkohol- und Knoblauchdünsten. Diesem wurde plötzlich übel. Er murmelte, dass alles nur Mögliche getan würde, um Fräulein Liao zu finden, dann erhob er sich und bat Tschu, ihn einen Augenblick zu entschuldigen.

Auf ein Zeichen Tschus führte ein Diener mit einem Lampion Richter Di nach drinnen. Durch ein Labyrinth dunkler Flure erreichten sie einen kleinen Hof, an dessen Rückseite sich mehrere Waschräume nebeneinander befanden. Rasch betrat Richter Di einen von ihnen.

Als er wieder herauskam, erwartete ihn ein anderer Diener mit einem Kupferbecken heißen Wassers. Der Richter rieb sich mit einem warmen Handtuch Gesicht und Nacken ab und fühlte sich ein wenig besser.

»Sie brauchen nicht zu warten!«, sagte er zu dem Diener, »ich erinnere mich an den Weg.«

Er begann in dem mondbeschienenen Hof auf und ab zu gehen. Es war sehr still dort; der Richter vermutete, dass er sich irgendwo im hinteren Teil dieses weitläufigen Herrschaftshauses befand.

Nach einer Weile beschloss er, sich wieder der Abendgesellschaft anzuschließen. Doch die Flure im Haus waren stockfinster, und bald stellte er fest, dass er die Orientierung verloren hatte. Er klatschte in die Hände, um einen Bediensteten herbeizurufen, aber es kam niemand. Anscheinend waren alle Diener draußen auf der Terrasse und servierten das Essen. Als er in die Dunkelheit spähte, entdeckte er einen schwachen Lichtstreifen. Vorsichtig ging er auf eine Tür zu, die halb offen stand. Sie führte in einen kleinen Garten, umgeben von einem hohen Holzzaun. Er war leer bis auf einige wenige Büsche in der entferntesten Ecke dicht bei der Hintertür. Die Zweige wurden von einer dicken Schicht gefrorenen Schnees niedergedrückt.

Während er in den Garten hinausschaute, fühlte Richter Di plötzlich Angst in sich aufsteigen.

»Ich werde wahrscheinlich wirklich krank!«, murmelte er. »Wovor sollte man in diesem friedlichen Garten Angst haben?« Er zwang sich, die Holzstufen hinabzusteigen und durchquerte den Garten bis zur Hintertür. Das einzig vernehmbare Geräusch war das Knirschen des Schnees unter seinen Stiefeln. Aber er empfand jetzt richtige Angst, das unheimliche Gefühl einer verborgenen Bedrohung hatte ihn erfasst. Unwillkürlich verhielt er seinen Schritt und blickte um sich. Das Herz stand ihm still. Eine seltsame weiße Gestalt hockte regungslos unter den Büschen.

Erstarrt und voller Entsetzen sah er sie an. Dann stieß er einen Seufzer der Erleichterung aus. Es war ein Schneemann in der Gestalt eines lebensgroßen buddhistischen Priesters, der mit gekreuzten Beinen am Zaun saß und meditierte.

Der Richter wollte lachen, doch das Lachen gefror ihm auf den Lippen. Die beiden Holzkohlestückchen, die gewöhnlich die Augen des Schneemanns darstellten, waren verschwunden, die leeren Höhlen starrten ihn mit bösem Blick an. Die Gestalt strahlte eine bedrückende Atmosphäre von Tod und Verfall aus.

Plötzlich ergriff den Richter Panik. Er drehte sich um und ging rasch zum Haus zurück. Er stolperte, als er die Stufen emporstieg, und verletzte sich am Schienbein. Trotzdem lief er so rasch wie möglich weiter, indem er sich an der Wand des dunklen Flurs entlangtastete.

Nach zwei Biegungen traf er auf einen Diener mit einem Lampion und wurde zur Terrasse zurückgeführt.

Die Speisenden, vom Alkohol beschwingt, stimmten fröhlich ein Jagdlied an. Tschu Ta-yuan schlug mit seinen Essstäbchen den Takt. Als er den Richter bemerkte, erhob Tschu sich rasch. Besorgt sagte er:

»Euer Ehren sehen nicht sehr gut aus!«

»Ich muss mich erkältet haben«, erwiderte Richter Di mit einem gezwungenen Lächeln. »Stellen Sie sich vor, dass mir ein Schneemann in Ihrem Garten da hinten einen ziemlichen Schrecken eingejagt hat!«

Tschu lachte laut.

»Ich werde den Bediensteten sagen, dass ihre Kinder nur noch lustige Schneemänner machen sollen!«, versprach er. »Hier, trinken Sie noch etwas, Euer Ehren, das wird Ihnen guttun!«

Plötzlich erschien der Hausbesorger auf der Terrasse und führte einen vierschrötigen Mann herein, dessen Spitzhelm, kurze Panzerjacke und ausgebeulte Lederhose ihn als einen Unteroffizier der berittenen Militärpolizei auswies. Er nahm vor dem Richter zackig Haltung an und sagte mit schneidiger Stimme:

»Ich habe die Ehre, zu berichten, dass meine Patrouille Pan Feng festgenommen hat, sechs Meilen südlich vom Dorf der fünf Widder, zwei Meilen östlich der Hauptstraße. Ich habe ihn soeben dem Gefängnisaufseher in Euer Exzellenz' Gericht übergeben!«

»Hervorragende Arbeit!«, rief Richter Di aus. Zu Tschu gewandt fügte er hinzu: »Ich bedaure sehr, dass ich nun aufbrechen muss, um mich um diese Angelegenheit zu kümmern. Aber ich möchte nicht, dass meinetwegen dieses prächtige Festmahl abgebrochen wird. Ich nehme nur Wachtmeister Hung mit.«

Tschu Ta-yuan und die anderen Gäste begleiteten den Richter bis zum vorderen Hof, wo dieser von seinem Gastgeber Abschied nahm und sich noch einmal für sein plötzliches Aufbrechen entschuldigte.

»Die Pflicht geht vor!«, sagte Tschu herzlich. »Und ich bin froh, dass der Schurke gefasst worden ist!«

Als sie wieder im Gericht waren, befahl Richter Di dem Wachtmeister kurz:

»Ruf den Gefängnisaufseher herbei!«

Der Aufseher erschien und begrüßte den Richter.

»Was haben Sie bei dem Gefangenen gefunden?«, fragte ihn Richter Di.

»Er hatte keine Waffen, Euer Ehren, nur seinen Ausweis und etwas Kleingeld.«

»Er trug keinen Lederbeutel bei sich?«

»Nein, Euer Ehren.«

Der Richter nickte und befahl dem Aufseher, sie zum Gefängnis zu bringen.

Als der Aufseher die Eisentür einer kleinen Zelle entriegelte und seine Laterne in die Höhe hielt, erhob sich der Mann, der auf der Bank saß, unter lautem Kettengeklirr. Pan Feng erschien Richter Di auf den ersten Blick wie ein recht harmloser alter Mann. Er hatte einen eiförmigen Kopf mit zerzaustem grauen Haar und einen herabhängenden Schnurrbart. Sein Gesicht wurde von einer roten Strieme auf der linken Wange entstellt. Pan brach nicht in die üblichen Unschuldsbeteuerungen aus, sondern sah den Richter in ehrerbietigem Schweigen an.

Richter Di verschränkte die Arme in seinen weiten Ärmeln und sagte ernst:

»Es ist eine sehr schwere Anklage im Gericht gegen Sie erhoben worden, Pan Feng!«

Pan Feng entgegnete seufzend:

»Ich kann mir leicht vorstellen, was geschehen ist, Euer Ehren! Der Bruder meiner Frau, Yeh Tai, muss eine falsche Anschuldigung gegen mich vorgebracht haben. Dieser Taugenichts belästigt mich dauernd mit Geldforderungen, unlängst habe ich mich entschieden geweigert, ihm noch mehr Geld zu leihen. Ich nehme an, dies ist seine Rache!«

»Wie Sie wissen«, sagte der Richter ruhig, »ist es mir vom Gesetz nicht gestattet, einen Gefangenen privat zu verhören. Aber Sie könnten sich morgen im Gericht eine peinliche Situation ersparen, wenn Sie mir jetzt erzählen würden, ob Sie in letzter Zeit mit Ihrer Frau ernstlichen Streit hatten.«

»Dann ist sie also auch in die Sache verwickelt!«, bemerkte Pan bitter. »Jetzt verstehe ich, warum sie sich in den letzten Wochen so seltsam benommen hat und zu so ungewöhnlichen Zeiten das Haus verließ. Zweifellos hat sie Yeh Tai geholfen, diese falsche Anklage auszuhecken! Als ich vorgestern ...«

Richter Di hob seine Hand.

»Morgen können Sie mir die ganze Geschichte erzählen!«, sagte er kurz. Er drehte sich um und verließ das Gefängnis.

Fünftes Kapitel

Tao Gan erzählt vom Steckenpferd eines Boxmeisters; ein Raritätenhändler wird im Gericht vernommen.

Am nächsten Morgen, kurz vor Beginn der Vormittagssitzung, betrat Richter Di sein privates Büro. Dort fand er seine vier Mitarbeiter vor, die ihn erwarteten.

Wachtmeister Hung bemerkte, dass der Richter immer noch sehr blass und müde aussah. Er war bis spät in die Nacht damit beschäftigt gewesen, das Beladen der Planwagen zu überwachen. Während er hinter seinem Schreibtisch Platz nahm, sagte Richter Di:

»Nun, meine Familie ist fort. Die Militäreskorte traf kurz vor Morgengrauen ein. Wenn es keine neuen Schneefälle gibt, müssten sie Tai-yuan in ungefähr drei Tagen erreichen.«

Müde strich er sich mit einer Hand über die Augen. Dann fuhr er mit lebhafterer Stimme fort:

»Gestern Abend sprach ich kurz mit Pan Feng. Mein erster Eindruck ist, dass unsere Theorie stimmt und dass eine dritte Person seine Frau ermordete. Falls er nicht ein vollendeter Schauspieler ist, hat er nicht die leiseste Ahnung, was geschehen ist!«

»Wohin wollte Pan vorgestern so überstürzt?«, fragte Tao Gan.

»Das werden wir gleich hören, wenn ich ihn im Gericht vernehme«, entgegnete Richter Di. Langsam schlürfte er den heißen Tee, den ihm der Wachtmeister angeboten hatte, und fuhr dann fort:

»Gestern Abend habe ich euch drei bei Tschu zurückgelassen; nicht nur, weil ich euch das Festmahl nicht verderben wollte, sondern auch, weil ich den unbestimmten Eindruck hatte, dass etwas Seltsames in der Luft lag. Ich fühlte mich ziemlich krank, so dass es meine Einbildung gewesen sein könnte. Doch würde ich gern von euch hören, ob ihr nach meinem Aufbruch irgendetwas Ungewöhnliches bemerkt habt.«

Ma Jung sah Tschiao Tai an. Er kratzte sich am Kopf und sagte dann reumütig:

»Ich muss gestehen, Euer Ehren, dass ich ein wenig zu viel von dem Alkohol getrunken habe. Mir ist nichts Besonderes aufgefallen. Aber vielleicht weiß Bruder Tschiao mehr zu erzählen.«

»Ich kann nur sagen«, meinte Tschiao Tai mit einem matten Lächeln, »dass alle in sehr glücklicher Stimmung waren einschließlich mir!«

Tao Gan hatte nachdenklich mit seinen drei langen Haaren gespielt, die ihm aus der linken Wange wuchsen. Nun sagte er:

»Ich habe keine besonders große Vorliebe für diesen starken Alkohol, und da Meister Lan überhaupt nicht trinkt, habe ich mich die meiste Zeit mit ihm unterhalten. Das hat mich jedoch nicht gehindert, ein Auge darauf zu haben, was rund um den Tisch passierte. Ich muss sagen, Euer Ehren, dass es einfach eine angenehme Abendgesellschaft war.« Als Richter Di schwieg, fuhr Tao Gan fort: »Meister Lan erzählte mir allerdings eine interessante Sache. Als wir auf den Mord zu sprechen kamen, meinte er, dass Yeh Pin ein vertrottelter alter Mann, aber kein schlechter Bursche sei; Yeh Tai hingegen hält er für einen gemeinen Halunken.«

»Warum?«, fragte Richter Di rasch.

»Vor einigen Jahren«, erwiderte Tao Gan, »unterrichtete Lan ihn im Boxen, aber nur für wenige Wochen. Dann weigerte er sich, ihm weiteren Unterricht zu geben, weil Yeh Tai nur ein paar gefährliche Griffe lernen wollte und überhaupt kein Interesse am geistigen Hintergrund des Sports zeigte. Lan meint, dass Yeh Tai zwar außerordentlich stark sei, sein gemeiner Charakter aber ausschließe, dass er jemals ein guter Boxer würde.«

»Das ist eine nützliche Information«, sagte der Richter. »Hat er dir sonst noch etwas erzählt?«

»Nein«, antwortete Tao Gan, »denn dann fing er an, mir die Figuren zu zeigen, die er mit dem Siebenbrett macht.«

»Dem Siebenbrett!«, sagte Richter Di erstaunt, »das ist doch nur ein Spiel für Kinder! Ich erinnere mich, damit gespielt zu haben, als ich ein Junge war. Meinst du das quadratische Kartonpapier, das man in sieben Stücke schneidet und mit denen man alle möglichen Figuren bilden kann?«

»Ja«, lachte Ma Jung, »das ist ein kurioses Steckenpferd des alten Lan! Er behauptet, es sei viel mehr als nur ein Spiel für Kinder, es lehre einen, die wesentlichen Merkmale aller sichtbaren Dinge zu erkennen, und es sei ein gutes Mittel, den Geist zu konzentrieren!«

»Er kann damit praktisch alles machen, was man ihm sagt«, bestätigte Tao Gan, »und zwar im Handumdrehen!« Er holte aus seinem weiten Ärmel sieben Kartonpapierstücke hervor, legte sie auf den Tisch und fügte sie so zusammen, dass sie die Form eines Quadrats ergaben. »So schneidet man das Papier«, sagte er zum Richter.

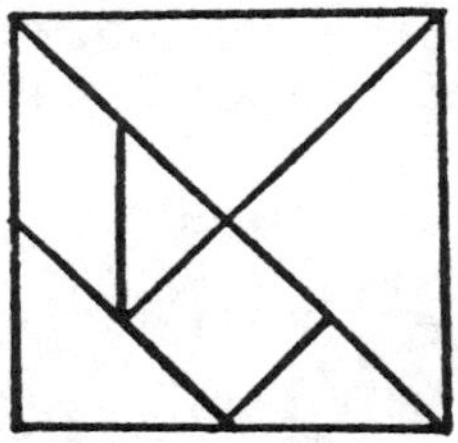

Während er die Stücke mischte, fuhr er fort: »Als Erstes sagte ich zu ihm, er solle den Trommelturm machen, und er machte dies:

Das war zu einfach, also sagte ich, ein galoppierendes Pferd. Auch das hatte er sofort:

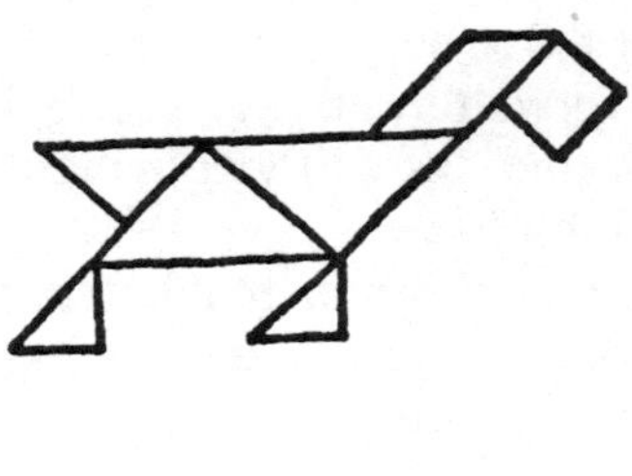

Dann sagte ich, einen Angeklagten, der vor Gericht kniet, und er machte dies:

Ich wurde ärgerlich«, fuhr Tao Gan fort, »und sagte zu ihm, er solle einen betrunkenen Konstabler und ein tanzendes Mädchen machen. Und er machte sie!

Da gab ich es auf!«, schloss Tao Gan.

Richter Di fiel in das allgemeine Gelächter ein. Dann sagte er: »Was mein unbehagliches Gefühl von gestern Abend betrifft, dass etwas nicht in Ordnung sein könnte, das muss wohl, da keiner von euch etwas bemerkt hat, darauf zurückzuführen sein, dass ich krank war. Tschu Ta-yuans Haus ist aber auch außergewöhnlich groß. Ich hätte mich beinahe in den dunklen Fluren verirrt!«

»Die Familie Tschu«, äußerte Tao Gan, »lebt dort seit wer weiß wie vielen Generationen. Und diese großen alten Häuser strahlen oft eine etwas unheimliche Atmosphäre aus.«

»Es ist kaum groß genug, um alle Frauen und Konkubinen Tschus aufzunehmen!«, meinte Ma Jung grinsend.

»Tschu ist ein guter Kerl«, sagte Tschiao Tai eifrig. »Ein erstklassiger Jäger und ein guter Verwalter; streng, aber gerecht. Seine Pachtbauern sind ihm ergeben, und das will viel heißen. Sie bedauern ihn alle, weil er noch keinen Sohn hat.«

»Die Versuche, einen zu bekommen, dürften ihm nicht gerade unangenehm sein!«, bemerkte Ma Jung augenzwinkernd.

»Ich vergaß zu sagen«, unterbrach Tao Gan, »dass Tschus Sekretär, dieser junge Yü Kang, wirklich ziemlich nervös zu sein scheint. Wenn man ihn anspricht, sieht er einen so erschrocken an, als hätte er einen Geist gesehen. Ich habe das Gefühl, er denkt das gleiche wie wir, nämlich dass seine Verlobte mit einem anderen Mann durchgebrannt ist!«

Richter Di nickte. Er sagte:

»Wir müssen diesen Jungen vernehmen, bevor er völlig zusammenbricht! Was Fräulein Liao Lien-fang betrifft, so gibt ihr Vater sich solche Mühe, uns von ihrem untadeligen Verhalten zu überzeugen, dass ich den Verdacht habe, er versucht sich selbst auch zu überzeugen! Du solltest heute Nachmittag zu Liaos Haus gehen, Tao Gan, um noch mehr Informationen über ihn und seinen Haushalt zu sammeln. Gleichzeitig kannst du Nachforschungen über die Brüder Yeh anstellen und überprüfen, was Meister Lan von ihnen sagte. Aber nähere dich ihnen nicht direkt; es hat keinen Sinn, sie misstrauisch zu machen. Frag nur die Leute in der Nachbarschaft.«

Drei Schläge auf den Bronzegong ertönten. Richter Di erhob sich, um seine Amtsrobe und seine Amtskappe aufzusetzen.

Die Neuigkeit von Pan Fengs Verhaftung hatte sich offensichtlich schon verbreitet, denn im Gerichtssaal herrschte großes Gedränge.

Sobald Richter Di die Anwesenheitsliste des Personals verlesen hatte, nahm er seinen zinnoberroten Schreibpinsel auf und füllte ein Formular für den Gefängniswärter aus.

Ein aufgebrachtes Murmeln erhob sich aus dem Publikum, als Pan Feng vor den Richtertisch geführt wurde. Die Brüder Yeh, die zusammen mit Tschu Ta-yuan und Lan Tao-kuei in der ersten Reihe standen, drängten nach vorn, aber die Konstabler schoben das Paar zurück.

Richter Di schlug mit seinem Hammer auf den Tisch.

»Ruhe!«, rief er. Zu dem Mann, der auf dem Steinboden kniete, sagte er kurz:

»Nennen Sie Ihren Namen und Beruf!«

»Diese unbedeutende Person«, sagte Pan Feng mit ruhiger Stimme, »heißt Pan Feng, Raritätenhändler von Beruf.«

»Warum haben Sie vorgestern die Stadt verlassen?«, fragte der Richter.

»Ein Bauer aus dem Dorf der fünf Widder im Norden der Stadt«, erwiderte Pan, »hatte mich ein paar Tage zuvor aufgesucht und mir erzählt, dass er beim Vergraben von Pferdedung auf seinem Feld einen alten bronzenen Dreifuß gefunden habe. Ich weiß, dass sich da, wo heute das Dorf der fünf Widder steht, vor achthundert Jahren, unter der Han-Dynastie, ein großer feudaler Herrensitz befand. Ich sagte zu meiner Frau, dass es der Mühe wert wäre, dorthin zu gehen und sich das Bronzestück anzusehen. Da vorgestern der Himmel klar war, beschloss ich aufzubrechen und am nächsten Tag in die Stadt zurückzukehren. Deshalb ...«

Richter Di unterbrach ihn:

»Wie verbrachten Sie und Ihre Frau den Morgen vor der Abreise?«

»Ich arbeitete den ganzen Vormittag an einem kleinen antiken Lacktisch, der repariert werden musste«, antwortete Pan. »Meine Frau ging zum Markt und bereitete dann unser Mittagsmahl.«

Der Richter nickte. »Fahren Sie fort!«, befahl er.

»Nachdem wir gemeinsam unseren Mittagsreis eingenommen hatten«, sprach Pan weiter, »rollte ich meinen schweren Pelzmantel zusammen und verstaute ihn in meinem Lederbeutel, denn ich befürchtete, dass das Dorfgasthaus nicht geheizt wäre. In unserer Straße begegnete ich dem Lebensmittelhändler, der mir sagte, dass Pferde an der Poststation knapp seien und dass ich mich beeilen müsste, wenn ich eins haben wollte. Also lief ich rasch zum nördlichen Stadttor und hatte Glück, das letzte Pferd zu mieten, das noch da war. Dann ...«

»Haben Sie außer dem Lebensmittelhändler sonst noch jemanden getroffen?«, unterbrach ihn Richter Di wieder.

Pan Feng dachte einen Augenblick nach. Dann erwiderte er:

»Ja, ich begegnete Aufseher Kao auf meinem Weg zur Poststation und tauschte einen flüchtigen Gruß mit ihm aus.«

Auf ein Zeichen des Richters fuhr er fort:

»Ich erreichte das Dorf der fünf Widder vor Einbruch der Nacht. Ich machte den Bauernhof ausfindig und sah, dass der Dreifuß wirklich ein sehr schönes Stück war. Trotz langen Feilschens mit dem Bauern kam ich zu keiner Einigung mit dem dickköpfigen Kerl. Da es spät geworden war, ritt ich zum Dorfgasthaus, nahm ein einfaches Mahl zu mir und legte mich schlafen.

Am nächsten Morgen klapperte ich zuerst die anderen Bauernhöfe ab und erkundigte mich nach antiken Gegenständen, fand aber nichts. Ich aß im Gasthof zu Mittag und suchte den Bauern wieder auf. Nach erneutem ausgedehntem Feilschen kaufte ich ihm schließlich den Dreifuß ab. Ich zog rasch meinen Pelzmantel an, packte die Bronze in den Lederbeutel und machte mich auf den Weg.

Nachdem ich ungefähr drei Meilen geritten war, tauchten jedoch zwei Räuber aus den Schneehügeln auf und liefen mir entgegen. In großem Schrecken gab ich meinem Pferd die Peitsche und galoppierte davon. Dann stellte ich fest, dass ich in meiner Eile, diesen Schurken zu entfliehen, den falschen Weg genommen und mich verirrt hatte. Und um das Unglück vollzumachen, entdeckte ich, dass der Lederbeutel mit dem Dreifuß heruntergefallen sein musste, denn er hing nicht mehr am Sattelknauf. Ich ritt kreuz und quer zwischen den Schneehügeln umher, meine Panik wuchs mit jeder Minute.

Plötzlich sah ich eine Patrouille der Militärpolizei, fünf Männer zu Pferde. Ich war überglücklich, sie zu treffen. Aber wer beschreibt meine Bestürzung, als sie mich vom Pferd zerrten, mir Hände und Füße fesselten und mich über den Sattel meines eigenen Pferdes warfen! Ich fragte sie, was das alles zu bedeuten habe, doch der Unteroffizier schlug mir mit dem Griff seiner Peitsche ins Gesicht und schnauzte mich an, ich solle das Maul halten. Sie ritten ohne ein einziges Wort der Erklärung mit mir in die Stadt zurück und steckten mich ins Gefängnis. Das ist die ganze Wahrheit!«

Yeh Pin rief:

»Der Bastard erzählt einen Haufen Lügen, Euer Ehren!«

»Seine Aussage wird überprüft«, entgegnete Richter Di kurz. »Der Kläger Yeh Pin möge sich ruhig verhalten, bis er zum Sprechen aufgefordert wird!« Zu Pan Feng sagte er: »Beschreiben Sie die beiden Räuber!«

Nach einigem Zögern erwiderte Pan Feng:

»Ich war so erschrocken, Euer Ehren, dass ich sie mir wirklich nicht genau angesehen habe. Ich erinnere mich nur, dass einer von ihnen eine Augenbinde trug.«

Richter Di befahl dem Schreiber, Pans Aussage vorzulesen, und der Oberkonstabler ließ den Angeklagten seinen Daumenabdruck darunter setzen. Dann sprach der Richter ernst:

»Pan Feng, Ihre Frau ist ermordet worden, und ihr Bruder Yeh Pin beschuldigt Sie, das Verbrechen begangen zu haben.«

Pans Gesicht wurde aschfahl.

»Ich habe es nicht getan!«, schrie er außer sich. »Ich weiß gar nichts davon! Als ich aufbrach, war sie lebendig und gesund! Ich flehe Euer Ehren an ...«

Der Richter gab dem Oberkonstabler ein Zeichen, und Pan Feng wurde abgeführt, immer noch laut seine Unschuld beteuernd.

Zu Yeh Pin sagte der Richter:

»Wenn Pan Fengs Aussage überprüft worden ist, werden Sie wieder vorgeladen.«

Anschließend behandelte Richter Di ein paar Routineangelegenheiten der Bezirksverwaltung und schloss dann die Sitzung.

Als sie wieder im privaten Büro des Richters waren, fragte Wachtmeister Hung eifrig:

»Was halten Euer Ehren von Pan Fengs Geschichte?«

Richter Di strich sich nachdenklich über seinen Backenbart. Dann antwortete er:

»Ich glaube, dass er die Wahrheit gesagt hat und dass eine dritte Person Frau Pan ermordete, nachdem er das Haus verlassen hatte.«

»Das erklärt«, warf Tao Gan ein, »warum das Geld und das Gold unberührt waren. Der Mörder wusste einfach nicht, dass es da war. Aber es erklärt nicht das Verschwinden von Frau Pans Kleidern.«

»Ein ganz schwacher Punkt in seiner Geschichte«, bemerkte Ma Jung, »ist die Schilderung vom Verlust des Lederbeutels, während er vor diesen beiden Räubern die Flucht ergriff. Jeder weiß, dass in dem ganzen Gebiet regelmäßig Patrouillen der Militärpolizei nach Deserteuren und tatarischen Spionen fahnden, und alle Räuber machen einen weiten Bogen darum herum!«

Tschiao Tai nickte.

»Und alles, was Pan über ihr Aussehen zu sagen wusste«, fügte er hinzu, »war, dass einer von ihnen eine Augenbinde trug. So beschreiben unsere professionellen Geschichtenerzähler auf dem Markt immer einen Räuber!«

»Wie dem auch sei«, sagte der Richter, »wir werden seine Geschichte überprüfen. Wachtmeister, du schickst den Oberkonstabler und zwei seiner Leute ins Dorf der fünf Widder, damit sie den Bauern und den Inhaber des Gasthofs befragen. Ich werde nun dem Befehlshaber der Militärpolizeistation schreiben, um mich nach diesen beiden Räubern zu erkundigen.«

Richter Di dachte einen Augenblick nach. Dann fügte er hinzu:

»In der Zwischenzeit müssen wir etwas unternehmen, um das Mädchen Liao Lien-fang ausfindig zu machen. Während Tao Gan heute Nachmittag Liaos Haus und Yehs Papierladen aufsucht, werden Ma Jung und Tschiao Tai zum Markt gehen und noch einmal versuchen, an der Stelle, wo das Mädchen verschwand, einen Hinweis zu finden.«

»Können wir Lan Tao-kuei auch mitnehmen, Euer Ehren?«, fragte Ma Jung. »Er kennt dort jeden Winkel!«

»Unbedingt!«, sagte Richter Di. »Ich werde jetzt mein Mittagsmahl einnehmen und dann hier auf der Liege ein Nickerchen machen. Meldet euch bei mir, sobald ihr zurück seid!«

Sechstes Kapitel

Tao Gan erhält eine interessante Information; ein Reiskaufmann spendiert ihm eine Gratismahlzeit.

Wachtmeister Hung begab sich mit Ma Jung und Tschiao Tai zum Wachhaus, wo sie ihren Mittagsreis einnehmen wollten, Tao Gan jedoch verließ sofort das Gericht. Er ging an der Ostseite des ehemaligen Exerzierplatzes entlang, der mit glitzerndem Schnee bedeckt war. Es wehte ein eisiger Wind, aber Tao Gan zog einfach den Kaftan enger um seine magere Gestalt und beschleunigte den Schritt. Vor dem Tempel des Kriegsgottes angekommen, erkundigte er sich nach Yehs Papiergeschäft und wurde in die nächste Straße gewiesen. Bald sah er das große Schild.

Tao Gan ging zu dem kleinen Gemüseladen gegenüber und investierte ein Kupferstück in eine eingelegte Rübe.

»Schneiden Sie sie hübsch klein und wickeln Sie sie in ein Stück Ölpapier!«, trug er dem Inhaber auf.

»Essen Sie sie nicht hier?«, fragte der Mann erstaunt.

»Essen auf der Straße ist in meinen Augen ein Zeichen von schlechten Manieren!«, entgegnete Tao Gan hochnäsig. Als er jedoch das verdrossene Gesicht des anderen bemerkte, fügte er rasch hinzu: »Ich muss sagen, Sie haben einen schönen, sauber aussehenden Laden. Sie machen hier sicher ein gutes Geschäft!«

Das Gesicht des Mannes hellte sich auf.

»Ich kann nicht klagen!«, erwiderte er. »Ich und meine Frau haben unsere tägliche Reisschale und unsere Gemüsesuppe, und keine Schulden!«

Dann fügte er stolz hinzu: »Und alle zwei Wochen haben wir eine Scheibe Fleisch!«

»Ich nehme an«, sagte Tao Gan, »dass der große Papierhändler auf der anderen Straßenseite jeden Tag viel Fleisch hat!«

»Von mir aus!«, sagte der Ladeninhaber gleichgültig. »Spieler essen nicht lange Fleisch!«

»Ist der alte Yeh ein Spieler?«, fragte Tao Gan. »Er sieht nicht danach aus.«

»Der nicht!«, sagte der andere. »Ich meine seinen jüngeren Bruder, diesen Schläger! Aber ich glaube nicht, dass er künftig noch viel Geld zum Spielen haben wird!«

»Wieso nicht?«, fragte Tao Gan. »Das Geschäft da drüben scheint sehr gut zu gehen!«

»Du hast keine Ahnung, Bruder!«, sagte der andere herablassend. »Jetzt hör mal gut zu! Erstens, Yeh Pin hat Schulden, und er gibt Yeh Tai nicht ein Kupferstück. Zweitens, Yeh Tai pflegte sich sein Taschengeld von seiner Schwester, Frau Pan, zu leihen. Drittens, Frau Pan ist ermordet worden. Viertens ...«

»Yeh Tai kriegt kein Geld mehr!«, vollendete Tao Gan den Satz.

»Da hast du's!«, sagte der Ladeninhaber triumphierend.

»So kann es gehen!«, bemerkte Tao Gan. Er schob die eingewickelte Rübe in seinen Ärmel und ging.

Er schlenderte in dem Viertel umher, auf der Suche nach einem Spielsalon. Als ehemaliger Berufsspieler hatte er einen Riecher dafür, und bald stieg er die Stufen in den ersten Stock eines Seidenladens empor.

In dem großen, sauber getünchten Raum spielten vier Männer mit Würfeln an einem quadratischen Tisch. Ein vierschrötiger Mann saß allein an einem Seitentisch und schlürfte seinen Tee. Tao Gan nahm ihm gegenüber Platz.

Der Verwalter betrachtete mürrisch Tao Gans geflickten Kaftan, dann sagte er kalt:

»Du gehst besser wieder, mein Freund! Der Mindesteinsatz in diesem Haus beträgt fünfzig Kupferlinge!«

Tao Gan ergriff die Teetasse des anderen und ließ seinen Mittelfinger zweimal langsam um ihren Rand kreisen.

»Entschuldige meine Grobheit!«, sagte der Verwalter hastig. »Trink eine Tasse und erzähle mir, was ich für dich tun kann!«

Tao Gan hatte das geheime Zeichen der Berufsspieler gemacht.

»Nun«, meinte er, »um die Wahrheit zu sagen, ich bin gekommen, um mir einen vertraulichen Rat zu holen. Dieser Yeh Tai aus dem Papiergeschäft schuldet mir eine hübsche Stange Geld, und er behauptet, er hätte jetzt kein einziges Kupferstück. Es ist zwecklos, an einem ausgelutschten Stück Zuckerrohr zu saugen, deshalb wollte ich sicher gehen, bevor ich die Daumenschrauben ansetze!«

»Lass dich nicht von ihm zum Narren halten, Bruder!«, sagte der Verwalter. »Als er gestern Abend hierher kam, spielte er mit Silberstücken!«

»Der dreckige Lügner!«, rief Tao Gan aus. »Er erzählte mir, sein Bruder sei ein Geizkragen und seine Schwester, die ihm zu helfen pflegte, sei ermordet worden!«

»Das mag schon stimmen«, meinte der Verwalter, »aber er hat noch andere Quellen! Gestern Abend, nachdem er ein wenig getrunken hatte, sagte er etwas von irgendeinem dummen Kerl, den er melken würde.«

»Könntest du nicht herausfinden, wer die Milchkuh ist?«, fragte Tao Gan eifrig. »Ich bin auf einem Bauernhof aufgewachsen und selbst ein geübter Melker!«

»Das ist keine schlechte Idee!«, entgegnete der Verwalter anerkennend. »Heute Abend, wenn Yeh Tai kommt, werde ich versuchen, es herauszufinden. Er hat eine Menge Muskeln, aber mit seinem Kopf ist nicht viel los. Wenn bei dem Geschäft genug für zwei drin ist, lasse ich es dich wissen.«

»Ich komme morgen wieder vorbei«, sagte Tao Gan. »Übrigens, bist du an einer kleinen Wette interessiert?«

»Immer!«, antwortete der Verwalter aufgeräumt.

Tao Gan holte die Kartonpapierstücke des Siebenbretts aus seinem Ärmel hervor.

Er legte sie auf den Tisch und verkündete: »Ich wette fünfzig Kupferlinge, dass ich mit diesen Papierstücken alles machen kann, was du sagst!«

Der Verwalter warf einen flüchtigen Blick auf die sieben Teile und sagte dann:

»Einverstanden! Mach mir eine runde Kupfermünze, ich liebe den Anblick von Geld!«

Tao Gan begab sich an die Arbeit, aber ohne Erfolg.

»Das verstehe ich nicht!«, rief er ärgerlich aus. »Neulich traf ich einen Burschen, der es konnte, und es sah ganz einfach aus!«

»Tja«, sagte der Verwalter gelassen, »gestern Abend beobachtete ich hier in diesem Haus, wie jemand achtmal hintereinander beim Würfeln gewann, und das sah ebenfalls ganz einfach aus. Doch als sein Freund es ihm nachzumachen versuchte, verlor er alles, was er besaß!« Als Tao

Gan wehmütig die Papierstücke zusammenraffte, fügte er hinzu: »Du kannst gleich bezahlen, wir Berufsspieler müssen immer ein Beispiel für prompte Abrechnung geben, meinst du nicht auch?«

Als Tao Gan traurig nickte und die Münzen abzuzählen begann, fügte der Verwalter ernst hinzu:

»Wenn ich du wäre, Bruder, würde ich dieses Spiel aufgeben! Mir scheint, es könnte dich viel Geld kosten!«

Tao Gan nickte wieder. Er stand auf und verabschiedete sich. Während er zum Glockenturm ging, überlegte er niedergeschlagen, dass die Information über Yeh Tai sehr interessant war, aber welchen Preis hatte er dafür zahlen müssen!

Er fand Liaos Haus ohne Schwierigkeiten, es stand dicht beim Tempel des Konfuzius. Es war ein prächtiges Gebäude mit einem Tor aus reich verziertem Holzwerk.

Tao Gan bekam Hunger, er blickte nach links und nach rechts, um ein billiges Esshaus zu entdecken. Aber dies war ein Wohnviertel, und das einzige Lokal war ein großes Restaurant gegenüber von Liaos Haus.

Mit einem tiefen Seufzer trat Tao Gan ein. Das würden ziemlich teure Ermittlungen, dachte er. Er ging in den ersten Stock hinauf und setzte sich an den Tisch am Fenster, von wo er das gegenüberliegende Haus im Auge behalten konnte.

Der Kellner begrüßte ihn freundlich, machte aber ein langes Gesicht, als Tao Gan nur einen kleinen Krug Wein bestellte, den kleinsten, den es gab. Als der Kellner den Miniaturkrug brachte, beäugte Tao Gan ihn voller Abscheu.

»Ihr fördert Trunkenheit, mein Freund!«, sagte er missbilligend.

»Hören Sie, mein Herr«, erwiderte der Kellner empört, »wenn Sie Fingerhüte wollen, müssen Sie zum Schneider gehen!« Indem er einen Teller mit Salzgemüse auf den Tisch knallte, fügte er hinzu: »Das macht fünf Kupferstücke extra!«

»Ich habe selbst welches!«, sagte Tao Gan ruhig. Er zog die eingewickelte Rübe aus seinem Ärmel und begann daran zu knabbern, während er das Haus gegenüber im Auge behielt.

Nach einer Weile sah er einen fettleibigen Mann in dicken Pelzen aus Liaos Haus kommen. Ein Kuli, der unter der Last eines großen Reisballens schwankte, folgte ihm. Der Mann betrachtete das Restaurant. Er versetzte dem Kuli einen Tritt und stieß barsch hervor: »Bring den Ballen in meinen Laden, und zwar rasch!«

Ein Lächeln breitete sich langsam über Tao Gans Gesicht aus. Er witterte die Aussicht, Informationen und gleichzeitig ein kostenloses Mahl zu bekommen.

Als der Reiskaufmann schnaufend und keuchend die Treppe heraufkam, bot Tao Gan ihm einen Platz an seinem Tisch an. Der Dicke ließ sich schwer auf den Stuhl fallen und bestellte einen großen Krug heißen Wein.

»Das ist ein hartes Leben heutzutage!«, sagte er mit pfeifendem Atem. »Wenn die Ware auch nur ein bisschen feucht ist, geben sie sie einem zurück! Und außerdem habe ich eine schwache Leber!« Er öffnete den Pelzmantel und legte besorgt die Hand an seine Seite.

»Für mich ist es nicht so hart!«, bemerkte Tao Gan fröhlich. »Ich werde für einige Zeit Reis zu hundert Kupferlingen pro Viertelscheffel essen!«

Der andere setzte sich aufrecht hin.

»Hundert Kupferstücke!«, stieß er ungläubig hervor. »Mann, der Marktpreis liegt bei hundertsechzig!«

»Nicht für mich!«, entgegnete Tao Gan selbstgefällig.

»Warum nicht für Sie?«, fragte der andere begierig.

»Ha!«, rief Tao Gan aus. »Das ist ein Geheimnis, darüber kann ich nur mit professionellen Reishändlern sprechen.«

»Trinken Sie etwas auf meine Kosten!«, sagte der Dicke rasch. Und dann, während er Tao Gans Becher vollschenkte: »Erzählen Sie's mir, ich liebe nämlich eine gute Geschichte!«

»Ich habe nicht viel Zeit«, antwortete Tao Gan, »aber ich will Ihnen das Wesentliche verraten. Heute Morgen traf ich drei Burschen. Sie waren mit ihrem Vater und einer Wagenladung Reis in die Stadt gekommen. Gestern Nacht starb ihr Vater an einem Herzanfall, sie brauchen rasch Geld für einen Sarg und um den Leichnam nach Hause zu bringen. Ich habe mich bereit erklärt, die ganze Ladung für hundert pro Viertelscheffel zu übernehmen. Tja, ich sollte jetzt besser gehen. Kellner, die Rechnung!«

Als er sich erhob, griff der Dicke nach seinem Ärmel.

»Warum so eilig, mein Freund?«, fragte er. »Leisten Sie mir bei einer Platte mit geröstetem Fleisch Gesellschaft! Heh, Kellner, bringen Sie noch einen Krug Wein, der Herr hier ist mein Gast!«

»Ich will nicht unhöflich sein«, meinte Tao Gan. Während er wieder Platz nahm, sagte er zum Kellner: »Ich habe einen schwachen Magen, bringen Sie geröstetes Huhn. Und die größte Platte!«

Als der Kellner sich entfernte, murmelte er:

»Erst will er es klein, dann will er es groß! Was ein Kellner sich alles gefallen lassen muss!«

»Um ehrlich zu sein«, sagte der Dicke vertraulich, »ich bin Reishändler, und ich kenne mich in meinem Geschäft aus! Wenn Sie diese Menge Reis selbst lagern, wird er verderben. Und auf dem Markt können Sie ihn nicht verkaufen, weil Sie nicht Mitglied der Gilde sind. Aber ich will Ihnen helfen und kaufe Ihnen die Menge zu hundertzehn ab!«

Tao Gan zögerte. Nachdem er langsam seinen Becher ausgetrunken hatte, sagte er:

»Darüber ließe sich vielleicht reden. Trinken Sie etwas!«

Er füllte ihre Becher bis zum Rand, dann zog er die Platte mit dem gerösteten Huhn zu sich heran. Während er sich rasch die besten Stücke aussuchte, fragte er:

»Gehört das Haus gegenüber nicht Gildenmeister Liao, dessen Tochter verschwunden ist?«

»So ist es!«, erwiderte der andere. »Aber er hatte Glück, das Mädel loszuwerden. Sie taugte nichts! Um jedoch auf den Reis zurückzukommen ...«

»Lassen Sie doch mal eine pikante Geschichte hören!«, unterbrach ihn Tao Gan, während er sich gierig noch ein Stück Huhn schnappte.

»Ich erzähle nicht gern Geschichten über reiche Kunden«, entgegnete der Dicke zögernd. »Ich habe nicht einmal meiner Alten etwas davon gesagt!«

»Wenn Sie mir nicht trauen ...«, meinte Tao Gan steif.

»Nichts für ungut!«, sagte der andere hastig. »Nun, das war so. Ich gehe neulich über den südlichen Teil des Marktes. Da sehe ich plötzlich Fräulein Liao, ohne Anstandsdame oder sonstige Begleitung, aus einem Gebäude in der Nähe des Weinhauses ›Frühlingswind‹ kommen. Sie blickt die Straße hinauf und hinunter und entfernt sich dann rasch. Ich denke, das ist aber merkwürdig, deshalb gehe ich zu dem Haus hinüber, um zu sehen, wer dort wohnt. In dem Moment öffnet sich die Tür, und heraus kommt ein dünner junger Bursche. Auch er blickt die Straße hinauf und hinunter und läuft dann ebenfalls schnell fort. Ich erkundige mich in einem Laden nach dem Haus. Was glauben Sie, was es war?«

»Ein Bordell«, sagte Tao Gan prompt, indem er den Rest des Salzgemüses in sich hineinschaufelte.

»Woher wussten Sie das?«, fragte der Dicke enttäuscht.

»Zufällig geraten!«, erwiderte Tao Gan und leerte seinen Becher. »Kommen Sie morgen um die gleiche Zeit wieder hierher, dann bringe ich die Frachtbriefe für den Reis mit. Vielleicht kommen wir ins Geschäft. Danke für die Einladung!«

Munter schritt er zur Treppe und ließ den dicken Reishändler erstaunt auf all die leeren Platten blickend zurück.

Siebtes Kapitel

Zwei Freunde besuchen das Haus des Boxers; ein einäugiger Soldat erzählt eine traurige Geschichte.

Ma Jung und Tschiao Tai beendeten ihr Mahl im Wachhaus mit einer Tasse bitterem Tee und verabschiedeten sich dann von Wachtmeister Hung. Im Gerichtshof wartete ein Stallknecht mit ihren Pferden auf sie.

Ma Jung blickte zum Himmel hoch. Er sagte:

»Es sieht nicht nach Schnee aus, Bruder! Lass uns zu Fuß gehen!«

Tschiao Tai war einverstanden. Sie verließen das Gericht mit energischen Schritten.

Sie gingen an der hohen Mauer vor dem Tempel des Stadtgottes vorbei, bogen dann nach rechts ab und betraten das ruhige Wohnviertel, in dem Lan Tao-kuei lebte.

Ein kräftiger junger Bursche, offenbar einer von Lans Schülern, öffnete die Tür. Er teilte ihnen mit, dass sich der Meister in der Übungshalle befand.

Die Übungshalle war ein weitläufiger, kahler Raum. Außer einer Holzbank neben dem Eingang enthielt er keine Möbel. Aber die Wände waren mit Gestellen besetzt, in denen sich eine große Sammlung von Schwertern, Speeren und Fechtstöcken befand. Lan Tao-kuei stand in der Mitte der dicken Schilfmatte, die den Boden bedeckte. Trotz der Kälte war er nackt, bis auf ein knapp sitzendes Lendentuch. Er trainierte mit einer schwarzen Kugel von ungefähr einer Handspanne Durchmesser.

Ma Jung und Tschiao Tai setzten sich auf die Bank und beobachteten gespannt jede seiner Bewegungen. Lan ließ die Kugel keinen Augenblick zur Ruhe kommen, er warf sie hoch, fing sie mal mit der linken, mal mit der rechten Schulter auf, ließ sie den Arm entlang in seine Hand rollen, ließ sie fallen, um sie jedoch mit einer geschmeidigen Bewegung, kurz bevor sie den Boden berührte, wieder aufzufangen – all das mit einer anstrengungslosen Anmut, die die beiden Zuschauer faszinierte.

Lans Körper war haarlos wie sein Kopf, und die gerundeten Arme und Beine zeigten keinerlei Muskulatur. Seine Taille war schmal, aber er hatte breite Schultern und einen dicken Hals.

»Seine Haut ist so glatt wie die einer Frau«, flüsterte Tschiao Tai Ma Jung zu, »aber darunter befinden sich Muskeln wie Peitschenschnüre!«

Ma Jung nickte in schweigender Bewunderung.

Plötzlich hielt der Meister inne. Er stand eine Weile da und regulierte seinen Atem, dann trat er mit einem breiten Lächeln auf seine beiden Freunde zu. Während er Ma Jung in der ausgestreckten Hand die Kugel hinhielt, sagte er:

»Halte sie einen Augenblick. Ich will mir nur mein Gewand anziehen.«

Ma Jung nahm die Kugel, ließ sie jedoch mit einem Fluch aus der Hand gleiten. Mit einem dumpfen Aufprall fiel sie zu Boden. Sie war aus massivem Eisen.

Alle drei brachen in Lachen aus.

»Heiliger Himmel!«, rief Ma Jung, »als ich dich damit trainieren sah, dachte ich, sie sei aus Holz!«

»Ich wünschte, du würdest mir diese Übung beibringen!«, seufzte Tschiao Tai sehnsüchtig.

»Wie ich euch beiden schon sagte«, entgegnete Lan Tao-kuei mit seinem stillen Lächeln, »lehre ich grundsätzlich keine einzelnen Griffe oder Übungen. Es wird mir immer ein Vergnügen sein, euch zu unterrichten, aber ihr müsst den ganzen Kurs mitmachen!«

Ma Jung kratzte sich am Kopf.

»Habe ich das richtig in Erinnerung«, fragte er, »dass deine Trainingsregeln vorschreiben, sich von den Frauen fernzuhalten?«

»Frauen schwächen die Kräfte eines Mannes!«, sagte Lan. Er sprach so bitter, dass seine beiden Freunde ihm einen erstaunten Blick zuwarfen. Lan gestattete sich selten derart heftige Äußerungen. Rasch lächelnd fuhr der Boxer fort: »Das heißt, es macht nichts, wenn man die Kontrolle behält. Ich mache euch Sonderkonditionen. Das Trinken müsst ihr ganz aufgeben, ihr müsst die Diät einhalten, die ich euch vorschreibe, und ihr dürft nur einmal im Monat mit einer Frau schlafen. Das ist alles!«

Ma Jung sah Tschiao Tai zweifelnd an.

»Nun«, sagte er, »da liegt der Hase im Pfeffer, Bruder Lan! Ich glaube nicht, dass mir Trinken und Weiber mehr bedeuten als irgendeinem anderen, aber ich gehe jetzt auf die Vierzig zu, und beides ist mir zu einer Art Gewohnheit geworden, weißt du. Wie steht's mit dir, Tschiao Tai?«

An seinem kleinen Schnurrbart herumfingernd, antwortete Tschiao Tai:

»Was die Weiber betrifft, nun, in Ordnung es sei denn, es ist was ganz Besonderes! Aber völlig ohne Wein ...«

»Seht ihr!«, lachte Meister Lan. »Aber das macht nichts. Ihr seid beide Boxer des neunten Grades, es besteht keine Notwendigkeit, den Zusatzgrad zu machen. In eurem Beruf werdet ihr nie gegen einen Gegner kämpfen müssen, der die höchste Stufe erreicht hat!«

»Warum nicht?«, fragte Ma Jung.

»Ganz einfach!«, antwortete der Meister. »Um vom ersten bis zum neunten Grad zu gelangen, genügen ein kräftiger Körper und Ausdauer. Für den Zusatzgrad jedoch sind Kraft und Geschicklichkeit von zweitrangiger Bedeutung. Nur Männer mit einem völlig zur Ruhe gekommenen Geist können ihn erreichen, und eine solche Eigenschaft schließt natürlich eine Verbrechermentalität aus!«

Ma Jung gab Tschiao Tai einen Rippenstoß.

»Wenn das so ist«, sagte er fröhlich, »machen wir besser weiter wie bisher, Bruder! Zieh dich jetzt an, Bruder Lan, wir möchten, dass du uns zum Markt begleitest!«

Während Lan sich ankleidete, bemerkte er:

»Ich glaube, euer Richter könnte den Zusatzgrad schaffen, wenn er wollte. Er macht auf mich den Eindruck eines Mannes mit einer außergewöhnlich starken Persönlichkeit.«

»Die hat er!«, sagte Ma Jung. »Außerdem ist er ein Schwertfechter der Spitzenklasse, und einmal sah ich ihn einen Boxhieb austeilen, der mir das Wasser im Mund zusammenlaufen ließ. Er isst und trinkt sehr maßvoll, und seine Frauen können wir wahrscheinlich ruhig als Routine bezeichnen. Dennoch gibt es auch bei ihm einen Haken. Du glaubst doch nicht etwa im Ernst, dass er sich jemals seinen Bart abrasieren lassen würde, oder?«

Lachend gingen die drei Freunde zur Haustür.

Sie schlenderten in südlicher Richtung davon, und bald gelangten sie an das hohe, mit Ornamenten verzierte Tor der Markthalle. Eine dichtgedrängte Menge wälzte sich durch die schmalen Gänge, doch sobald die Menschen Lan Tao-kuei erkannten, machten sie ihm Platz, denn der Boxer war in Pei-tscho wohlbekannt.

»Dieser Bazar«, sagte Lan, »stammt noch aus den Tagen, da Pei-tscho das Hauptversorgungszentrum der tatarischen Stämme war. Es heißt, die Gänge in diesem Kaninchengehege haben eine Länge von insgesamt mehr als fünf Meilen! Wonach sucht ihr eigentlich?«

»Unsere Befehle lauten«, erwiderte Ma Jung, »einen Hinweis auf den Aufenthaltsort von Liao Lien-fang zu finden, die kürzlich hier verschwunden ist.«

»Es passierte, während sie einem tanzenden Bären zusah, erinnere ich mich«, sagte der Boxer. »Kommt mit, ich weiß, wo die Tataren diese Nummer vorführen!«

Er brachte sie über eine Abkürzung hinter den Läden in einen breiteren Gang. »Hier ist es!«, sagte er. »Ich sehe zwar im Augenblick keine Tataren, aber dies ist die Stelle!«

Ma Jung betrachtete die schäbigen Stände rechts und links, an denen die Verkäufer mit heiseren Stimmen ihre Waren anpriesen. Er bemerkte:

»Der alte Hung und Tao Gan haben alle diese Burschen bereits vernommen, und sie verstehen ihr Handwerk! Es hat keinen Sinn, das Ganze noch einmal zu wiederholen. Ich frage mich allerdings, was das Mädchen hier wollte. Man würde doch erwarten, dass sie sich auf den nördlichen Teil des Marktes beschränkt, wo die besseren Läden sind, die Seide und Brokat verkaufen.«

»Was meint ihre Anstandsdame dazu?«, fragte der Boxer.

»Sie sagt, sie hätten sich verirrt«, antwortete Tschiao Tai, »und als sie den dressierten Bären entdeckten, beschlossen sie, eine Weile zu bleiben und zuzusehen.«

»Zwei Straßen weiter südlich«, bemerkte Lan, »ist das Bordellviertel. Könnte es nicht sein, dass die Leute von dort etwas damit zu tun haben?«

Ma Jung schüttelte den Kopf.

»Ich selbst habe in diesen Bordellen Nachforschungen angestellt«, sagte er, »und ich habe nichts gefunden. Wenigstens nichts, was mit dem Fall zu tun hätte!«, fügte er grinsend hinzu.

Er vernahm seltsame unartikulierte Töne hinter sich. Er drehte sich um und sah einen etwa sechzehnjährigen, in Lumpen gehüllten Jungen. Sein Gesicht zuckte furchtbar, während er fremdartige Laute ausstieß. Ma Jung griff in seinen Ärmel, um ihm ein Kupferstück zu geben, aber der Junge hatte sich bereits an ihm vorbeigedrängt und zupfte aufgeregt an Meister Lans Ärmel.

Der Boxer lächelte und legte seine große Hand auf den zerzausten Kopf des Jungen. Dieser beruhigte sich sofort und sah verzückt zu der ihn turmhoch überragenden Gestalt auf.

»Du hast wirklich sonderbare Freunde!«, sagte Tschiao Tai verwundert.

»Er ist nicht sonderbarer als die meisten Leute, die man hier so sieht!«, entgegnete Lan ruhig. »Er ist das im Stich gelassene Kind eines chinesischen Soldaten und einer tatarischen Prostituierten. Ich fand ihn einmal auf der Straße, ein Betrunkener hatte ihn getreten und ihm ein paar Rippen gebrochen. Ich habe sie gerichtet und den Jungen einige Zeit bei mir behalten. Er ist stumm, aber er kann ein bisschen hören, und wenn man sehr langsam spricht, versteht er einen. Er ist leidlich intelligent, ich habe ihm ein paar nützliche Tricks beigebracht, und wer es jetzt noch wagt, ihn anzugreifen, muss wirklich sehr betrunken sein! Ich hasse nämlich nichts mehr, als wenn wehrlose Menschen misshandelt werden. Ich wollte den Jungen als Laufburschen behalten, doch er ist manchmal geistesabwesend, und es gefällt ihm besser hier auf dem Markt. Er besucht mich regelmäßig, um eine Schale Reis bei mir zu essen und ein Schwätzchen zu halten.«

Der Junge stieß wieder seine unartikulierten Laute aus. Lan hörte aufmerksam zu, dann sagte er:

»Er möchte wissen, was ich hier tue. Ich sollte ihn vielleicht nach dem verschwundenen Mädchen fragen. Der Bursche hat sehr scharfe Augen, es passiert hier kaum etwas, von dem er nichts weiß.«

Er erzählte dem Jungen langsam von dem tanzenden Bären und dem Mädchen, seine Worte mit Gesten illustrierend. Der Junge lauschte angespannt und beobachtete dabei eifrig die Lippen des Boxers. Schweißperlen bildeten sich auf seiner missgestalteten Stirn. Als Lan geendet hatte, wurde der Junge sehr aufgeregt. Er steckte seine Hand in Lans Ärmel und brachte die Kartonpapierstücke des Siebenbretts zum Vorschein. Dann hockte er sich hin und begann, sie auf den Straßensteinen zu ordnen.

»Ich habe ihm das beigebracht!«, erklärte der Boxer lächelnd. »Es hilft ihm oft, auszudrücken, was er sagen will. Mal sehen, was er jetzt macht!«

Die drei Freunde beugten sich vor und betrachteten die Figur, die der Junge legte.

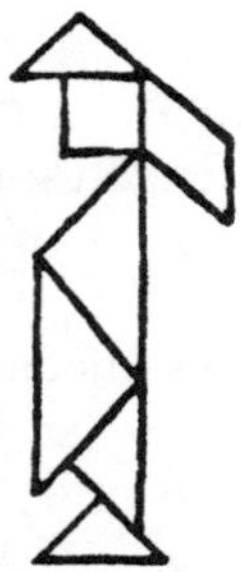

»Das ist offensichtlich ein Tatar«, bemerkte Lan. »Das Ding auf seinem Kopf ist die schwarze Kapuze, die die Tataren aus der Ebene tragen. Was ist mit diesem Burschen, mein Freund?«

Der stumme Junge schüttelte traurig den Kopf. Dann ergriff er Lans Ärmel und gab ein paar heisere Laute von sich.

»Er meint, dass es zu schwierig für ihn zu erklären ist«, sagte der Boxer. »Er will, dass ich ihn zu dem alten Weib begleite, einer Bettlerin, die sich mehr oder weniger um ihn kümmert. Sie leben in einem Erdloch unter einem Laden, ihr wartet besser hier. Es ist ziemlich schmutzig dort und stinkt, aber es ist warm, und das allein zählt!«

Lan ging mit dem Jungen fort. Ma Jung und Tschiao Tai begannen die Tatarendolche zu besichtigen, die an einem nahegelegenen Straßenstand feilgeboten wurden.

Der Boxer kam allein zurück. Er sagte mit erfreuter Miene:

»Ich glaube, ich habe etwas für euch! Kommt hierher!« Er zog die beiden Männer in die Ecke hinter dem Stand und fuhr dann leise fort: »Die Alte sagte, dass sie und der Junge sich in der Menge befanden und dem dressierten Bären zuschauten. Sie sahen ein gut gekleidetes Mädchen mit einer älteren Dame und versuchten, zu ihnen zu gelangen, weil sie hofften, sich ein paar Kupferlinge erbetteln zu können. Doch gerade, als die Alte das Paar ansprechen wollte, flüsterte eine Dame mittleren Alters, die hinter dem Mädchen stand, diesem etwas zu. Das Mädchen warf einen raschen Blick auf ihre Anstandsdame, und als sie sah, dass diese in die Vorführung vertieft war, stahl sie sich mit der anderen Frau davon. Der Junge kroch zwischen den Beinen der Zuschauer hindurch und ging ihnen nach, um seine Kupfermünzen zu bekommen. Doch da stieß ihn ein riesiger Kerl mit einer Tatarenkapuze zur Seite und folgte dem Paar. Der Junge hielt es für besser, seinen Versuch, ein paar Kupferlinge zu verdienen, aufzugeben, denn der Kapuzenkerl sah wirklich sehr grimmig aus. Findet ihr das nicht auch höchst interessant?«

»Und ob!«, rief Ma Jung aus. »Konnten die Alte oder der Junge die Frau und den Tataren beschreiben?«

»Leider nicht!«, erwiderte der Boxer. »Ich habe ihnen natürlich dieselbe Frage gestellt. Die Frau hatte den unteren Teil ihres Gesichts mit einem Halstuch bedeckt, und der Mann hatte sich die langen Ohrenklappen der Kapuze über den Mund gezogen.«

»Das müssen wir sofort melden!«, sagte Tschiao Tai. »Es ist der erste wirkliche Anhaltspunkt, den wir im Zusammenhang mit dem verschwundenen Mädchen haben!«

»Ich bringe euch auf einer Abkürzung zum Ausgang«, sagte Meister Lan.

Er führte sie in einen schmalen, halbdunklen Gang, in dem ein dichtes Gedränge herrschte. Plötzlich hörten sie den durchdringenden Schrei einer Frau, gefolgt vom Krachen splitternder Möbel. Die Menge um sie herum löste sich auf, im nächsten Moment waren die drei Freunde allein in dem Gang.

»Da drüben in dem dunklen Haus!«, rief Ma Jung. Er eilte voraus, stieß mit dem Fuß die Tür auf und trat ein, seine beiden Kameraden dicht hinter ihm.

Sie durchquerten ein verlassenes Wohnzimmer und liefen eine breite Holztreppe hinauf. Oben befand sich nur ein einziger großer Raum, der auf der Straßenseite lag. Er bot ein wirres Bild. In der Mitte schlugen und traten zwei Raufbolde auf zwei Männer ein, die sich am Boden krümmten. Eine halb angezogene Frau kauerte neben dem Bett an der Tür; auf dem Bett vor dem Fenster versuchte eine andere Frau, ihre Nacktheit mit einem Lendentuch zu bedecken.

Die Raufbolde ließen von ihren Opfern ab. Ein stämmiger Bursche mit einer Binde über dem rechten Auge suchte sich Meister Lan als das schwächste Glied des Angriffs aus, irregeführt durch den rasierten Kopf des Boxers. Er zielte einen raschen Hieb auf Lans Gesicht. Der Boxer bewegte seinen Kopf unmerklich zur Seite, und während die Faust an seinem Gesicht vorbeisauste, versetzte er der Schulter des Mannes einen beiläufigen Stoß. Der Raufbold schoss vorwärts wie ein Pfeil von der Sehne und fiel krachend gegen die Wand, wobei sich seine Augenbinde löste. Gleichzeitig hatte sich der andere Raufbold geduckt, um seinen Kopf in Ma Jungs Magen zu rammen. Doch der hob sein Knie, so dass es im Gesicht des Angreifers landete. Die nackte Frau schrie wieder.

Der einäugige Mann war aufgestanden. Keuchend sagte er:

»Wenn ich mein Schwert hätte, würde ich Hackfleisch aus euch Gaunern machen!«

Ma Jung wollte ihn niederschlagen, aber Lan legte ihm eine Hand auf den Arm und hielt ihn zurück.

»Ich glaube«, sagte er ruhig, »wir verbünden uns mit der falschen Seite!« Zu den Raufbolden gewandt, fügte er hinzu: »Diese beiden Männer sind Beamte des Gerichts.«

Die beiden Opfer, die sich inzwischen aufgerappelt hatten, strebten eilig der Tür zu, aber Tschiao Tai verstellte ihnen rasch den Weg.

Das Gesicht des einäugigen Mannes hellte sich auf. Er musterte die drei Freunde und wandte sich dann instinktiv an Tschiao Tai, indem er sagte:

»Ich bedaure den Fehler, Beamter! Wir dachten, Sie wären mit diesen beiden Schleppern im Bunde. Ich und mein Freund sind Fußsoldaten der Nordarmee auf Urlaub.«

»Zeigt eure Papiere!«, befahl Tschiao Tai kurz.

Der Mann zog einen zerknitterten Umschlag aus seinem Gürtel. Er trug das große Siegel der Nordarmee. Tschiao Tai sah rasch die darin befindlichen Papiere durch. Als er den Umschlag zurückgab, sagte er:

»Das ist in Ordnung. Erzählt eure Geschichte!«

»Die Hure auf dem Bett da drüben«, begann der Soldat, »sprach uns auf der Straße an und forderte uns auf, mit herzukommen und uns zu amüsieren. Wir kamen herein und fanden die andere Hure hier vor. Wir bezahlten im Voraus und vergnügten uns, dann machten wir ein Nickerchen. Als wir aufwachten, war unser ganzes Geld verschwunden. Ich schlug Krach, da tauchten diese beiden sauberen Schlepper auf und behaupteten, die Weiber wären ihre Frauen. Wenn wir nicht ganz still verschwänden, würden sie die Militärpolizei rufen und sagen, wir hätten die Frauen vergewaltigt. Wir steckten in einer üblen Klemme, denn wenn einen die Militärpolizei erst einmal in den Fingern hat, geht man durch alle zehn Höllen, schuldig oder nicht! Die schlagen einen zusammen, nur um sich warmzuhalten! Deshalb beschlossen wir, auf unser Geld zu verzichten, aber diesen beiden Gaunern zuvor noch einen Denkzettel zu verpassen.«

Ma Jung hatte die beiden anderen Männer von oben bis unten gemustert. Jetzt rief er plötzlich aus:

»Die beiden Helden kommen mir doch bekannt vor! Sie gehören zu dem zweiten Bordell zwei Straßen weiter!«

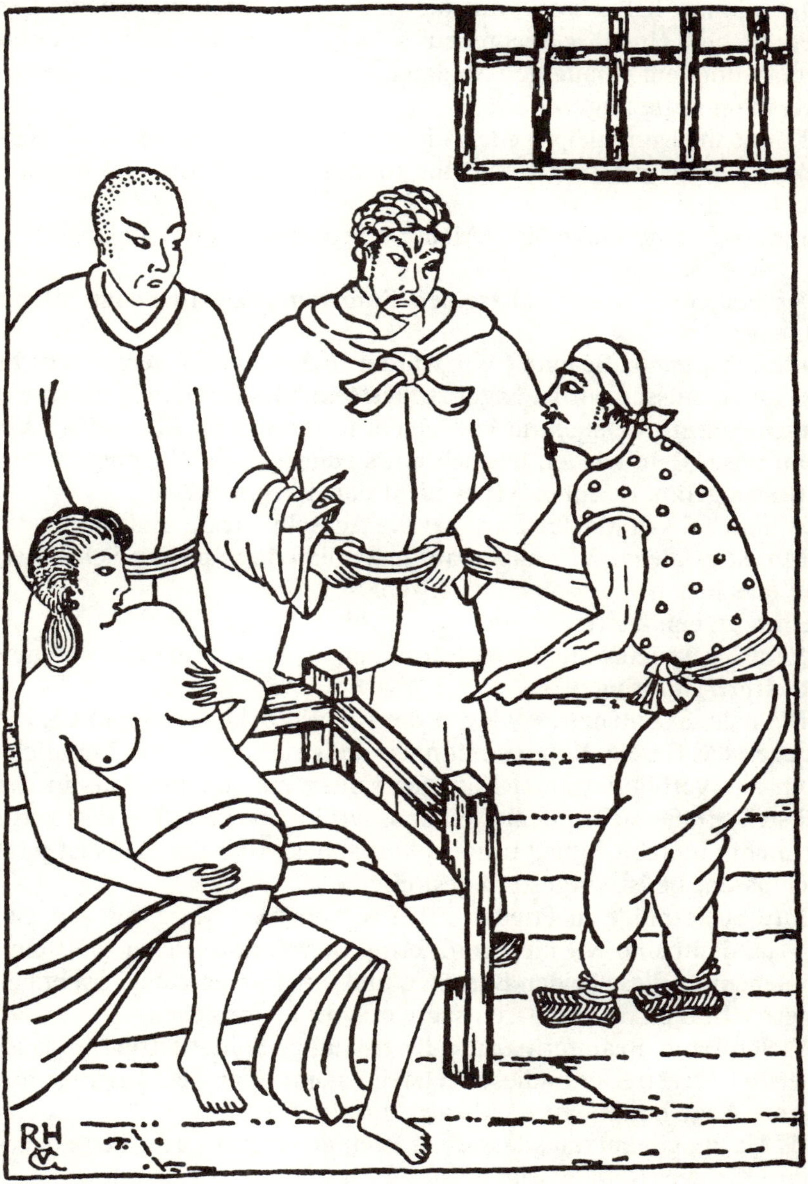

Ma Jung und ein Boxer hören die Geschichte eines Soldaten

Die Männer fielen sofort auf die Knie und flehten um Gnade. Der Ältere brachte einen Geldbeutel aus seinem Ärmel zum Vorschein und übergab ihn dem einäugigen Soldaten.

Ma Jung sagte angewidert:

»Könnt ihr Dummköpfe euch nicht einmal einen neuen Trick ausdenken? Ihr werdet langweilig! Ihr kommt mit zum Gericht, und die Frauen auch!«

»Ihr könnt eine Klage bei Gericht vorbringen«, sagte Tschiao Tai zu den Soldaten.

Der einäugige Mann sah seinen Kameraden zweifelnd an. Dann meinte er:

»Ehrlich gesagt, Beamter, wir würden lieber darauf verzichten. In zwei Tagen müssen wir im Lager zurück sein, und im Gericht zu knien, ist nicht unsere Vorstellung von einem letzten guten Abenteuer. Wir haben unser Geld wieder, und ich muss zugeben, die Mädchen haben ihr Bestes getan. Könnten wir es nicht dabei belassen?«

Tschiao Tai sah Ma Jung an, der die Achseln zuckte und sagte:

»Mir ist es gleich. Wir haben auf jeden Fall diese beiden Schlepper, denn dies hier ist ein Haus ohne Lizenz.«

Er fragte den älteren Mann:

»He du, vermietest du dieses Haus auch an Herren, die ihre eigenen Bettwärmer mitbringen?«

»Niemals, Exzellenz!«, erwiderte der Angesprochene tugendhaft. »Es ist gegen das Gesetz, Kunden mit nicht registrierten Frauen Räumlichkeiten zur Verfügung zu stellen! Sie finden ein solches Haus in der nächsten Straße, neben dem Weinhaus ›Frühlingswind‹. Die Besitzerin war nicht einmal Mitglied unseres Verbandes. Aber das Haus ist jetzt geschlossen, sie ist vorgestern gestorben.«

»Ihre Seele möge in Frieden ruhen!«, bemerkte Ma Jung andächtig. »Tja, dann sind wir hier wohl fertig. Der Marktaufseher und seine Männer sollen diese beiden Burschen und ihre Damen zum Gericht befördern.« Und zu den Soldaten sagte er: »Ihr könnt gehen!«

»Vielen Dank, Beamter!«, sagte der einäugige Soldat erfreut. »Das ist der erste Glückstreffer in diesen letzten Tagen! Nach dem Unglück mit meinem Auge hatten wir nichts als Ärger!«

Als Ma Jung bemerkte, dass die fröstelnde Frau auf dem Bett zögerte, ihre Kleider zu holen, rief er ihr zu:

»Sei nicht so prüde, Mädchen! Das ist doch nur eine gute Reklame für das Haus!«

Als das Mädchen sich vom Bett erhob, drehte Lan Tao-kuei ihr den Rücken zu und fragte den Soldaten beiläufig:

»Was ist mit deinem Auge passiert?«

»Es ist erfroren auf dem Weg vom Dorf der fünf Widder hierher«, antwortete der Soldat. »Wir hielten nach jemandem Ausschau, der uns helfen könnte, rasch in die Stadt zu kommen, aber wir sahen nur einen alten Burschen zu Pferde. Und das muss ein Gauner gewesen sein, denn er galoppierte davon, kaum dass er uns erblickt hatte. Ich sagte zu meinem Kameraden ...«

»Moment mal!«, unterbrach ihn Ma Jung. »Trug der Bursche etwas bei sich?«

Der Soldat kratzte sich am Kopf. Dann erwiderte er:

»Ja, jetzt wo Sie es erwähnen – an seinem Sattelknauf hing ein Lederbeutel oder so etwas Ähnliches.«

Ma Jung warf Tschiao Tai einen raschen Blick zu und sagte zu dem Soldaten:

»Zufällig interessiert sich unser Richter für den Burschen, den ihr gesehen habt. Ihr müsst zum Gericht mitkommen, aber ich verspreche euch, es dauert nicht lang.« Zu Meister Lan gewandt, sagte er: »Gehen wir!«

»Nun, da ich gesehen habe, dass ihr beiden tatsächlich euer Geld verdient«, entgegnete der Boxer grinsend, »verabschiede ich mich hier! Ich besorge mir unterwegs etwas zu essen und gehe dann ins Badehaus.«

Achtes Kapitel

Richter Di rekapituliert zwei schwierige Fälle; ein junger Mann gesteht einen moralischen Fehler ein.

Als Ma Jung und Tschiao Tai zusammen mit den beiden Soldaten im Gericht ankamen, sagten ihnen die Wachen am Tor, dass Tao Gan bereits zurück sei und sich mit dem Richter und Wachtmeister Hung in das private Büro zur Beratung zurückgezogen habe. Ma Jung informierte sie, dass gleich der Marktaufseher käme und zwei Männer und zwei Frauen mitbrächte. Die Männer könnten dem Gefängniswärter übergeben werden, und um die beiden Prostituierten solle sich Frau Kuo kümmern. Nachdem dies erledigt war, gingen sie zu Richter Dis Büro weiter. Den beiden Soldaten befahlen sie, draußen im Flur zu warten.

Der Richter war mit Hung und Tao Gan in eine Unterhaltung vertieft, doch als er seine beiden anderen Mitarbeiter eintreten sah, forderte er sie auf, sogleich Bericht zu erstatten.

Ma Jung gab eine detaillierte Schilderung der Ereignisse auf dem Markt und sagte abschließend, dass die beiden Soldaten draußen warteten.

Richter Di machte ein sehr zufriedenes Gesicht. Er sagte:

»Zusammen mit dem, was Tao Gan herausgefunden hat, haben wir jetzt wenigstens eine allgemeine Vorstellung davon, was dem Mädchen zugestoßen ist. Aber bringt zuerst diese Soldaten herein!«

Nachdem die beiden Soldaten den Richter ehrerbietig gegrüßt hatten, ließ dieser sie ausführlich ihre Geschichte wiederholen. Dann sagte er:

»Eure Information ist sehr wichtig. Ich werde euch einen Brief an den militärischen Befehlshaber mitgeben und ihn bitten, euch einem Garnisonsposten im Nachbarbezirk zuzuteilen, so dass ich euch zur Zeugenaussage vorladen kann, falls dies notwendig sein sollte. Der Wachtmeister wird euch jetzt zum Gefängnis bringen und dem Verdächtigen gegenüberstellen, anschließend begebt ihr euch zur Kanzlei und diktiert dem Schreiber eure Aussage. Ihr könnt gehen!«

Die Soldaten dankten dem Richter überschwänglich, außer sich vor Freude über diese Verlängerung ihres Urlaubs. Nachdem Wachtmeister Hung zusammen mit ihnen gegangen war, nahm der Richter ein offizielles Blatt Papier und schrieb den Brief an den militärischen Befehlshaber. Dann forderte er Tao Gan auf, Ma Jung und Tschiao Tai zu berichten, was er in der Spielhölle und im Restaurant erfahren hatte. Als Tao Gan geendet hatte, kehrte Hung zurück und meldete, dass die beiden Soldaten Pan Feng sofort als den Reiter erkannt hätten, der ihnen vor der Stadt begegnet war.

Richter Di leerte seine Teetasse, dann sagte er:

»Wir wollen nun den Stand unserer Ermittlungen zusammenfassen! Zunächst einmal, was den Mord an Frau Pan betrifft. Jetzt, da sich Pan Fengs Geschichte von seiner Begegnung mit den sogenannten Räubern als wahr erwiesen hat, bezweifle ich kaum, dass auch der Rest seiner Aussage stimmt. Um ganz sicherzugehen, werden wir abwarten, bis die Konstabler, die ich zum Dorf der fünf Widder geschickt habe, zurück sind, dann lassen wir Pan frei. Ich persönlich bin davon überzeugt, dass er völlig unschuldig ist. Wir müssen uns darauf konzentrieren, einen Hinweis auf die dritte Person zu finden, den Mann, der Frau Pan irgendwann zwischen dem Mittag des fünfzehnten und dem Morgen des sechzehnten dieses Monats ermordet hat.«

»Da der Mörder im Voraus gewusst haben muss, dass Pan an jenem Nachmittag die Stadt verlassen würde«, bemerkte Tao Gan, »muss es jemand sein, der die Pans gut kannte. Yeh Tai könnte uns Informationen über Frau Pans Bekanntschaften geben, er war mit seiner Schwester sehr vertraut.«

»Yeh Tai werden wir uns auf jeden Fall genauer ansehen«, sagte Richter Di. »Was du über ihn in der Spielhölle erfahren hast, beweist, dass eine sorgfältige Überprüfung der Aktivitäten dieses Burschen angezeigt ist. Und ich selbst werde Pan Feng nach seinen eigenen Freunden und Bekannten fragen. Nun kommen wir zum Verschwinden von Fräulein Liao Lien-fang. Tao Gans Freund, der Reiskaufmann, erzählte, dass sie mit einem jungen Mann ein geheimes Stelldichein in einem Bordell auf dem Markt in der Nähe des Weinhauses ›Frühlingswind‹ hatte. Es ist offenbar dasselbe Haus, das der Schlepper erwähnte. Ein paar Tage später spricht eine Frau Fräulein Liao in derselben Gegend an, und beide verschwinden. Ich nehme an, die Frau teilte ihr mit, dass ihr Geliebter sie erwarte, weshalb sie gleich mitging. Über die Rolle, die der Kapuzenmann dabei spielte, können wir nur Vermutungen anstellen.«

»Offenkundig war er nicht der Geliebte des Mädchens«, sagte Wachtmeister Hung. »Der Reiskaufmann beschrieb ihn als einen dünnen jungen Mann, während der stumme Junge von einem großen, stämmigen Kerl sprach.«

Richter Di nickte. Nachdenklich strich er sich eine Weile über seinen Backenbart.

Dann fuhr er fort:

»Gleich nachdem mir Tao Gan von Fräulein Liaos geheimem Treffen erzählt hatte, schickte ich den Oberkonstabler zum Laden des Reiskaufmanns, damit er sich von diesem das Haus zeigen lässt. Anschließend sollte der Oberkonstabler Tschu Ta-yuans Haus aufsuchen und Yü Kang herbeizitieren. Sieh nach, ob der Oberkonstabler schon zurück ist, Wachtmeister!«

Als Hung wieder hereinkam, sagte er:

»Das Haus, das Fräulein Liao verließ, war in der Tat das gegenüber vom Weinhaus. Die Nachbarn erzählten dem Oberkonstabler, dass die Besitzerin vorgestern starb und dass das einzige Dienstmädchen, das dort beschäftigt war, wieder aufs Land zurückgekehrt ist. Sie wussten, dass in jenem Haus seltsame Dinge geschahen, oft ging es dort bis tief in die Nacht sehr laut zu, aber sie hielten es für klüger, so zu tun, als ob sie nichts bemerkten. Der Oberkonstabler hat die Tür aufbrechen lassen. Das Haus war besser möbliert, als man es in jener Gegend erwarten würde. Es steht leer, seit die Besitzerin gestorben ist, niemand hat bisher Anspruch darauf erhoben. Der Oberkonstabler hat eine Bestandsaufnahme gemacht und dann das Haus versiegelt.«

»Ich bezweifle, dass die Bestandsliste sehr vollständig sein wird!«, bemerkte der Richter. »Die meisten der beweglichen Gegenstände werden sich jetzt vermutlich im Hause des Oberkonstablers befinden! Ich misstraue dem Burschen mit seinen plötzlichen Anfällen von Arbeitseifer! Nun, es ist wirklich schade, dass die Besitzerin ausgerechnet jetzt sterben musste, sie hätte uns viel über Fräulein Liaos geheimen Geliebten erzählen können. Ist Yü Kang eingetroffen?«

»Er sitzt im Wachhaus, Euer Ehren«, antwortete Hung. »Ich werde ihn jetzt holen.«

Als Wachtmeister Hung Yü Kang hereinführte, dachte der Richter, dass der gutaussehende junge Mann wirklich sehr angegriffen aussah. Sein Mund zuckte nervös, und er konnte seine Hände nicht stillhalten.

»Setzen Sie sich, Yü Kang!«, sagte der Richter freundlich. »Unsere Ermittlungen machen zwar Fortschritte, aber ich meine, wir sollten etwas mehr über den Hintergrund Ihrer Verlobten erfahren. Wie lange kannten Sie sich?«

»Drei Jahre, Euer Ehren«, antwortete Yü Kang leise.

Richter Di runzelte die Stirn. Er bemerkte:

»Die Alten sagen, dass, nachdem es eine Einigung über die Verbindung zweier junger Leute gegeben hat, es für alle Beteiligten von Nutzen ist, wenn die Heirat stattfindet, sobald die künftigen Ehepartner das heiratsfähige Alter erreicht haben.«

Yü Kang wurde rot. Hastig sagte er:

»Der alte Herr Liao ist sehr vernarrt in seine Tochter, Euer Ehren, und schien keine Lust zu haben, sich von ihr zu trennen. Was meine eigenen Eltern angeht, so baten sie, da sie weit entfernt im Süden leben, den ehrenwerten Tschu Ta-yuan, in allen Dingen, die mich betreffen, in ihrem Namen zu handeln. Ich wohne in Herrn Tschus Haus, seit ich hierher kam, und er befürchtet verständlicherweise, dass er nicht mehr die ganze Zeit über mich verfügen kann, wenn ich erst meinen eigenen Hausstand gegründet habe. Er war immer wie ein Vater zu mir, Herr, und ich hatte das Gefühl, ihn nicht drängen zu sollen, dass er in eine frühe Heirat einwilligt.«

Richter Di sagte nichts dazu. Stattdessen fragte er:

»Was, glauben Sie, ist Lien-fang zugestoßen?«

»Ich weiß es nicht!«, rief der junge Mann aus. »Ich habe wieder und wieder darüber nachgedacht, ich habe solche Angst ...«

Der Richter sah Yü Kang schweigend an, der dasaß und die Hände rang. Tränen liefen ihm über die Wangen.

»Ist es nicht so«, fragte er plötzlich, »dass Sie befürchten, sie könnte mit einem anderen Mann fortgegangen sein?«

Yü Kang blickte auf. Durch seine Tränen hindurch lächelnd sagte er: »Nein, Euer Ehren, das ist völlig ausgeschlossen! Lien-fang und ein heimlicher Geliebter! Nein, da wenigstens bin ich mir ganz sicher, Euer Ehren!«

»In dem Fall«, sagte der Richter ernst, »habe ich schlechte Nachrichten für Sie, Yü Kang. Wenige Tage vor ihrem Verschwinden wurde sie gesehen, wie sie ein Bordell auf dem Markt verließ, zusammen mit einem jungen Mann.«

Yü Kangs Gesicht wurde aschfahl. Er starrte Richter Di mit weit aufgerissenen Augen an, als ob er einen Geist gesehen hätte. Plötzlich stieß er hervor:

»Jetzt ist unser Geheimnis bekannt! Ich bin verloren!«

Er brach in ein krampfartiges Schluchzen aus. Auf ein Zeichen Richter Dis bot der Wachtmeister ihm eine Tasse Tee an. Der junge Mann trank sie gierig leer. Dann sagte er mit ruhigerer Stimme:

»Euer Ehren, Lien-fang hat sich selbst umgebracht, und ich bin für ihren Tod verantwortlich!«

Richter Di lehnte sich in seinen Stuhl zurück. Er strich sich langsam über den Bart und sagte:

»Erklären Sie sich, Yü Kang!«

Mit einiger Anstrengung gelang es dem Jüngling, seiner Erregung Herr zu werden. Er begann:

»Eines Tages, vor jetzt vielleicht sechs Wochen, kam Liao Lien-fang mit ihrer Anstandsdame zu Tschus Haus, um Herrn Tschus Erster Dame eine Botschaft von Frau Liao zu überbringen. Die Dame nahm ein Bad, und sie mussten warten. Lien-fang machte einen Spaziergang in einem der Gärten, und ich sah sie dort. Mein eigenes Zimmer liegt in jenem Teil des Anwesens; ich überredete sie, mit mir nach drinnen zu gehen ... Danach trafen wir uns ein paarmal heimlich in dem Haus am Markt. Eine alte Freundin ihrer Anstandsdame hatte einen Laden in der Nähe, und diese war damit einverstanden, dass Lien-fang sich alleine die Straßenstände ansah, während sie selbst mit ihrer Freundin endlos schwatzte. Wir trafen uns dort zum letzten Mal, zwei Tage bevor sie verschwand.«

»Dann waren Sie es also, der beim Verlassen des Hauses gesehen wurde!«, unterbrach Richter Di.

»Ja, Euer Ehren«, antwortete Yü Kang mit hoffnungsloser Stimme, »das war ich. An jenem Tag erzählte Lien-fang mir, dass sie befürchte, schwanger zu sein. Sie war außer sich, weil unser schändliches Verhalten nun herauskommen würde. Auch ich war sehr bestürzt. Ich wusste, dass Herr Liao sie wahrscheinlich verstoßen würde, und ich musste damit rechnen, von Herrn Tschu in Ungnade zu meinen Eltern zurückgeschickt zu werden. Ich versprach ihr, dass ich mein Möglichstes tun würde, um von Herrn Tschu die Einwilligung zu einer frühen Heirat zu erhalten, und Lien-fang wollte das Gleiche bei ihrem Vater versuchen.

Ich sprach am selben Abend mit meinem Herrn, doch der geriet in Wut und nannte mich einen undankbaren Kerl. Ich schickte Lien-fang eine heimliche Nachricht, in der ich sie beschwor, unbedingt ihren Vater zu überzeugen. Doch Herr Liao weigerte sich anscheinend ebenfalls. Das arme Mädchen muss ganz verzweifelt gewesen sein und tötete sich, indem sie in einen Brunnen sprang. Und ich Elender bin für ihren Tod verantwortlich!«

Er brach in Tränen aus. Nach einer Weile sagte er mit gebrochener Stimme:

»Mein Geheimnis hat mich in all diesen Tagen bedrückt, jede Stunde rechnete ich damit zu hören, dass man ihre Leiche gefunden hat. Und dann kam dieser grässliche Yeh Tai und sagte, er wisse von meiner Begegnung mit Lien-fang in meinem Zimmer. Ich gab ihm Geld, aber er verlangte jedes Mal mehr! Heute kam er wieder und ...«

»Wie hat Yeh Tai von Ihrem Geheimnis erfahren?«, unterbrach ihn Richter Di.

»Offenbar«, erwiderte Yü Kang, »hat uns eine alte Dienstmagd namens Liu nachspioniert. Sie diente früher in der Familie Yeh als Yeh Tais Kindermädchen, und sie hat ihm davon erzählt, als sie im Flur von Tschus Bibliothek standen und plauderten. Yeh Tai wartete dort, um ihn wegen irgendeiner geschäftlichen Transaktion zu sprechen. Yeh Tai versicherte mir, die alte Frau habe versprochen, niemandem sonst etwas zu erzählen.«

»Die alte Frau selbst hat Sie nicht belästigt?«, fragte der Richter.

»Nein, Euer Ehren«, antwortete Yü Kang, »aber ich selbst habe versucht, mit ihr zu sprechen, um mich zu vergewissern, dass sie ihr Versprechen hält. Bis heute ist es mir jedoch nicht gelungen, ihrer habhaft zu werden.« Als er Richter Dis erstaunten Blick bemerkte, erklärte Yü Kang rasch: »Mein Meister hat das Anwesen in acht getrennte Haushalte unterteilt, von denen jeder seine eigene Küche und seine eigenen Bediensteten hat. Im Hauptteil des Anwesens befinden sich die Wohnräume von Herrn Tschu und seiner Ersten Dame, das Büro und meine eigene Unterkunft. Dann sind da die Wohnungen für die sieben Frauen meines Herrn, eine für jede. Da es Dutzende von Bediensteten gibt und alle den strengen Befehl haben, sich auf ihren Teil des Anwesens zu beschränken, ist es für mich nicht leicht, eine der Dienstmägde ausfindig zu machen und eine private Unterhaltung mit ihr zu führen.

Heute Morgen jedoch sah ich zufällig die alte Frau Liu, als ich aus dem Büro meines Herrn kam, nachdem ich die Abrechnungen der Pachtbauern mit ihm durchgesprochen hatte. Ich fragte sie rasch, was sie Yeh Tai über Lien-fang und mich erzählt habe, doch sie tat so, als wisse sie nicht, wovon ich spräche. Offenbar ist sie Yeh Tai immer noch treu ergeben.« Dann fügte er unglücklich hinzu: »Jedenfalls spielt es jetzt keine Rolle mehr, ob sie ihr Versprechen hält oder nicht!«

»Es spielt eine Rolle, Yü Kang!«, sagte der Richter rasch. »Ich habe den Beweis, dass Lien-fang sich nicht umgebracht hat, sondern entführt wurde!«

»Wer hat das getan?«, rief Yü Kang aus. »Wo ist sie?«

Richter Di hob seine Hand.

»Die Ermittlungen sind noch nicht abgeschlossen«, sagte er ruhig. »Sie müssen Ihr Geheimnis bewahren, um Lien-fangs Entführer nicht aufmerksam zu machen. Wenn Yeh Tai erneut Geld fordert, sagen Sie ihm nur, er soll in ein oder zwei Tagen wiederkommen. Ich hoffe, dass ich in der Zwischenzeit Ihre Verlobte gefunden und den Verbrecher verhaftet habe, der sie mithilfe einer gemeinen List entführte.

Sie haben sich höchst tadelnswert verhalten, Yü Kang. Anstatt das junge Mädchen zu führen, haben Sie ihre Zuneigung missbraucht und ein Verlangen befriedigt, das zu befriedigen Sie noch kein Recht hatten. Verlobung und Heirat sind keine Privatangelegenheit, sie stellen einen feierlichen Pakt dar, an dem alle Mitglieder der beiden betroffenen Familien, ob lebend oder tot, beteiligt sind. Sie haben die Ahnen, denen die Verlobung vor dem Familienaltar verkündet wurde, beleidigt, und Sie haben Ihre künftige Braut entwürdigt. Außerdem haben Sie einem Verbrecher die Möglichkeit gegeben, sie in seine Klauen zu bekommen, denn er lockte sie unter dem Vorwand fort, dass Sie auf sie warteten. Und Sie haben leichtfertig das Elend verlängert, in dem sie sich jetzt befinden muss, indem Sie mir nicht die Wahrheit berichteten, sobald Sie von ihrem Verschwinden erfuhren. Sie haben viel an ihr gutzumachen, Yü Kang! Sie können jetzt gehen, ich werde Sie wieder zu mir rufen lassen, wenn ich sie gefunden habe.«

Der junge Mann wollte etwas sagen, war aber unfähig, ein Wort hervorzubringen. Er drehte sich um und stolperte zur Tür.

Richter Dis Mitarbeiter begannen, aufgeregt durcheinander zu sprechen. Doch der Richter hob seine Hand. Er sagte:

»Diese Information löst den Fall Fräulein Liaos. Es muss der Halunke Yeh Tai sein, der die Entführung organisierte, denn von der alten Dienstmagd abgesehen war er der Einzige, der das Geheimnis kannte. Und die Beschreibung, die der stumme Junge von dem Kapuzenmann gab, passt genau auf ihn. Die Frau, die er die falsche Botschaft überbringen ließ, war vermutlich die Besitzerin des Bordells. Aber sie versteckte das Mädchen nicht dort, sie muss es an irgendeinen anderen geheimen Ort gebracht haben, wo Yeh Tai Fräulein Liao jetzt gefangen hält – ob zur Befriedigung seiner eigenen Gelüste oder um sie an andere zu verkaufen, müssen wir noch herausfinden. Er fühlt sich ganz sicher, denn das unglückliche Mädchen wird es jetzt natürlich niemals wagen, sich an ihren Verlobten oder ihre Eltern zu wenden. Der Himmel weiß, wie es misshandelt wird! Und als ob das nicht schon genug wäre, erdreistet sich dieser niederträchtige Schurke noch, Yü Kang zu erpressen!«

»Soll ich jetzt gehen und mir diesen sauberen Kerl schnappen, Euer Ehren?«, fragte Ma Jung erwartungsvoll.

»Unbedingt!«, erwiderte Richter Di. »Geh zusammen mit Tschiao Tai zu Yehs Haus, die Brüder werden jetzt wahrscheinlich ihren Abendreis einnehmen. Beobachtet das Haus lediglich. Wenn Yeh Tai herauskommt, folgt ihm, er wird euch zu seinem geheimen Versteck führen. Wenn er drinnen ist, verhaftet ihn und alle Anwesenden, die in die Sache verwickelt zu sein scheinen. Mit Yeh Tai braucht ihr nicht besonders behutsam umzugehen, beschädigt ihn nur nicht so sehr, dass ich ihn nicht mehr verhören kann! Viel Glück!«

Neuntes Kapitel

Richter Di bringt ein verloren gegangenes kleines Mädchen nach Hause; er erfährt von einem weiteren Mord.

Ma Jung und Tschiao Tai eilten hinaus, und bald brachen auch Wachtmeister Hung und Tao Gan auf, um ihren Abendreis einzunehmen. Richter Di begann einen Stapel Amtspapiere zu bearbeiten, die aus der Präfektur eingetroffen waren.

Es klopfte leise an der Tür. »Herein!«, rief er, indem er die Papiere beiseite schob. Er dachte, es sei der Gerichtsdiener, der das Tablett mit seinem Abendessen bringe. Doch als er aufsah, erblickte er die schlanke Gestalt von Frau Kuo.

Sie trug ein langes graues Pelzkleid mit einer Haube, das ihr sehr gut stand. Als sie sich vor dem Schreibtisch verneigte, nahm der Richter einen Hauch desselben süßen Kräuterdufts wahr, der den ›Zimthain‹ erfüllte.

»Setzen Sie sich, Frau Kuo!«, sprach er, »Sie sind nicht im Gerichtssaal!«

Während sie auf der Kante eines Schemels Platz nahm, sagte Frau Kuo:

»Ich habe es gewagt, hierher zu kommen, Euer Ehren, um über die beiden Frauen, die heute Nachmittag verhaftet wurden, Bericht zu erstatten.«

»Sprechen Sie!«, sagte der Richter, indem er sich in den Armstuhl zurücklehnte.

Er hob seine Teetasse hoch, doch als er sah, dass sie leer war, setzte er sie wieder ab. Frau Kuo erhob sich rasch und schenkte ihm aus der großen Teekanne nach, die auf der Schreibtischecke stand. Dann begann sie:

»Beide Frauen sind Bauerntöchter aus dem Süden. Ihre Eltern verkauften sie im vergangenen Herbst, als die Ernten so schlecht ausfielen, an einen Vermittler. Der brachte sie hierher nach Pei-tscho und verkaufte sie an eines der Bordelle auf dem Markt. Der Besitzer steckte sie in das private Haus und ließ sie ein paarmal den Erpressungstrick anwenden, den sie gestern versuchten.

Ich glaube, sie sind keine schlechten Mädchen. Sie hassen das Leben, das sie führen, aber sie können nichts daran ändern, denn der Verkauf war in Ordnung, der Bordellbesitzer hat die von ihren Eltern mit Unterschrift und Siegel versehene Quittung.«

Richter Di stieß einen Seufzer aus.

»Die alte Geschichte!«, sagte er. »Doch da ihr Besitzer ein Haus ohne Lizenz benutzte, können wir etwas tun. Wie haben diese beiden Gauner die Frauen behandelt?«

»Auch das ist die alte Geschichte!«, erwiderte Frau Kuo mit einem schwachen Lächeln. »Sie wurden oft geschlagen und mussten hart arbeiten, das Haus saubermachen und Essen kochen.«

Sie rückte mit einer geschickten Bewegung ihrer schlanken Hand die Haube zurecht. Der Richter konnte nicht umhin zu denken, dass sie wirklich eine bemerkenswert attraktive Frau war.

»Die übliche Bestrafung für das Betreiben eines Hauses ohne Lizenz«, bemerkte er, »ist eine hohe Geldstrafe. Doch das genügt nicht, der Besitzer wird sofort zahlen und es an den Mädchen auslassen. Da wir auch den Vorwurf der Erpressung gegen ihn haben, werden wir den Verkauf für null und nichtig erklären. Und da Sie sagen, dass es im Grunde anständige Mädchen sind, werde ich sie zu ihren Eltern zurückschicken.«

»Euer Ehren sind sehr rücksichtsvoll«, sagte Frau Kuo, indem sie sich erhob.

Während sie stehend darauf wartete, entlassen zu werden, spürte der Richter, dass er diese Unterhaltung gern verlängern würde. Ärgerlich über sich selbst sagte er ziemlich schroff:

»Vielen Dank für Ihren prompten Bericht, Frau Kuo! Sie können jetzt gehen.«

Sie verneigte sich und ging.

Richter Di begann auf und ab zu gehen, die Hände hinter dem Rücken verschränkt. Sein Büro erschien ihm einsamer und kälter als je zuvor. Er überlegte, dass seine Frauen inzwischen wahrscheinlich die erste Poststation erreicht hätten, und fragte sich, ob ihre Unterkünfte dort wohl bequem wären.

Der Gerichtsdiener brachte sein Abendessen, und er aß rasch. Dann erhob er sich und schlürfte, neben dem Kohlebecken stehend, den Tee.

Die Tür öffnete sich und Ma Jung trat mit ziemlich niedergeschlagener Miene ein.

»Yeh Tai hat nach dem Mittagessen das Haus verlassen, Euer Ehren«, sagte er, »und ist zum Abendessen nicht zurückgekommen. Ein Diener erzählte mir, dass er oft außerhalb isst, mit irgendwelchen anderen Spielern, und erst sehr spät nach Hause kommt. Tschiao Tai beobachtet immer noch das Haus.«

»Wie schade!«, sagte Richter Di bedauernd, »ich hatte gehofft, das Mädchen dort sehr schnell herauszubekommen! Nun, es hat keinen Sinn, die Beobachtung heute Nacht fortzusetzen. Morgen wird Yeh Tai mit seinem Bruder Yeh Pin sicher zur Vormittagssitzung kommen, und dann schnappen wir ihn uns.«

Nachdem Ma Jung gegangen war, setzte sich Richter Di an den Schreibtisch. Er zog die Amtsdokumente zu sich heran und versuchte, seine Lektüre wieder aufzunehmen. Aber er stellte fest, dass es ihm nicht gelang, sich zu konzentrieren. Er war sehr ärgerlich darüber, dass Yeh Tai nicht zu Hause gewesen war. Er sagte sich, dass seine Gereiztheit ganz unvernünftig war, warum sollte der Schurke ausgerechnet diesen Abend ausgesucht haben, um sein geheimes Versteck aufzusuchen?

Dennoch war es unangenehm, nicht handeln zu können, jetzt, wo das Ende des Falles in Sicht war. Vielleicht war der Bursche gerade in diesem Augenblick unterwegs, nachdem er sein Abendessen in irgendeinem Restaurant eingenommen hatte. Die schwarze Kapuze wäre in der Menge leicht zu erkennen ... Mit einem Ruck setzte sich der Richter auf. Wo hatte er zuletzt eine solche Kapuze gesehen? War das nicht in einer Menschenmenge in der Nähe des Tempels des Stadtgottes gewesen?

Richter Di erhob sich abrupt.

Er ging zu dem großen Schrank an der Rückwand und wühlte in dem Sortiment alter Kleider herum. Er fand einen abgetragenen, geflickten Pelzmantel, der noch gut genug schien, ihn zu wärmen. Als er ihn angezogen hatte, vertauschte er seine Pelzmütze mit einem dicken Schal, den er sich fest um den Kopf und den unteren Teil seines Gesichts wickelte. Dann nahm er den tragbaren Medizinkasten an sich, den er im Büro aufbewahrte, und hängte ihn über seine Schulter. Als er in den Spiegel sah, kam er zu dem Schluss, dass man ihn für einen

Wanderdoktor halten konnte. Er verließ das Gericht durch das westliche Seitentor.

Kleine Schneeflocken schwebten herab, der Richter dachte, dass es bald aufhören würde zu schneien. Er schlenderte in Richtung des Tempels des Stadtgottes und musterte aufmerksam die Leute, die in ihre Pelze gehüllt an ihm vorbeieilten. Aber er sah nur Pelzmützen und hier und da einen Tatarenturban.

Als er eine Weile ziellos umhergegangen war, klärte sich der Himmel auf. Er überlegte, dass die Chancen, Yeh Tai zu begegnen, eins zu tausend standen. Gleichzeitig erkannte er bestürzt, dass er nicht wirklich erwartet hatte, ihn zu finden, es war ihm eigentlich nur um eine Veränderung gegangen, alles andere war besser als sein kaltes, einsames Büro ... Nun verabscheute der Richter sich zutiefst. Er blieb stehen und blickte um sich. Er befand sich in einer schmalen, dunklen Straße, es war niemand zu sehen. Er ging rasch weiter. Er würde in sein Büro zurückkehren und ein wenig arbeiten.

Plötzlich vernahm er irgendwo links in der Dunkelheit einen wimmernden Laut. Er verhielt seinen Schritt und entdeckte ein kleines Kind, das in der Ecke eines überdachten Vorbaus kauerte. Er bückte sich und sah, dass es ein fünf- oder sechsjähriges Mädchen war, das dort saß und verzweifelt weinte.

»Was ist los mit dir, kleines Mädchen?«, fragte Richter Di freundlich.

»Ich habe mich verirrt und kann den Weg nach Hause nicht finden!«, heulte das Mädchen verzweifelt.

»Ich weiß genau, wo du wohnst, und ich werde dich dorthin bringen!«, sagte der Richter beruhigend. Er stellte seinen Medizinkasten ab, setzte sich darauf und nahm das Mädchen in die Arme. Als er bemerkte, dass ihr kleiner Körper in dem dünnen wattierten Hausgewand zitterte, öffnete er seinen Pelzmantel und hüllte sie, an sich gedrückt, darin ein. Bald hörte das Mädchen auf zu weinen. »Zuerst musst du dich aufwärmen!«, sagte Richter Di.

»Und dann bringst du mich nach Hause!«, erklärte das Mädchen zufrieden.

»Ja«, entgegnete Richter Di. »Wie ruft deine Mutter dich doch gleich?«

»Mei-lan!«, antwortete das Mädchen vorwurfsvoll. »Weißt du das denn nicht?«

»Natürlich!«, sagte der Richter. »Ich weiß deinen Namen: Wang Meilan.«

»Jetzt willst du mich aufziehen!«, schmollte das Mädchen. »Du weißt, dass ich Lu Mei-lan heiße!«

»Ach ja«, sagte der Richter, »dein Vater hat den Laden da ...«

»Du tust ja nur so!«, erwiderte das Mädchen enttäuscht. »Vater ist tot, und Mutter kümmert sich um den Baumwollladen. Ich glaube, du weißt wirklich sehr wenig!«

»Ich bin ein Doktor, ich bin immer sehr beschäftigt«, verteidigte sich Richter Di. »Nun sage mir, an welcher Seite des Tempels des Stadtgottes kommst du vorbei, wenn du mit deiner Mutter zum Markt gehst?«

»An der Seite, wo die beiden Steinlöwen sind!«, antwortete das Mädchen sofort. »Welchen magst du am liebsten?«

»Den mit der Kugel unter der Tatze!«, gab der Richter zurück in der Hoffnung, diesmal das Richtige getroffen zu haben.

»Ich auch!«, sagte das Mädchen glücklich. Der Richter erhob sich. Er hängte sich mit einer Hand den Medizinkasten über die Schulter und setzte sich mit dem Mädchen auf dem Arm in Richtung des Tempels in Bewegung.

»Ich wünschte, Mutter würde mir das Kätzchen zeigen!«, sagte das Mädchen sehnsüchtig.

»Welches Kätzchen?«, fragte Richter Di zerstreut.

»Das Kätzchen, zu dem der Mann mit der netten Stimme sprach, als er neulich Abend Mutter besuchte«, sagte das Mädchen ungeduldig. »Kennst du ihn nicht?«

»Nein«, antwortete Richter Di. Und um sie bei guter Laune zu halten, fügte er hinzu: »Wo ist dieser Mann?«

»Das weiß ich nicht«, sagte sie. »Ich dachte, du würdest ihn kennen. Er kommt manchmal spät am Abend, und ich höre ihn zu einem Kätzchen sprechen. Doch als ich Mutter danach fragte, wurde sie zornig und meinte, ich hätte geträumt. Aber das stimmt nicht!«

Richter Di seufzte. Diese Witwe Lu hatte wahrscheinlich einen Geliebten. Sie befanden sich nun vor dem Tempel. Der Richter fragte einen Ladenbesitzer, wo Frau Lus Baumwollgeschäft sei, und der Mann beschrieb ihm den Weg. Im Weitergehen fragte Richter Di das Mädchen:

»Warum bist du so spät aus dem Haus gelaufen?«

»Ich hatte einen bösen Traum«, antwortete sie, »und ich bin mit solcher Angst aufgewacht! Da lief ich nach draußen, um Mutter zu suchen.«

»Warum hast du nicht das Dienstmädchen gerufen?«, fragte der Richter.

»Mutter schickte sie fort, nachdem Vater gestorben war«, sagte das Mädchen, »deshalb war heute Abend niemand da!«

Richter Di blieb vor einer Tür mit dem Schild ›Lus Baumwollgeschäft‹ stehen; es befand sich in einer ruhigen, mittelständischen Straße. Er klopfte, und kurz darauf öffnete sich die Tür. Eine kleine, ziemlich dünne Frau erschien. Während sie ihre Laterne in die Höhe hielt und von oben bis unten den Richter musterte, fragte sie erbost:

»Was haben Sie mit meiner Tochter gemacht?«

»Sie war auf die Straße gelaufen und hatte sich verirrt«, erwiderte Richter Di ruhig. »Sie sollten besser auf sie aufpassen, sie könnte sich eine schlimme Erkältung geholt haben.«

Die Frau warf ihm einen giftigen Blick zu. Er stellte fest, dass sie ungefähr dreißig Jahre alt war und recht gut aussah. Doch das wilde Funkeln in ihren Augen und der dünne grausame Mund gefielen dem Richter nicht.

»Kümmern Sie sich um Ihre eigenen Angelegenheiten, Quacksalber!«, fuhr sie ihn an. »Aus mir pressen Sie kein Kupferstück heraus!« Sie zog das Kind nach drinnen und schlug die Tür zu.

»Eine liebenswürdige Frau!«, murmelte der Richter. Er zuckte die Achseln und ging zur Hauptstraße zurück.

Als er sich seinen Weg durch die Menschenmenge bahnte, stieß er vor einem Nudelladen mit zwei großen Kerlen zusammen, die es sehr eilig zu haben schienen. Der erste packte mit einem derben Fluch Richter Dis Schulter. Doch plötzlich ließ er seine Hand fallen und rief aus:

»Heiliger Himmel! Es ist unser Richter!«

Während er lächelnd in Ma Jungs und Tschiao Tais erstaunte Gesichter blickte, sagte er ein wenig unsicher:

»Ich hatte beschlossen, mich nach Yeh Tai umzusehen, aber dann musste ich ein kleines Mädchen, das sich verirrt hatte, nach Hause bringen. Jetzt können wir es zusammen versuchen.«

Die sorgenvollen Mienen seiner beiden Gehilfen entspannten sich nicht. Beunruhigt fragte der Richter: »Was ist passiert?«

»Euer Ehren«, antwortete Ma Jung mit unglücklicher Stimme, »wir waren auf dem Weg zum Gericht, um Meldung zu machen. Lan Taokuei ist ermordet im Badehaus gefunden worden.«

»Wie ist es geschehen?«, fragte Richter Di rasch.

»Er wurde vergiftet, Euer Ehren!«, erwiderte Tschiao Tai bitter. »Ein abscheuliches, feiges Verbrechen!«

»Lasst uns dorthin gehen!«, sagte der Richter kurz.

Zehntes Kapitel

Der Richter untersucht ein feiges Verbrechen; er findet eine vergiftete Blüte in einer Teetasse.

In der breiten Straße, die zum Thermalbadehaus führte, hatte sich eine aufgeregte Menschenmenge versammelt. Der Marktaufseher stand mit seinen Gehilfen vor dem Tor. Sie wollten dem Richter Einhalt gebieten, doch der zog ungeduldig seinen Schal vom Gesicht. Als sie den Bezirksvorsteher erkannten, machten sie hastig Platz.

In der großen Halle kam ihnen ein untersetzter Mann mit einem runden Gesicht entgegen und stellte sich als der Besitzer vor. Richter Di war noch nie in dem Badehaus gewesen, aber er wusste, dass das heiße Wasser aus einer Quelle kam und Heilkräfte haben sollte.

»Zeigen Sie mir, wo es passiert ist!«, befahl er.

Nachdem der Mann sie in einen warmen Vorraum voller Dampf geführt hatte, begannen Ma Jung und Tschiao Tai ihre Kleider auszuziehen.

»Sie sollten, bis auf die Unterkleidung, alles ablegen, Euer Ehren«, sagte Ma Jung warnend. »Drinnen ist es noch wärmer.«

Während der Richter sich auskleidete, erläuterte der Besitzer, dass sie in dem Gang dahinter auf der linken Seite das große Gemeinschaftsbecken und auf der rechten die zehn Räume mit den privaten Bädern finden würden. Meister Lan benutzte immer den privaten Baderaum ganz am Ende des Ganges, weil es dort ruhig war.

Er zog eine schwere Holztür auf, und ein Schwall heißen Dampfes traf ihre Gesichter. Der Richter erkannte undeutlich die Gestalten zweier Badeaufseher, die mit Mänteln und Hosen aus schwarzem Öltuch bekleidet waren, die sie vor dem heißen Dampf schützen sollten.

»Diese beiden Angestellten haben alle Gäste aufgefordert, das Bad zu verlassen«, bemerkte der Besitzer. »Hier ist Meister Lans Raum!«

Sie betraten einen großen Baderaum. Wachtmeister Hung und Tao

Gan machten dem Richter schweigend Platz. Er sah, dass ein Drittel des glatten Steinfußbodens von einem versenkten Becken voll dampfenden Wassers eingenommen wurde. Davor standen ein kleiner Steintisch und eine Bambusbank. Die große Gestalt Lan Tao-kueis lag zusammengesunken und völlig nackt zwischen Tisch und Bank auf dem Boden. Sein Gesicht war verzerrt, es hatte eine sonderbar grünliche Farbe. Seine geschwollene Zunge trat aus dem Mund hervor.

Richter Di sah rasch weg. Auf dem Tisch erblickte er eine große Teekanne und einige Kartonpapierstücke.

»Da ist seine Tasse!«, sagte Ma Jung, indem er auf den Boden deutete.

Richter Di bückte sich und betrachtete die zerbrochenen Teile. Er hob den Boden der Tasse auf. Er enthielt eine kleine Menge brauner Flüssigkeit. Vorsichtig stellte er die Scherbe auf den Tisch, dann fragte er den Besitzer:

»Wie ist es entdeckt worden?«

»Meister Lan«, antwortete der Besitzer, »hatte sehr regelmäßige Gewohnheiten. Zuerst ließ er sich ungefähr eine halbe Stunde im Wasser einweichen, dann nahm er seinen Tee und machte ein paar Übungen. Wir hatten strikte Anweisung, ihn nicht zu stören, bevor er nicht, nach etwa einer Stunde, die Tür öffnete und den Badeaufseher rief, ihm frischen Tee zu bringen. Er trank einige Tassen, zog sich anschließend im Vorraum an und ging nach Hause.«

Er schluckte und fuhr dann fort:

»Da die Badeaufseher ihn alle mögen, steht einer von ihnen gewöhnlich schon mit dem Tee bereit, wenn der Meister fertig ist. Heute Abend öffnete er die Tür nicht. Der Aufseher wartete ungefähr eine halbe Stunde, dann holte er mich, weil er selbst nicht wagte, Meister Lan zu stören. Da er dessen regelmäßige Gewohnheiten kannte, fürchtete er, dass ihn ein Unwohlsein befallen haben könnte. Ich öffnete sogleich die Tür ... und sah dies!«

Eine Zeit lang schwiegen alle. Dann sagte Wachtmeister Hung:

»Der Aufseher dieses Stadtviertels schickte einen Mann zum Gericht, und da Euer Ehren ausgegangen waren, kamen wir sofort hierher, damit nichts angerührt würde. Gemeinsam mit Tao Gan verhörte ich die Badeaufseher, während Ma Jung und Tschiao Tai sich die Namen der Badenden geben ließen, bevor diese gingen. Aber keiner von ihnen hat irgendjemanden Meister Lans Raum betreten oder verlassen sehen.«

»Wie wurde der Tee vergiftet?«, fragte Richter Di.

»Es muss hier in diesem Raum geschehen sein, Euer Ehren«, sagte der Wachtmeister. »Wir haben festgestellt, dass alle Teekannen mit fertigem Tee aus einem großen Krug im Vorraum gefüllt werden. Wenn der Mörder das Gift dort hineingetan hätte, hätte er alle anderen Gäste auch vergiftet. Da Meister Lan nie seine Tür abschloss, vermuten wir, dass der Mörder hineinging, das Gift in seine Teetasse tat und wieder verschwand.«

Richter Di nickte. Er deutete auf eine kleine weiße Blüte, die an einer der Teetassenscherben klebte, und fragte den Besitzer:

»Schenken Sie hier Jasmintee aus?«

Der Mann schüttelte entschieden den Kopf. Er sagte:

»Nein, Euer Ehren. So teuren Tee können wir uns nicht leisten!«

»Gieß den Rest des Tees in einen kleinen Krug«, befahl der Richter Tao Gan, »und wickle dann den Tassenboden und die Scherben in Ölpapier. Gib gut auf die Jasminblüte acht! Versiegle den Teekrug und nimm ihn ebenfalls mit. Der Leichenbeschauer wird entscheiden müssen, ob der Tee in der Kanne auch Gift enthält.«

Tao Gan nickte langsam. Er hatte aufmerksam die Kartonpapierstücke auf dem Tisch betrachtet. Jetzt sagte er:

»Sehen Sie nur, Euer Ehren, Meister Lan hat mit dem Siebenbrett gespielt, als der Mörder hereinkam!«

Aller Blicke richteten sich auf die Papierstücke. Sie schienen zufällig so angeordnet zu sein.

»Ich sehe nur sechs Teile«, bemerkte Richter Di. »Schaut mal nach, ob ihr das siebte findet! Es muss das zweite kleine Dreieck sein.«

Während seine Mitarbeiter den Fußboden absuchten, stand Richter Di still und blickte auf die Leiche hinab. Plötzlich sagte er:

»Meister Lans rechte Faust ist geschlossen. Seht nach, ob etwas darinnen ist!«

Wachtmeister Hung öffnete vorsichtig die Hand des Toten. Ein kleines dreieckiges Kartonpapierstück kam zum Vorschein. Er reichte es dem Richter.

»Das beweist«, rief Richter Di aus, »dass Meister Lan an der Figur arbeitete, *nachdem* er das Gift genommen hatte! Könnte es sein, dass er einen Hinweis auf seinen Mörder zu hinterlassen versuchte?«

»Es hat den Anschein, als hätte er die Teile mit dem Arm durcheinandergebracht, als er auf den Boden fiel!«, bemerkte Tao Gan. »So wie sie jetzt liegen, können sie keinen Sinn ergeben.«

»Mach eine Skizze von ihrer Anordnung, Tao Gan«, befahl der Richter. »Das müssen wir uns in Ruhe ansehen. Sag dem Aufseher des Viertels, Wachtmeister, dass er die Leiche zum Gericht transportieren lassen soll. Anschließend solltet ihr diesen Raum sorgfältig durchsuchen. Ich werde jetzt gehen und den Kassierer verhören.«

Er drehte sich um und verließ den Raum.

Nachdem Richter Di sich im Vorraum wieder angekleidet hatte, bat er den Besitzer, ihn zum Büro des Kassierers am Eingang des Badehauses zu bringen.

Der Richter nahm an dem kleinen Schreibtisch in der Nähe der Geldkassette Platz und fragte den schwitzenden Kassierer:

»Erinnern Sie sich an Meister Lans Eintreffen? Stehen Sie da nicht so zappelig herum, Mann! Da Sie die ganze Zeit in diesem Büro waren, sind Sie der Einzige hier, der den Mord nicht begangen haben kann! Heraus mit der Sprache!«

»Ich erinnere mich sehr gut, Euer Exzellenz!«, stammelte der Kassierer. »Meister Lan kam zur üblichen Zeit, bezahlte fünf Kupferlinge und ging hinein.«

»War er allein?«, fragte Richter Di.

»Ja, Euer Ehren, das ist er immer«, antwortete der Mann.

»Nun, ich nehme an«, fuhr der Richter fort, »dass Sie die meisten Badegäste vom Sehen kennen. Können Sie sich an einige der Leute erinnern, die nach Meister Lan kamen?«

Der Kassierer runzelte die Stirn.

»Mehr oder weniger, Euer Ehren«, sagte er, »weil die Ankunft von Meister Lan, unserem berühmten Boxer, immer eine Art Orientierungspunkt für mich war, der den Abend sozusagen in zwei Teile teilte. Zuerst kam Metzger Liu, zwei Kupferlinge für das Gemeinschaftsbecken. Dann Gildenmeister Liao, fünf Kupferlinge für ein privates Bad. Dann vier junge Burschen zusammen, Taugenichtse vom Markt. Dann ...«

»Kennen Sie sie alle vier?«, unterbrach ihn der Richter.

»Ja, Euer Ehren«, erwiderte der Kassierer. Dann fügte er, sich am Kopf kratzend, hinzu: »Das heißt, ich kenne drei von ihnen. Der vierte kam zum ersten Mal, es war ein junger Kerl in der schwarzen Jacke und Hose der Tataren.«

»Wofür hat er bezahlt?«, fragte Richter Di.

»Die ganze Gruppe bezahlte zwei Kupferlinge für das Becken, und ich gab ihnen ihre schwarzen Merkhölzer.«

Als der Richter die Stirn runzelte, nahm der Besitzer eilfertig zwei an je einem Band befestigte Stücke schwarzen Holzes vom Regal an der Wand.

»Dies ist die Art von Merkholz, die wir benutzen, Euer Ehren«, erklärte er. »Ein schwarzes Merkholz für das Becken, ein rotes für das private Bad. Alle Gäste geben die eine Hälfte ihres Holzes dem Badeaufseher im Vorraum, der ihre Kleider weglegt, und die andere Hälfte, die die gleiche Nummer trägt, behalten sie. Wenn sie das Bad verlassen, geben sie diese Hälfte dem Badeaufseher, der ihnen ihre Kleider aushändigt.«

»Ist das die einzige Kontrolle, die Sie haben?«, fragte der Richter mürrisch.

»Nun, Euer Ehren«, antwortete der Besitzer entschuldigend, »wir wollen nur verhindern, dass sich Leute ohne zu bezahlen einschleichen oder mit den Kleidern anderer Gäste aus dem Staube machen.«

Richter Di musste sich selbst eingestehen, dass man wirklich nicht mehr erwarten konnte. Er fragte den Kassierer:

»Haben Sie alle vier Burschen wieder fortgehen sehen?«

»Das kann ich wirklich nicht sagen, Euer Ehren«, erwiderte der Kassierer: »Nach der Entdeckung des Mordes herrschte ein solches Gedränge ...«

Wachtmeister Hung und Ma Jung traten ein. Sie meldeten, dass sie keine weiteren Spuren im Baderaum gefunden hätten. Richter Di fragte Ma Jung:

»Als du mit Tschiao Tai zusammen die Badenden überprüftest, hast du da einen jungen Burschen unter ihnen bemerkt, der wie ein Tatar gekleidet war?«

»Nein, Euer Ehren«, antwortete Ma Jung. »Wir haben von jedem einzelnen Name und Adresse aufgeschrieben, und ein Bursche in Tatarenkleidung wäre mir bestimmt aufgefallen, weil man die hier nicht sehr oft sieht.«

Sich an den Kassierer wendend, sagte der Richter:

»Gehen Sie hinaus und sehen Sie zu, ob Sie einen dieser vier jungen Kerle in der Menge auf der Straße finden können.«

Während der Abwesenheit des Mannes saß Richter Di schweigend da und klopfte mit dem Merkholz auf den Tisch.

Der Kassierer kehrte mit einem Jüngling zurück, der sich linkisch vor den Richter stellte.

»Wer ist dein Tatarenfreund?«, fragte Richter Di.

»Ich weiß es wirklich nicht, Herr!«, stammelte er. »Ich sah den Burschen vorgestern zum ersten Mal, er lungerte hier am Eingang herum, ging aber nicht hinein. Heute Abend war er wieder da. Als wir eintraten, folgte er uns.«

»Beschreibe ihn!«, befahl der Richter.

Der Jüngling machte ein unbehagliches Gesicht. Nach einigem Zögern sagte er:

»Er war ziemlich klein und dünn, würde ich sagen. Er trug einen schwarzen Tatarenschal um den Kopf und über dem Mund, so dass ich nicht sehen konnte, ob er einen Schnurrbart hatte, aber ich bemerkte eine Haarsträhne, die unter dem Schal hervorsah. Meine Freunde wollten mit ihm reden, aber der Bursche warf uns einen so bösen Blick zu, dass wir es lieber sein ließen. Diese Tataren haben immer lange Messer bei sich, und ...«

»Hast du nicht mehr von ihm sehen können, als er im Bad war?«, fragte der Richter.

»Er muss einen privaten Baderaum genommen haben«, erwiderte der Jüngling. »Wir sahen ihn nicht im Gemeinschaftsbecken.«

Richter Di warf ihm einen raschen Blick zu.

»Das ist alles!«, sagte er kurz. Als der junge Mann davonhastete, befahl der Richter dem Kassierer: »Zählen Sie Ihre Merkhölzer!«

Der Kassierer begann eilig die Hölzer zu zählen, und Richter Di, sich langsam über den Backenbart streichend, sah ihm dabei zu.

Schließlich sagte der Kassierer:

»Das ist seltsam, Euer Ehren! Ein schwarzes Merkholz mit der Nr. 36 fehlt!«

Richter Di erhob sich abrupt. Zu Wachtmeister Hung und Ma Jung sagte er:

»Wir können jetzt zum Gericht zurückkehren, wir haben hier alles getan, was wir tun konnten. Wenigstens wissen wir, wie der Mörder unbemerkt in den Baderaum und wieder heraus kommen konnte, und wir haben eine allgemeine Vorstellung von seinem Aussehen. Gehen wir!«

Elftes Kapitel

Ein grausamer Mord wird im Gericht verhandelt; der Leichenbeschauer berichtet von einem verdächtigen alten Fall.

Am nächsten Morgen, während der Vormittagssitzung, ließ Richter Di von Kuo die Autopsie an der Leiche des Boxers durchführen. An der Sitzung nahmen alle Notabeln von Pei-tscho teil und alle Bürger, die einen Platz im Gerichtssaal finden konnten.

Als er die Autopsie beendet hatte, berichtete Kuo:

»Der Tote starb an einem bösartigen Gift, gewonnen aus der pulverisierten Wurzel des Schlangenbaums, der im Süden wächst. Proben des Tees aus der Teekanne und der zerbrochenen Tasse wurden an einen kranken Hund verfüttert. Die erste erwies sich als harmlos, an der zweiten starb der Hund, kurz nachdem er ein wenig davon geleckt hatte.«

Richter Di fragte: »Wie gelangte das Gift in die Teetasse?«

»Ich vermute«, antwortete Kuo, »dass die getrocknete Jasminblüte zuvor mit dem Pulver gefüllt worden war und dann heimlich in die Tasse fallen gelassen wurde.«

»Worauf gründet sich diese Vermutung?«, fragte der Richter.

»Das Pulver«, erklärte der Leichenbeschauer, »hat einen schwachen, aber sehr ausgeprägten Geruch, der noch deutlicher hervortritt, wenn er sich mit dem heißen Tee vermischt. In eine Jasminblüte gefüllt, würde deren Duft den Geruch des Giftes jedoch wirkungsvoll kaschieren. Als ich den Rest des Tees ohne die Blüte erhitzte, war der Geruch unverkennbar, und so war es mir möglich, das Gift zu identifizieren.«

Richter Di nickte und befahl dem Buckligen, seinen Daumenabdruck unter den Bericht zu setzen. Dann schlug er mit dem Hammer auf den Tisch und sagte:

»Der verstorbene Meister Lan Tao-kuei wurde von einer bisher noch unbekannten Person vergiftet. Er war ein berühmter Boxer, mehrmals hintereinander Titelhalter der nördlichen Provinzen. Gleichzeitig war er ein Mann von edlem Charakter. Unser Reich, und besonders der Bezirk Pei-tscho, dem er die Ehre seiner Gegenwart zuteil werden ließ, betrauern das Ableben einer großen Persönlichkeit.

Dieses Gericht wird sein Möglichstes tun, den Verbrecher zu fassen, damit Meister Lans Seele in Frieden ruhen kann.«

Wieder schlug der Richter mit dem Hammer auf den Tisch und fuhr dann fort:

»Ich komme nun zum Fall Yeh gegen Pan.« Er gab dem Oberkonstabler ein Zeichen, woraufhin dieser Pan Feng vor den Richtertisch führte. Dann sagte er:

»Der Schreiber möge nun zwei Aussagen über Pan Fengs Aktivitäten am fünfzehnten und sechzehnten dieses Monats verlesen.«

Der rangälteste Schreiber erhob sich und las zuerst die Aussage der beiden Soldaten vor, anschließend den Bericht der Konstabler über ihre Ermittlungen im Dorf der fünf Widder.

Richter Di verkündete:

»Diese Zeugnisse beweisen, dass Pan Feng die Wahrheit gesagt hat. Ferner ist das Gericht der Meinung, dass er, wenn er tatsächlich seine Frau ermordet hätte, gewiss nicht zwei Tage der Stadt ferngeblieben wäre, ohne, wenigstens vorübergehend, die Leiche seiner Frau zu verstecken. Deshalb befindet das Gericht die bisher vorgebrachten Beweise für unzureichend, um den Fall gegen Pan Feng aufrechtzuerhalten. Der Kläger möge darlegen, ob er weiteres Beweismaterial gegen den Beschuldigten vorzubringen hat oder ob er seine Anklage zurückziehen möchte.«

»Diese Person«, sagte Yeh Pin eilig, »möchte seine Klage zurückziehen. Ich entschuldige mich demütig für mein überstürztes Handeln, das nur durch die tiefe Trauer über den grässlichen Tod meiner Schwester ausgelöst wurde. In diesem Fall spreche ich auch im Namen meines Bruders Yeh Tai.«

»So soll es zu den Akten genommen werden«, sagte Richter Di. Er beugte sich vor und fragte, den Blick auf die Personen vor dem Richtertisch geheftet: »Warum ist Yeh Tai heute nicht vor diesem Gericht erschienen?«

»Euer Ehren«, erwiderte Yeh Pin, »ich verstehe nicht, was mit meinem Bruder geschehen ist! Er verließ gestern nach dem Mittagessen das Haus und ist seitdem nicht zurückgekehrt!«

»Verbringt Ihr Bruder oft die Nacht außer Haus?«, fragte Richter Di.

»Nie, Euer Ehren!«, antwortete Yeh Pin mit einem sorgenvollen Blick. »Er kehrt häufig spät nach Hause zurück, aber zum Schlafen ist er immer da!«

Der Richter sagte stirnrunzelnd:

»Wenn er zurückkommt, werden Sie ihm ausrichten, dass er sich sofort beim Gericht einfinden soll. Er muss den Widerruf seiner Anklage gegen Pan Feng persönlich zu Protokoll geben.« Er schlug mit dem Hammer auf den Tisch und verkündete dann:

»Pan Feng wird nun freigelassen. Das Gericht wird sich weiterhin bemühen, den Mörder seiner Frau ausfindig zu machen.«

Pan Feng berührte hastig mit der Stirn dreimal den Boden, um seine Dankbarkeit zu zeigen. Als er sich erhob, trat Yeh Pin rasch auf ihn zu und begann, sich zu entschuldigen.

Richter Di befahl dem Oberkonstabler, den Bordellbesitzer, die beiden Kuppler und die beiden Prostituierten vorzuführen. Er überreichte den Frauen die für ungültig erklärten Quittungen und teilte ihnen mit, sie seien frei. Dann verurteilte er den Bordellbesitzer und die beiden Kuppler zu drei Monaten Gefängnis und einer abschließenden Prügelstrafe. Die drei Männer protestierten laut, der Bordellbesitzer am lautesten von allen. Denn er überlegte sich wohl, dass ein aufgerissener Rücken heilt, es aber schwierig ist, den Verlust des Kaufpreises für zwei stramme Weibsbilder wieder wettzumachen. Während die Konstabler die Männer ins Gefängnis schleiften, ließ der Richter die beiden Prostituierten wissen, dass sie in der Gerichtsküche arbeiten könnten, bis der Militärkonvoi, der sie zu ihrem Heimatort zurückbringen würde, aufbrach.

Die beiden Frauen warfen sich vor dem Richtertisch auf den Boden und brachten mit Tränen in den Augen ihre Dankbarkeit zum Ausdruck.

Nachdem Richter Di die Sitzung geschlossen hatte, befahl er Wachtmeister Hung, Tschu Ta-yuan in sein privates Büro zu rufen.

Der Richter setzte sich hinter seinen Schreibtisch und bot Tschu einen Armstuhl an. Seine vier Mitarbeiter nahmen ihre gewohnten Plätze auf den Schemeln vor dem Schreibtisch ein. Ein Gerichtsdiener servierte in düsterem Schweigen den Tee.

Dann sprach Richter Di:

»Vergangenen Abend habe ich den Mord an Meister Lan nicht weiter erörtert, weil ich zunächst das Ergebnis der Autopsie abwarten wollte und auch, weil ich den Rat von Herrn Tschu hier einzuholen gedachte, der den Meister sein ganzes Leben lang kannte.«

»Ich werde alles tun, was in meiner Macht steht, um den Schurken, der unseren Boxer ermordet hat, seiner gerechten Strafe zuzuführen. Haben Euer Ehren irgendeine Vermutung, wer diese abscheuliche Tat begangen haben könnte?«

»Der Mörder«, entgegnete Richter Di, »war ein junger Tatar oder wenigstens ein Mann, der gekleidet war wie einer.«

Wachtmeister Hung warf Tao Gan einen raschen Blick zu. Dann sagte er:

»Wir haben uns gefragt, Euer Ehren, warum ausgerechnet dieser junge Bursche Meister Lan ermordet haben soll. Schließlich stehen mehr als sechzig Badegäste auf der Liste, die Ma Jung und Tschiao Tai zusammengestellt haben!«

»Aber keiner von ihnen«, erläuterte Richter Di, »hätte unbemerkt Meister Lans Raum betreten und wieder verlassen können. Der Mörder aber wusste, dass die Badeaufseher schwarze Öltücher tragen, und die ähneln der schwarzen Tatarenkleidung. Der Mörder betrat zusammen mit den drei jungen Kerlen das Badehaus. Im Vorraum gab er sein Merkholz nicht ab, sondern ging geradewegs zum Flur weiter und tat so, als ob er ein Aufseher wäre. Denkt daran, dass der Dampf dort so dicht ist, dass man nicht genau erkennen kann, wer da herumläuft. Er schlüpfte in Lans Raum, tat die vergiftete Blüte in die Teetasse und ging wieder hinaus. Er verließ das Badehaus wahrscheinlich durch den Bediensteteneingang.«

»So ein schlauer Halunke!«, rief Tao Gan aus. »Er hat an alles gedacht!«

»Dennoch gibt es einige Anhaltspunkte«, bemerkte Richter Di. »Die Tatarenkleidung und das Merkholz wird er natürlich vernichtet haben. Aber er muss gegangen sein, ohne zu entdecken, dass Meister Lan in seinem Todeskampf eine Figur aus den Teilen des Siebenbretts zu legen versuchte, und diese Figur könnte einen Hinweis auf die Identität des Verbrechers enthalten. Hinzu kommt, dass Meister Lan den Mann gut gekannt haben muss, und wir haben seine allgemeine Beschreibung von jenem Jungen. Herr Tschu kann uns wahrscheinlich sagen, ob Meister Lan einen Schüler hatte, der dünn und ziemlich klein war und sein Haar einigermaßen lang trug?«

»Nein, hatte er nicht!«, antwortete Ta-yuan sofort. »Ich kenne sie alle, es sind kräftige Kerle, und der Meister bestand darauf, dass sie sich die Köpfe rasierten. Was für eine Schande, dieser großartige Kämpfer durch Gift getötet durch die verachtenswürdige Waffe eines Feiglings!«

Alle schwiegen. Plötzlich sagte Tao Gan, der langsam die drei langen Haare, die aus seiner linken Wange sprossen, gezwirbelt hatte:

»Die Waffe eines Feiglings oder einer Frau!«

»Lan hat sich nie etwas aus Frauen gemacht!«, entgegnete Tschu Tayuan verächtlich.

Aber Tao Gan schüttelte den Kopf. Er sagte:

»Das könnte genau der Grund sein, warum er von einer getötet wurde! Lan hat vielleicht eine Frau abblitzen lassen, und das verursacht manchmal einen leidenschaftlichen Hass.«

»Jedenfalls ist mir bekannt«, fügte Ma Jung hinzu, »dass manch ein Tanzmädchen sich darüber beklagte, dass Meister Lan keine Notiz von ihr nahm, sie haben es mir selbst gesagt. Gerade seine Zurückhaltung schien die Weiber anzuziehen, obwohl der Himmel allein weiß, warum!«

»Dummes Zeug!«, rief Tschu ärgerlich aus.

Richter Di hatte schweigend zugehört. Nun sprach er:

»Ich muss sagen, die Idee gefällt mir. Es wäre nicht schwierig für eine Frau von leichter Statur, sich als Tatarenjunge zu verkleiden. Doch dann müsste sie Meister Lans Geliebte gewesen sein! Denn als sie in seinen Baderaum ging, hat er nicht einmal versucht, seine Blöße zu bedecken. Die Handtücher hingen an ihrem Platz.«

»Unmöglich!«, rief Tschu. »Meister Lan und eine Geliebte! Völlig ausgeschlossen!«

»Ich erinnere mich jetzt«, sagte Tschiao Tai langsam, »dass er, als wir ihn gestern besuchten, unerwartet eine sehr bittere Bemerkung über Frauen machte, etwa in dem Sinne, dass sie einem Mann die Kräfte aussaugen. Und gewöhnlich war er sehr mild in seinen Äußerungen.«

Während Tschu ärgerlich vor sich hinmurmelte, holte Richter Di aus seiner Schublade das Siebenbrett hervor, das Tao Gan für ihn angefertigt hatte, und ordnete sechs Teile so an, wie sie auf dem Tisch gefunden worden waren. Er versuchte, eine Figur daraus zu machen, indem er das Dreieck hinzufügte. Nach einer Weile sagte er:

»Wenn Lan von einer Frau ermordet worden wäre, könnte diese Figur einen Hinweis auf ihre Identität enthalten. Aber er hat die Teile durcheinandergebracht, als er fiel, und er starb, bevor er das letzte Dreieck hinzufügen konnte. Das ist ein schwieriges Problem!« Die Siebenbrettteile beiseite schiebend, fuhr er fort: »Wie dem auch sei, unsere erste Aufgabe besteht darin, bei allen Personen Nachforschungen anzustellen, mit denen Meister Lan zu verkehren pflegte. Herr Tschu, ich schlage vor, dass Sie sich nun mit Ma Jung, Tschiao Tai und Tao Gan beraten, wie diese Arbeit aufzuteilen ist, so dass jeder unverzüglich mit der ihm zugewiesenen Aufgabe beginnen kann. Wachtmeister, du gehst zum Markt und befragst die beiden anderen jungen Burschen nach dem Auftauchen dieses Tataren. Wenn du das auf eine freundliche Art machst, einen Becher Wein mit ihnen trinkst oder so, rücken sie vielleicht mit weiteren Informationen heraus. Ma Jung hat ihre Namen und Adressen. Und auf dem Weg nach draußen, Wachtmeister, bestelle Kuo, er soll hierher kommen, ich möchte mehr Einzelheiten über das Gift erfahren!«

Nachdem seine vier Mitarbeiter und Tschu Ta-yuan gegangen waren, trank Richter Di, tief in Gedanken versunken, einige Tassen Tee. Yeh Tais Nichterscheinen beunruhigte ihn. Könnte der Gauner den Verdacht hegen, dass ihm das Gericht auf den Fersen war? Der Richter erhob sich und begann auf und ab zu gehen. Da der Mord an Frau Pan und jetzt die Vergiftung Meister Lans noch ungeklärt waren, wäre es eine große Erleichterung, wenn er wenigstens den Fall Fräulein Liaos lösen könnte.

Als Kuo eintrat, begrüßte der Richter ihn mit ein paar freundlichen Worten. Er setzte sich wieder hinter seinen Schreibtisch und bedeutete dem Buckligen, auf einem Schemel Platz zu nehmen. Dann sprach Richter Di:

»Als Apotheker können Sie mir sicher sagen, wie der Mörder an das Gift gekommen sein mag. Es muss ziemlich selten sein!«

Kuo schob eine Haarsträhne aus seiner Stirn. Dann legte er seine großen Hände auf die Knie und antwortete:

»Unglücklicherweise ist es sehr leicht erhältlich, Euer Ehren! In kleinen Mengen verwendet, ist es ein gutes Anregungsmittel für das Herz, und daher haben es die meisten Apotheken vorrätig.«

Richter Di stieß einen Seufzer aus. »Dann können wir uns davon also keinen Hinweis erhoffen!«, sagte er. Während er die Kartonpapierstücke des Siebenbretts vor sich hinlegte und sie ziellos hin und her schob, fuhr er fort: »Allerdings könnte uns dieses Zusammensetzspiel einen Anhaltspunkt liefern.«

Der Bucklige schüttelte den Kopf. Traurig sagte er:

»Ich glaube nicht, Euer Ehren! Das Gift verursacht einen unerträglichen Schmerz, und der Tod folgt in wenigen Augenblicken.«

Richter Di und Leichenbeschauer Kuo

»Aber Meister Lan war ein Mann von außergewöhnlicher Willenskraft«, bemerkte der Richter, »und er verstand sehr geschickt mit dem Siebenbrett umzugehen. Er wusste, dass er es nicht bis zur Tür schaffen würde, um einen Badeaufseher zu rufen, deshalb, glaube ich, versuchte er auf diesem Wege, den Mörder zu bezeichnen.«

»Das stimmt«, bekräftigte Kuo, »er war ein großer Siebenbrettkünstler. Wenn er uns besuchte, unterhielt er mich und meine Frau oft, indem er im Handumdrehen alle möglichen Arten von Figuren legte.«

»Mir ist nicht klar«, sagte Richter Di, »was dies für eine Figur hätte werden sollen!«

»Meister Lan war ein wunderbar gütiger Mensch, Euer Ehren«, fuhr der Bucklige nachdenklich fort. »Er wusste, dass Raufbolde auf dem Markt mich oft drangsalierten und demütigten. Deshalb machte er sich die Mühe, eigens für mich ein neues Kampfsystem auszuarbeiten, das meinen schwachen Beinen, aber ziemlich kräftigen Armen Rechnung trug. Dann brachte er mir geduldig dieses System bei, und seit der Zeit hat es niemand mehr gewagt, mich zu belästigen.«

Richter Di hatte Kuos letzte Worte nicht gehört. Beim Spielen mit den sieben Kartonpapierstücken sah er plötzlich, dass er die Figur einer Katze gemacht hatte.

Rasch brachte er die Papierstücke wieder durcheinander. Das benutzte Gift, die Jasminblüte, die Katze ... Er weigerte sich, diesen Gedankengang weiter zu verfolgen. Da er Kuos erstaunten Blick bemerkte, sagte er hastig, um seine Bestürzung zu verbergen:

»Ja, ich musste plötzlich an eine seltsame Begegnung denken, die ich in der vergangenen Nacht hatte. Ich brachte ein kleines Mädchen nach Hause, das verloren gegangen war, doch seine Mutter beschimpfte mich nur. Sie war eine Witwe, eine höchst unangenehme Person. Dem unschuldigen Geplapper des Kindes entnahm ich, dass sie einen heimlichen Geliebten haben muss.«

»Wie war ihr Name?«, fragte Kuo neugierig.

»Sie heißt Lu und betreibt ein Baumwollgeschäft.«

Kuos Haltung versteifte sich. Er rief aus:

»Das ist eine garstige Frau, Euer Ehren! Ich hatte ein wenig mit ihr zu tun vor fünf Monaten, als ihr Mann starb. Das war eine sonderbare Geschichte!«

Der Richter war immer noch von der Entdeckung der Katze verwirrt. Und Meister Lan besuchte häufig die Apotheke, überlegte er. Zerstreut fragte er:

»Was war am Tod des Baumwollkaufmanns sonderbar?«

Kuo zögerte, bevor er antwortete:

»Die Angelegenheit wurde von Euer Ehren Vorgänger ein wenig flüchtig behandelt. Aber gerade zu der Zeit hatte es einen Angriff der tatarischen Horden auf die Nordarmee gegeben, und Flüchtlingsmassen strömten in die Stadt. Der Bezirksvorsteher hatte alle Hände voll zu tun, und ich kann sehr gut verstehen, dass er nicht viel Zeit auf einen Baumwollkaufmann verschwenden wollte, der an einem Herzanfall gestorben war.«

»Warum sollte er auch?«, fragte Richter Di, dankbar für die Ablenkung. »Die Autopsie hätte etwaige Verdachtsmomente doch zum Vorschein gebracht.«

Der Bucklige machte ein unglückliches Gesicht.

»Das Problem ist nur, Euer Ehren«, sagte er langsam, »dass es keine Autopsie gegeben hat!«

Der Richter war nun ganz Aufmerksamkeit. Er lehnte sich in seinen Stuhl zurück und sagte kurz:

»Berichten Sie mir die Tatsachen!«

»Spät am Nachmittag«, begann Kuo, »erschien Frau Lu mit Doktor Kwang, einem hier wohlbekannten Arzt, im Gericht. Der Doktor sagte aus, dass Lu Ming sich beim Mittagessen über Kopfschmerzen beklagt und zu Bett gelegt hatte. Kurz darauf hörte seine Frau ihn stöhnen. Als sie das Schlafzimmer betrat, war er tot. Sie rief Doktor Kwang, und er untersuchte die Leiche. Sie erzählte ihm, dass sich ihr Mann häufig über sein schwaches Herz beklagt hätte. Doktor Kwang erkundigte sich, was der Tote zu Mittag gegessen habe, und seine Frau sagte, er habe sehr wenig gegessen, aber drei Becher Wein getrunken, um seine Kopfschmerzen loszuwerden. Daraufhin füllte Doktor Kwang einen Totenschein aus, in dem er feststellte, dass Lu Ming an einem Herzanfall infolge übermäßigen Alkoholgenusses gestorben sei. Euer Ehren Vorgänger ließ den Tod in der so beurkundeten Form registrieren.«

Als Richter Di schwieg, fuhr der Bucklige fort:

»Nun kenne ich zufällig Lu Mings Bruder, und der erzählte mir, er habe, als er beim Ankleiden der Leiche half, bemerkt, dass das Gesicht nicht verfärbt war, jedoch die Augen aus den Höhlen hervortraten. Da diese Symptome auf einen Schlag auf den Hinterkopf deuten, ging ich zu Frau Lu, um sie um nähere Einzelheiten zu bitten. Aber sie schrie mich an und verfluchte mich als aufdringlichen Wichtigtuer. Da nahm ich mir die Freiheit, mit dem Bezirksvorsteher darüber zu sprechen, doch der meinte, er sei mit Doktor Kwangs Feststellung zufrieden und sehe keinen Grund für eine Autopsie. Und damit war die Angelegenheit beendet.«

»Haben Sie nicht mit Doktor Kwang gesprochen?«, wollte Richter Di wissen.

»Ich habe es mehrmals versucht, aber er wich mir aus«, antwortete Kuo. »Dann gingen Gerüchte um, dass Doktor Kwang sich mit schwarzer Magie beschäftigte. Er verließ die Stadt Richtung Süden mit dem Flüchtlingsstrom, und man hat nie wieder etwas von ihm gehört.«

Der Richter strich sich langsam über seinen Bart.

»Das ist zweifellos eine seltsame Geschichte!«, sagte er schließlich. »Gibt es hier noch Leute, die Zauberei praktizieren? Sie wissen, dass es dem Gesetz nach ein Kapitalverbrechen ist!«

Kuo zuckte die Achseln.

»Viele Familien hier in Pei-tscho«, entgegnete er, »haben Tatarenblut, und ich denke mir, dass sie im Besitz der geheimen Tradition der Tatarenzauberer sind. Manche behaupten, dass diese Leute andere Menschen allein dadurch töten können, dass sie Zauberformeln rezitieren oder Bildern ihrer Opfer die Köpfe abschneiden oder diese verbrennen. Einige sollen sogar in die geheimen taoistischen Riten eingeweiht und in der Lage sein, ihr Leben zu verlängern, indem sie Hexen oder Elfen zu Geliebten nehmen. Meiner Meinung nach ist all das nichts als barbarbischer Aberglaube, aber Meister Lan hat sich eingehender damit befasst und mir versichert, dass alle diese Behauptungen einen wahren Kern haben.«

»Unser Meister Konfuzius«, sagte Richter Di ungeduldig, »hat uns ausdrücklich davor gewarnt, uns mit diesen dunklen Geheimnissen abzugeben. Ich hätte nie gedacht, dass ein so kluger Mann wie Lan Tao-kuei Zeit auf solche verrückten Studien verschwenden würde.«

»Er war ein Mann mit vielfältigen Interessen, Euer Ehren«, erwiderte der Bucklige schüchtern.

»Nun«, fuhr der Richter fort, »ich bin froh, dass Sie mir diese Geschichte über Frau Lu erzählt haben. Ich denke, ich werde sie vorladen, um nähere Einzelheiten zum Tod ihres Mannes von ihr zu erfahren.«

Richter Di nahm ein Dokument zur Hand, und Kuo verneigte sich eilig und ging.

Zwölftes Kapitel

Richter Di stattet dem Medizinhügel einen Besuch ab; eine Frau widersetzt sich den Befehlen des Gerichts.

Sobald sich die Tür hinter dem Leichenbeschauer geschlossen hatte, warf Richter Di das Dokument auf den Schreibtisch. Er verschränkte seine Arme und versuchte vergeblich, Klarheit in die wirren Gedanken zu bringen, die ihm im Kopf herumgingen.

Schließlich erhob er sich und zog seine Jagdkleidung an. Ein bisschen Bewegung würde ihm vielleicht helfen, klarer zu sehen. Er befahl dem Stallknecht, ihm sein Lieblingspferd zu bringen und ritt davon.

Zuerst galoppierte er ein paarmal um den ehemaligen Exerzierplatz herum. Dann bog er in die Hauptstraße ein und verließ die Stadt durch das Nordtor. Er lenkte sein Pferd in langsamem Gang durch den Schnee bis zu der Stelle, wo die Straße den Hügel hinab und in die weite weiße Ebene führte. Er sah den bleiernen Himmel, es schien wieder schneien zu wollen.

Auf der rechten Seite markierten zwei große Steine den Beginn des schmalen Pfades, der zu der Felsklippe hinaufführte, die als Medizinhügel bekannt war. Der Richter beschloss, dort hinaufzusteigen und nach dieser körperlichen Ertüchtigung nach Hause zurückzukehren. Er ritt den Pfad entlang, bis dieser in einen steilen Anstieg überging, und saß dann ab. Er tätschelte seinem Pferd den Hals und band die Zügel an einem Baumstumpf fest.

Er wollte gerade losgehen, als er plötzlich stutzte. Da waren frische kleine Fußabdrücke im Schnee. Er kämpfte mit sich, ob er weitergehen sollte. Schließlich zuckte er die Achseln und begann den Aufstieg.

Die Spitze der Felsklippe war kahl bis auf einen einzelnen Baum, eine Winterpflaume. Ihre schwarzen Zweige waren mit kleinen roten

Knospen bedeckt. In der Nähe der hölzernen Balustrade am anderen Ende der Klippe grub eine Frau in einem grauen Pelzmantel mit einem Hohlspatel im Schnee. Als sie das Knirschen des Schnees unter Richter Dis schweren Stiefeln vernahm, richtete sie sich auf. Rasch legte sie den Spatel in den Korb zu ihren Füßen und verneigte sich tief.

»Ich sehe, Sie sammeln das Mondkraut«, sagte der Richter.

Frau Kuo nickte. Die Pelzhaube brachte in bewundernswerter Weise ihr zartes Gesicht zur Geltung.

»Ich hatte nicht viel Glück, Euer Ehren«, erwiderte sie lächelnd, »ich habe nur die paar da gefunden!« Sie deutete auf das Pflanzenbündel im Korb.

»Ich kam hier hoch, um mir ein bisschen Bewegung zu verschaffen«, sagte Richter Di. »Ich wollte ein wenig Klarheit in meine Gedanken bringen, denn der Mord an Meister Lan bedrückt mich sehr.«

Frau Kuo machte plötzlich ein betroffenes Gesicht. Während sie ihren Umhang enger um sich zog, murmelte sie:

»Es ist unglaublich! Er war so stark und gesund!«

»Selbst der stärkste Mensch ist gegen Gift wehrlos!«, bemerkte der Richter trocken. »Ich habe einen eindeutigen Anhaltspunkt bezüglich der Person, die diese heimtückische Tat beging.«

Frau Kuos Augen weiteten sich.

»Wer war der Mann, Euer Ehren?«, fragte sie mit kaum hörbarer Stimme.

»Ich habe nicht gesagt, dass es ein Mann war!«, sagte Richter Di rasch.

Sie schüttelte langsam ihren kleinen Kopf.

»Es muss einer gewesen sein!«, sagte sie bestimmt. »Ich habe den Meister oft gesehen, weil er ein Freund meines Mannes war. Er war immer sehr freundlich und liebenswürdig, auch zu mir, dennoch war deutlich zu spüren, dass seine Haltung gegenüber Frauen ... anders war.«

»Wie meinen Sie das?«, fragte der Richter.

»Nun«, antwortete Frau Kuo langsam, »er schien sich ihrer nicht ... bewusst zu sein.« Eine Röte überzog ihre Wangen, und sie senkte den Kopf.

Der Richter fühlte sich unbehaglich. Er trat an die Balustrade und sah hinab. Unwillkürlich wich er zurück. Der Felsen fiel mehr als fünfzig Fuß senkrecht in die Tiefe, und unten ragten spitze Steine aus dem Schnee.

Er richtete seinen Blick auf die Ebene in der Ferne und wusste nicht, was er als Nächstes sagen sollte. Sich einer anderen Person bewusst sein ... dieser Gedanke verwirrte ihn sonderbar. Er drehte sich um und fragte:

»Die Katzen, die ich neulich in Ihrem Haus sah, ist das Ihr Interesse oder das Ihres Mannes?«

»Unser beider Interesse, Euer Ehren«, antwortete Frau Kuo ruhig. »Mein Mann kann keine Tiere leiden sehen, er bringt oft herrenlose oder kranke Katzen mit nach Hause. Dann kümmere ich mich um sie. Bis jetzt haben wir sieben, große und kleine!«

Richter Di nickte geistesabwesend. Als sein Blick auf den Pflaumenbaum fiel, bemerkte er:

»Der Baum muss wunderschön aussehen, wenn die Knospen aufgeblüht sind!«

»Ja«, stimmte sie lebhaft zu, »das kann jetzt jeden Tag geschehen! Welcher Dichter sagte das doch gleich ... etwas über jemanden, der die Blütenblätter in den Schnee fallen hört ...?«

Der Richter kannte das alte Gedicht, aber er sagte nur:

»Ich erinnere mich an einige Zeilen dieses Inhalts.« Dann fügte er kurz hinzu: »Nun, Frau Kuo, ich muss jetzt zum Gericht zurückkehren.«

Sie verneigte sich tief, und der Richter begann den Abstieg.

Während er sein einfaches Mittagsmahl einnahm, dachte Richter Di über seine Unterhaltung mit dem Leichenbeschauer nach. Als der Gerichtsdiener den Tee brachte, bat er ihn, den Oberkonstabler zu rufen.

»Gehen Sie zum Baumwollgeschäft von Frau Lu, in der Nähe des Tempels des Stadtgottes«, befahl er diesem, »und bringen Sie sie hierher. Ich möchte ihr ein paar Fragen stellen.«

Nachdem der Oberkonstabler gegangen war, verweilte der Richter lange bei seinem Tee. Er überlegte reumütig, dass es wahrscheinlich sehr dumm war, diese alte Geschichte von Lu Mings Tod wieder aufzurühren, jetzt, wo zwei Mordfälle im Gericht anhängig waren. Doch was der Leichenbeschauer erzählt hatte, interessierte ihn. Und es lenkte ihn von dem anderen Verdacht ab, der ihn so tief beunruhigte.

Er legte sich auf das Bett, um ein Nickerchen zu machen. Aber der Schlaf wollte nicht kommen. Während er sich ruhelos hin und her wälzte, erinnerte er sich an das Gedicht über die fallenden Blütenblätter. Es war von einem Dichter geschrieben worden, der vor ungefähr zweihundert Jahren gelebt hatte, und trug den Titel ›Winterabend im Serail‹. Es lautete:

Den einsamen Winterhimmel klagend der einsame Vogel durchquert,
Noch einsamer das Herz, dem die Klage verwehrt.
Dunkle Erinnerungen aus der Vergangenheit suchen sie heim,
Die Freude schwindet, nur Reue und Kummer bleiben allein.
Oh, könnte in neuer Liebe doch alter Schmerz vergehn,
Die Winterpflaume am Neujahrsabend in Blüte stehn!
Sie öffnet das Fenster, sieht im Schnee den zitternden Baum,
und hört die Blüten fallen wie in kristallenem Traum.

Das Gedicht war nicht sehr bekannt, wahrscheinlich hatte sie nur die letzten beiden Zeilen irgendwo zitiert gesehen. Oder kannte sie das ganze Gedicht und hatte bewusst darauf angespielt? Ärgerlich die Stirn runzelnd sprang der Richter auf. Er hatte sich immer nur für lehrhafte Gedichte interessiert, Liebeslieder hielt er für Zeitverschwendung. Dennoch entdeckte er eine Tiefe des Gefühls in diesem Gedicht, die ihm nie zuvor aufgefallen war. Erbost über sich selbst ging er zum Teeofen und wischte sich mit einem heißen Handtuch das Gesicht ab. Dann setzte er sich an seinen Schreibtisch und begann die Amtskorrespondenz zu lesen, die der rangälteste Schreiber hereingebracht hatte. Als der Oberkonstabler eintrat, fand er den Richter in seine Arbeit vertieft.

Da er das unglückliche Gesicht des Oberkonstablers bemerkte, fragte Richter Di:

»Was ist los, Oberkonstabler?«

Der Oberkonstabler fingerte nervös an seinem Schnurrbart herum.

»Um Euer Ehren die Wahrheit zu sagen«, erwiderte er, »Frau Lu hat sich geweigert, mitzukommen!«

»Was soll das heißen?«, fragte der Richter erstaunt. »Was glaubt die Frau, wer sie ist?«

»Sie sagte«, fuhr der Oberkonstabler kläglich fort, »dass sie sich weigere, mitzukommen, weil ich keinen Haftbefehl hätte.« Als der Richter eine ärgerliche Bemerkung machen wollte, fuhr er hastig fort: »Sie beschimpfte mich und veranstaltete so viel Lärm, dass sich eine Menschenmenge um uns sammelte. Sie schrie, dass es immer noch Gesetze in unserem Reich gebe und dass das Gericht kein Recht hätte, eine anständige Frau ohne triftigen Grund vorzuladen. Ich versuchte, sie fortzuziehen, aber sie wehrte sich, und die Menge ergriff ihre Partei. Deshalb hielt ich es für besser, hierher zurückzukehren und Euer Ehren um Anweisungen zu bitten.«

»Wenn sie einen Haftbefehl will, soll sie einen bekommen!«, sagte Richter Di zornig. Er nahm seinen Schreibpinsel auf und füllte rasch ein Amtsformular aus. Er gab es dem Oberkonstabler mit den Worten: »Gehen Sie mit vier Männern dorthin und bringen Sie die Frau hierher!«

Der Oberkonstabler eilte davon.

Richter Di begann auf und ab zu gehen. Was für eine unangenehme Person diese Frau Lu doch war! Er überlegte, dass er mit seinen eigenen Frauen wirklich Glück gehabt hatte. Seine Erste Dame war eine sehr kultivierte Frau, die älteste Tochter des besten Freundes seines Vaters. Das liebevolle Verständnis zwischen ihnen war in Zeiten der Anspannung immer ein großer Trost für ihn gewesen, und ihre beiden Söhne waren ein beständiger Quell der Freude. Seine zweite Frau war nicht so gebildet, aber sie sah gut aus, hatte einen gesunden Menschenverstand und leitete diesen großen Haushalt mit viel Geschick. Die Tochter, die sie ihm geschenkt hatte, hatte den gleichen soliden Charakter. Seine dritte Frau hatte er geheiratet, als er auf seinem ersten Posten in Peng-lai diente. Nach einigen schrecklichen Erfahrungen hatte ihre Familie nichts mehr von ihr wissen wollen, und der Richter hatte sie als Zimmermädchen seiner Ersten Dame in sein Haus aufgenommen.

Letztere hatte sie sehr liebgewonnen und bald darauf bestanden, dass der Richter sie zur Frau nähme. Zuerst hatte sich der Richter dagegen gesträubt, weil er befürchtete, ihre Dankbarkeit damit auszunutzen. Doch als sie ihm zu verstehen gab, dass sie ihn wirklich sehr gern mochte, hatte er nachgegeben und es niemals bereut. Sie war eine hübsche, lebhafte junge Frau, und es war angenehm, dass sie jetzt immer zu viert Domino spielen konnten, was sein Lieblingsspiel war.

Plötzlich kam ihm in den Sinn, dass das Leben in Pei-tscho für seine Frauen ziemlich langweilig sein musste. Er beschloss, dass er jetzt, da Neujahr nahte, ein paar schöne Geschenke für sie aussuchen würde.

Er ging zur Tür und rief den Gerichtsdiener.

»Ist noch keiner von meinen Leuten zurück?«, fragte er.

»Nein, Exzellenz«, erwiderte der Angesprochene. »Zuerst haben sie sich in der Kanzlei lange mit dem ehrenwerten Tschu Ta-yuan beraten, und dann sind sie alle zusammen gegangen.«

»Sagen Sie dem Stallknecht, er soll mir mein Pferd bringen!«, befahl Richter Di. Während seine Männer Beweismaterial in der Mordsache Lan sammelten, so überlegte er, wäre es vielleicht gut, einmal nach Pan Feng zu sehen. Auf dem Weg dorthin würde er an Yeh Pins Papierladen vorbeikommen und sich erkundigen, ob Yeh Tai inzwischen aufgetaucht war. Er wurde das unbehagliche Gefühl nicht los, dass Yeh Tais lange Abwesenheit neuen Ärger bedeutete.

Dreizehntes Kapitel

Der Richter unterhält sich mit einem Raritätenhändler; er erfährt etwas über die Wirkung von Lackinfektionen.

Richter Di brachte sein Pferd vor dem Papierladen zum Stehen und rief dem Angestellten, der an der Tür stand, zu, er wolle Yeh Pin sprechen.

Der alte Papierkaufmann kam eiligst heraus und lud den Richter ehrerbietig ein, auf eine Tasse Tee ins Haus zu kommen. Aber Richter Di stieg nicht von seinem Pferd; er sagte, dass er nur wissen wolle, ob Yeh Tai zurückgekommen sei.

»Nein, Euer Ehren«, erwiderte Yeh Pin mit sorgenvollem Blick, »er ist immer noch nicht aufgetaucht! Ich habe meinen Angestellten in die Restaurants und Spielklubs geschickt, die er häufig besucht, aber niemand hat ihn gesehen. Ich befürchte wirklich allmählich, dass ihm ein Unfall zugestoßen ist!«

»Wenn er bis heute Abend nicht zurück ist«, sagte Richter Di, »werde ich Plakate mit seiner Beschreibung anschlagen lassen und die Militärpolizei benachrichtigen. Trotzdem würde ich mir keine Sorgen machen. Ihr Bruder erschien mir nicht wie ein Mann, der eine leichte Beute für Wegelagerer oder andere Gauner ist. Geben Sie mir nach dem Abendessen Bescheid!«

Er spornte sein Pferd an und ritt zu der Straße weiter, in der Pan Feng wohnte. Wieder fiel ihm auf, wie trostlos dieser Stadtteil war; selbst jetzt, wo die Zeit des Abendessens nahte, war die Straße völlig menschenleer.

Der Richter stieg vor Pans Haus ab und befestigte die Zügel seines Pferds an dem Eisenring in der Wand. Er musste viele Male mit dem Griff seiner Peitsche an die Tür klopfen, bevor Pan erschien, um zu öffnen.

Er machte ein überraschtes Gesicht, als er den Richter erblickte.

Während er ihn in die Halle führte, entschuldigte er sich wortreich, dass kein Feuer brannte. Er sagte:

»Ich werde sogleich das Kohlebecken aus meiner Werkstatt holen!«

»Machen Sie sich keine Umstände«, entgegnete Richter Di, »wir können uns dort unterhalten. Ich sehe immer gern die Räume, in denen die Leute arbeiten.«

»Aber es herrscht ein schreckliches Durcheinander dort!«, rief Pan Feng aus. »Ich hatte gerade angefangen, ein wenig Ordnung zu schaffen!«

»Das macht nichts!«, sagte der Richter kurz. »Gehen Sie voraus!«

Beim Betreten des Zimmers sah er, dass die kleine Werkstatt in der Tat mehr als zuvor einer Gerümpelkammer glich. Eine Anzahl größerer und kleinerer Porzellanvasen stand zusammen mit zwei Packkisten auf dem Fußboden, und der Tisch war mit Büchern, Schachteln und Paketen übersät. Aber die Kohle im Heizbecken glühte und verbreitete eine wohlige Wärme in dem kleinen Raum.

Pan half dem Richter, seinen schweren Pelzmantel abzulegen, und ließ ihn auf dem Schemel neben dem Kohlebecken Platz nehmen. Während der Raritätenhändler in die Küche hastete, um den Tee zuzubereiten, betrachtete Richter Di neugierig das schwere Hackmesser, das auf einem öligen Lappen auf dem Tisch lag. Pan war offenbar gerade damit beschäftigt gewesen, es zu reinigen, als der Richter an die Tür klopfte. Sein Blick fiel auf einen größeren viereckigen Gegenstand, der sich, unter einem feuchten Tuch verborgen, neben dem Tisch befand.

Er wollte soeben aus bloßer Neugier das Tuch hochheben, als Pan eintrat.

»Berühren Sie es nicht!«, rief dieser aus.

Da Richter Di ihn erstaunt ansah, erklärte Pan eilig:

»Das ist ein kleiner Lacktisch, den ich repariere, Euer Ehren. Feuchter Lack sollte nicht mit bloßen Händen angefasst werden, denn er würde eine schwere Hautentzündung hervorrufen!«

Richter Di erinnerte sich vage, von den schmerzhaften Auswirkungen einer Lackinfektion gehört zu haben. Während Pan die Tassen füllte, sagte er:

»Das ist ein wunderschönes Hackmesser, das Sie da haben!«

Pan nahm das große Messer in die Hand und befühlte den Rand der Klinge mit dem Daumen.

»Ja«, erwiderte er, »es ist über fünfhundert Jahre alt, es wurde benutzt, um die Opferochsen im Tempel zu töten. Aber die Klinge ist noch makellos!«

Richter Di schlürfte seinen Tee. Ihm fiel auf, wie still es im Haus war; er hörte nicht den geringsten Laut.

»Es tut mir leid«, sagte er plötzlich, »dass ich Ihnen eine unangenehme Frage stellen muss. Der Mann, der Ihre Frau ermordete, wusste im Voraus, dass Sie die Stadt verlassen würden. Ihre Frau muss es ihm erzählt haben. Haben Sie irgendeinen Anhaltspunkt dafür, dass sie Beziehungen zu einem anderen Mann unterhielt?«

Pan Feng erbleichte. Er warf dem Richter einen unsicheren Blick zu.

»Ich muss gestehen«, antwortete er unglücklich, »dass ich seit einigen Wochen eine gewisse Veränderung im Verhalten meiner Frau mir gegenüber bemerkt hatte. Es ist schwer, diese Dinge in Worte zu fassen, aber ...«

Er zögerte. Als der Richter schwieg, fuhr er fort:

»Ich möchte keine wilden Anschuldigungen erheben, aber ich werde den Verdacht nicht los, dass Yeh Tai etwas damit zu tun hat. Er besuchte oft meine Frau, wenn ich nicht da war. Sie war nicht unattraktiv, Euer Ehren, und manchmal vermutete ich, dass Yeh Tai sie zu überreden versuchte, mich zu verlassen, damit er sie einem reichen Mann als Konkubine verkaufen könnte. Meine Frau liebte Luxus, und ich konnte ihr natürlich nie teure Geschenke machen, und ...«

»Außer jenen rubinbesetzten goldenen Armbändern!«, warf Richter Di trocken ein.

»Goldene Armbänder?«, rief Pan Feng erstaunt. »Euer Ehren müssen sich irren, sie besaß nur einen silbernen Ring, den ihre Tante ihr geschenkt hat!«

Der Richter erhob sich.

»Versuchen Sie nicht, mich zum Narren zu halten, Pan Feng!«, sagte er streng. »Sie wissen ebenso gut wie ich, dass Ihre Frau zwei schwere goldene Armbänder und mehrere Haarnadeln aus massivem Gold besaß!«

»Unmöglich, Euer Ehren!«, erwiderte Pan aufgeregt. »Sie hatte nie etwas dergleichen!«

»Kommen Sie mit«, sagte Richter Di kalt, »ich zeige sie Ihnen!«

Er ging ins Schlafzimmer, dicht gefolgt von Pan. Auf die Kleiderkisten deutend, befahl der Richter:

»Öffnen Sie die oberste, Sie werden die Juwelen darin finden!«

Nachdem Pan den Deckel hochgehoben hatte, sah Richter Di, dass die Kiste zur Hälfte mit einem unordentlichen Stapel Damenkleider gefüllt war. Er erinnerte sich genau, dass sie neulich bis zum Rand voller sauber gefalteter Kleidungsstücke gewesen war und dass Tao Gan diese sorgfältig wieder an ihren Platz zurückgelegt hatte, nachdem er mit der Durchsuchung fertig war.

Er sah gespannt zu, wie Pan die Kleider herausnahm und sie auf dem Fußboden stapelte. Als die Kiste leer war, rief Pan erleichtert aus: »Euer Ehren sehen, dass hier keine Juwelen sind!«

»Lassen Sie mich mal!«, sagte Richter Di, indem er Pan beiseite schob. Er beugte sich über die Kiste und hob den Deckel des Geheimfaches im Boden hoch. Es war leer.

Als er sich wieder aufrichtete, bemerkte er kalt:

»Sie sind nicht sehr klug, Pan Feng! Diese Juwelen zu verstecken wird Ihnen nicht helfen. Sagen Sie die Wahrheit!«

»Ich schwöre, Euer Ehren«, erwiderte Pan ernst, »dass ich nicht einmal etwas von dem Geheimfach wusste!«

Richter Di überlegte einen Augenblick. Dann ließ er seinen Blick prüfend durch das Zimmer schweifen. Plötzlich trat er an das linke Fenster. Er zog an dem Eisenstab, der etwas gebogen zu sein schien. Der Stab zerfiel in zwei Teile. Er befühlte die anderen Stäbe und stellte fest, dass sie alle durchgesägt und anschließend sorgfältig wieder an ihrem ursprünglichen Ort befestigt worden waren.

»Ein Einbrecher ist während Ihrer Abwesenheit hier gewesen!«, bemerkte er.

»Aber von meinem Geld hat nichts gefehlt, als ich vom Gericht zurückkam!«, sagte Pan Feng erstaunt.

»Was ist mit den Kleidern?«, fragte der Richter. »Als ich dieses Zimmer durchsuchte, war die Kiste voll. Können Sie feststellen, welche Kleidungsstücke fehlen?«

Nachdem er die zerdrückten Kleider durchstöbert hatte, sagte Pan:

»Ja, zwei wertvolle Gewänder aus schwerem Brokat mit einem Zobelsaum sind nicht mehr da, es waren Hochzeitsgeschenke von der Tante meiner Frau.«

Richter Di nickte langsam. Während er um sich blickte, sagte er:

»Sonst scheint nichts zu fehlen. Lassen Sie mich überlegen ... Natürlich, in der Ecke da drüben stand ein kleiner rot lackierter Tisch!«

»O ja«, erwiderte Pan, »das ist der, den ich gerade repariere.«

Richter Di stand regungslos da, tief in Gedanken versunken. Während er den Schnurrbart durch seine Finger gleiten ließ, sah er allmählich ein Muster vor sich auftauchen. Was war er doch für ein Dummkopf, dass er das nicht früher erkannt hatte! Der Anhaltspunkt der Juwelen war die ganze Zeit über da gewesen, schon gleich am Anfang hatte der Verbrecher einen schweren Fehler begangen. Und ihm war das nicht aufgefallen! Aber jetzt wurde ihm alles klar.

Schließlich schüttelte der Richter seine Gedanken ab. Zu Pan Feng, der ihn gespannt beobachtet hatte, sagte er:

»Ich glaube, Sie sprechen die Wahrheit, Pan Feng! Lassen Sie uns in die Werkstatt zurückgehen.«

Während Richter Di langsam eine Tasse Tee trank, zog Pan Feng sich ein Paar Handschuhe an und lüftete das feuchte Tuch.

»Dies ist der rote Tisch, von dem Euer Ehren sprach«, sagte er. »Es ist ein recht gutes altes Stück, aber ich musste es mit einer neuen Lackschicht versehen. Bevor ich neulich zum Dorf der fünf Widder aufbrach, stellte ich den Tisch zum Trocknen in die Ecke des Schlafzimmers. Unglücklicherweise muss ihn danach jemand berührt haben, denn als ich heute Morgen nachsah, entdeckte ich einen großen Fleck oben auf der Platte. Ich repariere diese Stelle jetzt.«

Richter Di setzte seine Tasse ab. Er fragte:

»Könnte Ihre Frau ihn berührt haben?«

»So dumm war sie nicht, Euer Ehren!«, antwortete Pan lächelnd. »Ich habe sie oft genug vor der Lackinfektion gewarnt, sie wusste, wie schmerzhaft die ist! Vergangenen Monat kam Frau Lu aus dem Baumwollgeschäft zu mir, sie hatte eine besonders üble Infektion dieser Art, ihre Hand war geschwollen und mit Entzündungen übersät. Sie fragte mich, wie man das am besten behandelt. Ich sagte ihr ...«

»Woher kennen Sie diese Frau?«, unterbrach Richter Di.

»Als sie noch ein Kind war«, antwortete Pan, »lebten ihre Eltern gleich neben unserem Haus, drüben in der Weststadt. Nach ihrer Heirat verlor ich sie aus den Augen. Nicht, dass mir das viel ausmachte, denn ich habe die Frauen in jener Familie nie gemocht. Ihr Vater war ein anständiger Kaufmann, aber ihre Mutter war tatarischer Abstammung und beschäftigte sich mit schwarzer Magie. Ihre Tochter hatte die gleichen unheimlichen Interessen, sie bereitete seltsame Zaubertränke in der Küche, und manchmal fiel sie in Trance und sagte dann schaurige Dinge. Offenbar kannte sie meine neue Adresse, und so kam sie, um mich wegen ihrer entzündeten Hand zu konsultieren. Dabei erzählte sie mir, dass ihr Mann tot sei.«

»Das ist wirklich sehr interessant!«, sagte der Richter. Er maß Pan mit einem bedauernden Blick und fügte dann hinzu: »Ich weiß jetzt, wer dieses abscheuliche Verbrechen begangen hat, Pan Feng! Aber der Täter ist ein gefährlicher Wahnsinniger, und solche Leute sind mit großer Vorsicht zu behandeln. Bleiben Sie heute Nacht zu Hause und nageln Sie Bretter vor das Fenster im Schlafzimmer. Und halten Sie Ihre Eingangstür verschlossen! Morgen werden Sie es erfahren.«

Pan Feng hatte verblüfft zugehört. Richter Di gab ihm keine Gelegenheit, Fragen zu stellen. Er dankte Pan für den Tee und ging.

Vierzehntes Kapitel

Eine junge Witwe wird vernommen; sie wird wegen Missachtung des Gerichts bestraft.

Als Richter Di ins Gericht zurückkehrte, wurde er von Ma Jung, Tschiao Tai und Tao Gan in seinem privaten Büro erwartet. Ein Blick auf ihre angespannten Gesichter genügte, um ihm zu zeigen, dass sie keine guten Nachrichten hatten.

»Herr Tschu Ta-yuan hatte einen ausgezeichneten Plan entworfen«, berichtete Ma Jung unglücklich, »aber es ist uns nicht gelungen, neue Anhaltspunkte zu entdecken. Tschu Ta-yuan und Tschiao Tai klapperten alle Notabein ab und stellten eine Liste mit allen Personen zusammen, die jemals Meister Lans Schüler waren. Hier ist sie, aber sie ist nicht sehr viel versprechend!« Er zog eine Papierrolle aus dem Ärmel und überreichte sie Richter Di. Während der Richter sie überflog, fuhr Ma Jung fort: »Ich selbst ging mit Wachtmeister Hung und Tao Gan Meister Lans Haus durchsuchen. Alles vergeblich, wir fanden nicht den leisesten Hinweis darauf, dass Lan mit irgendjemandem Ärger gehabt hätte. Anschließend befragten wir Lans Hauptgehilfen, einen netten jungen Burschen namens Mei Tscheng. Er erzählte uns etwas, das von Bedeutung sein könnte.«

Bis dahin hatte der Richter nicht sehr aufmerksam zugehört, seine Gedanken waren bei den überraschenden Entdeckungen, die er in Pans Haus gemacht hatte. Doch jetzt richtete er sich auf und fragte wissbegierig:

»Was war das?«

»Er sagte«, fuhr Ma Jung fort, »dass er eines Abends, als er unvermutet in das Haus des Meisters zurückkehrte, diesen mit einer Frau sprechen hörte.«

»Wer war die Frau?«, fragte Richter Di gespannt.

Ma Jung zuckte die Achseln. Er sagte:

»Mei Tscheng sah sie nicht, er vernahm durch die Tür nur ein paar undeutliche Worte. Er erkannte die Stimme der Frau nicht, aber ihm fiel auf, dass sie zornig war. Mei Tscheng ist ein aufrichtiger, ehrlicher junger Mann, er würde nicht im Traum daran denken, zu lauschen, deshalb ging er rasch wieder fort.«

»Aber es beweist wenigstens, dass Meister Lan eine Beziehung zu einer Frau hatte!«, sagte Tao Gan eifrig.

Richter Di schwieg dazu. Stattdessen fragte er:

»Wo ist Wachtmeister Hung?«

»Als wir in Meister Lans Haus fertig waren«, erwiderte Ma Jung, »ging der Wachtmeister zum Markt, um die beiden jungen Burschen nach dem Auftauchen des Tatarenkerls zu befragen. Hung meinte, er wäre zum Abendessen wieder hier. Tschiao Tai hatte zuvor Tschu Ta-yuan nach Hause begleitet und schloss sich uns später in Lans Haus an.«

Drei Schläge auf den Bronzegong ertönten im Gericht.

Richter Di sagte stirnrunzelnd:

»Das ist die Abendsitzung. Ich habe Frau Lu vorgeladen, eine Witwe, deren Mann unter verdächtigen Umständen gestorben ist. Ich beabsichtige, sie nach ein paar Routinefragen wieder gehen zu lassen und hoffe, dass keine weiteren Angelegenheiten während der Sitzung vorgebracht werden. Denn ich muss euch sagen, dass ich heute Nachmittag eine wichtige Entdeckung in Pan Fengs Haus gemacht habe. Sie wird wahrscheinlich das schmutzige Verbrechen aufklären, das dort begangen wurde!«

Seine drei Mitarbeiter bestürmten ihn mit Fragen, aber der Richter hob seine Hand.

»Nach der Sitzung, wenn Hung auch wieder zurück ist«, sagte er, »werde ich euch meine Theorie erklären!«

Er erhob sich und legte mit Tao Gans Hilfe rasch sein Amtsgewand an.

Richter Di sah, dass sich wieder eine große Zahl von Menschen im Gerichtssaal eingefunden hatte; alle waren begierig, die letzten Neuigkeiten über den Mord an Lan Tao-kuei zu erfahren.

Nachdem der Richter die Sitzung eröffnet hatte, verkündete er zunächst, dass die Ermittlungen bezüglich der Vergiftung des Boxmeisters gute Fortschritte machten. Das Gericht, so ließ er wissen, verfüge nun über einige wichtige Anhaltspunkte.

Dann füllte er einen Zettel für den Gefängniswärter aus. Ein Stimmengewirr erhob sich aus dem Publikum, als dieses sah, dass Frau

Kuo die Witwe Lu hereinbrachte. Der Oberkonstabler führte sie vor den Richtertisch, und Frau Kuo zog sich zurück.

Richter Di bemerkte, dass Frau Lu große Sorgfalt auf ihre äußere Erscheinung verwendet hatte. Auf ihrem Gesicht lag ein Hauch von Rouge, und ihre Augenbrauen waren sorgfältig mit einem Stift nachgezogen. In ihrem einfachen dunkelbraunen wattierten Gewand machte sie eine eindrucksvolle Figur, aber das Rouge konnte die grausamen Linien um ihren kleinen Mund nicht verbergen. Bevor sie auf den Steinfliesen niederkniete, warf sie dem Richter einen raschen Blick zu, doch sie gab durch nichts zu verstehen, dass sie ihn wiedererkannt hatte.

»Nennen Sie Ihren Namen und Beruf!«, befahl Richter Di.

»Diese unbedeutende Person«, antwortete Frau Lu mit gemessener Stimme, »ist die Witwe Lu, geborene Tschen. Sie betreibt das Baumwollgeschäft ihres verstorbenen Mannes Lu Ming.«

Nachdem diese Angaben ordnungsgemäß zu Protokoll genommen worden waren, sagte der Richter:

»Ich wollte Sie um ein paar klärende Hinweise zum Tod Ihres Mannes bitten und habe Sie deshalb rufen lassen, damit Sie mir ein paar einfache Fragen beantworten. Da Sie sich weigerten, freiwillig zu kommen, musste ich einen Haftbefehl gegen Sie ausstellen und werde Sie nun hier im Gericht vernehmen.«

»Der Tod meines Mannes«, entgegnete Frau Lu kalt, »ereignete sich, bevor Euer Ehren hier Ihr Amt antraten, und ist von Euer Ehren Vorgänger vorschriftsmäßig registriert worden. Diese Person vermag nicht zu erkennen, aus welchem Grund Euer Ehren den Fall wieder aufnehmen wollen. Soweit diese Person weiß, ist keine Anklage hier im Gericht gegen sie erhoben worden.«

Richter Di dachte, dass dies eine gerissene und redegewandte Frau war. Er sagte kurz:

»Dieses Gericht erachtet es für notwendig, einige Äußerungen zu überprüfen, die der hiesige Leichenbeschauer über die Krankheit Ihres verstorbenen Mannes machte.«

Plötzlich stand Frau Lu auf. Halb ans Publikum gewandt, rief sie:

»Soll es einem Buckligen gestattet sein, Verleumdungen gegen eine ehrbare Witwe zu erheben? Jedermann weiß, dass ein Mensch mit einem deformierten Körper auch einen deformierten Charakter hat!«

Richter Di schlug mit dem Hammer auf den Tisch. Zornig rief er aus:

»Ich dulde nicht, dass Sie einen Beamten dieses Gerichts verunglimpfen, Weib!«

»Schönes Gericht!«, entgegnete Frau Lu verächtlich. »Kamen Sie, der Bezirksvorsteher, nicht neulich Abend in Verkleidung zu mir? Und schickten Sie, weil ich Sie nicht einlassen wollte, nicht heute privat nach mir, ohne einen Haftbefehl oder so etwas?«

Der Richter wurde bleich vor Zorn. Mit einiger Anstrengung gelang es ihm, sich zu beherrschen. Ruhig sagte er:

»Diese Frau hat sich der Missachtung des Gerichts schuldig gemacht. Sie soll fünfzig Peitschenhiebe erhalten!«

Ein Gemurmel erhob sich aus der Menge; es war offensichtlich, dass die Zuschauer nicht einverstanden waren. Aber der Oberkonstabler ging rasch zu Frau Lu, packte sie bei ihren Haaren und zwang sie auf die Knie. Zwei Konstabler rissen ihr das Gewand und die Unterkleidung bis zur Hüfte herab, und zwei andere setzten ihr von beiden Seiten einen Fuß auf die Waden und banden ihr die Hände auf dem Rücken zusammen. Der Oberkonstabler ließ die leichte Peitsche durch die Luft zischen.

Nach den ersten paar Hieben schrie Frau Lu:

»Dieser Beamtenhund! So macht er seinem Ärger über eine anständige Frau Luft, die ihn verschmäht hat! Er ...«

Ihre Stimme steigerte sich zu einem wilden Kreischen, während die Peitsche in ihren nackten Rücken schnitt. Doch als der Oberkonstabler innehielt, um auf einem Kerbholz zu vermerken, dass zehn Hiebe verabreicht worden waren, rief sie aus:

»Unser Meister Lan ist ermordet worden, aber dieser Beamtenhund denkt nur daran, eine Frau zu verführen. Er ...«

Die Peitsche sauste wieder herab, und Frau Lu konnte nur noch schreien. Als der Oberkonstabler innehielt, um den zwanzigsten Hieb zu markieren, versuchte sie zu sprechen, aber vergeblich.

Nach fünf weiteren Hieben sank sie mit dem Gesicht nach vorn auf den Boden.

Auf ein Zeichen des Richters hob der Oberkonstabler ihren Kopf an und verbrannte scharfes Räucherwerk unter ihrer Nase, bis sie das Bewusstsein wiedererlangte. Als sie schließlich die Augen öffnete, war sie zu schwach, um sich aufzusetzen. Der Oberkonstabler musste ihre Schultern stützen, während einer seiner Männer ihren Kopf an den Haaren hochhielt.

Richter Di sagte kalt:

Eine Frau wird wegen Missachtung des Gerichts bestraft

»Frau Lu, Sie haben das Gericht beleidigt und die Hälfte der angeordneten Strafe empfangen. Morgen werden Sie wieder vernommen. Es hängt von Ihrem eigenen Verhalten ab, ob Sie die andere Hälfte auch noch erhalten oder nicht.«

Frau Kuo erschien, und mithilfe von drei Konstablern wurde Frau Lu ins Gefängnis zurückgetragen.

Richter Di wollte gerade den Hammer heben, um die Sitzung zu beenden, als ein alter Bauer vortrat. Er begann eine lange Geschichte, wonach er ohne Absicht an der Straßenecke draußen mit einem Kuchenverkäufer zusammengestoßen war, der ein Tablett mit Nusskuchen trug. Der Bauer sprach im lokalen Dialekt, und der Richter hatte große Schwierigkeiten, zu verstehen, was er sagte. Schließlich begriff er, worum es ging. Der Bauer war durchaus bereit, den Verlust von fünfzig Kuchen zu ersetzen, denn das war die ungefähre Anzahl, die sich auf dem Tablett befunden hatte. Aber der Verkäufer behauptete hartnäckig, es seien hundert gewesen, und wollte diese Menge bezahlt haben. Anschließend kniete der Verkäufer vor dem Richtertisch nieder, seine Sprache war noch schwerer zu verstehen. Er schwor, dass es wenigstens hundert Kuchen gewesen seien, und bezichtigte den alten Bauer, ein Gauner und Lügner zu sein.

Der Richter fühlte sich müde und nervös, mit einiger Anstrengung konzentrierte er sich auf diesen Streit. Er befahl einem Konstabler, hinauszugehen, die zerbrochenen Kuchen einzusammeln und sie zusammen mit einem heilen Kuchen vom Straßenstand ins Gericht zu bringen. Dem Gerichtsdiener trug er auf, eine Waage zu holen.

Während ihrer Abwesenheit lehnte sich Richter Di in seinen Stuhl zurück und dachte wieder über die unglaubliche Frechheit der Frau Lu nach. Die einzige Erklärung war natürlich, dass mit dem Tod ihres Mannes wirklich etwas absolut nicht in Ordnung war.

Als der Konstabler mit den in Ölpapier gewickelten Kuchenresten zurückkam, legte Richter Di das Päckchen auf die Waage. Es wog ungefähr zwölfhundert Gramm. Dann wog er den einen heilen Kuchen und stellte fest, dass dieser etwa zwanzig Gramm schwer war.

»Geben Sie dem lügnerischen Verkäufer zwanzig Streiche mit dem Bambus!«, sagte der Richter ärgerlich zum Oberkonstabler.

Nun gab es einigen Beifall aus dem Publikum, dem diese rasche und gerechte Entscheidung gefiel.

Nachdem der Verkäufer seine Strafe erhalten hatte, schloss Richter Di die Sitzung.

In seinem privaten Büro wischte sich der Richter den Schweiß von der Stirn. Während er auf und ab ging, stieß er hervor:

»In meinen zwölf Jahren als Bezirksvorsteher habe ich mit mancher unangenehmen Frau zu tun gehabt, doch keine war so schlimm wie diese! Diese hinterhältige Anspielung auf meinen Besuch!«

»Warum haben Euer Ehren die Anschuldigungen dieser bösartigen Frau nicht sogleich zurückgewiesen?«, fragte Ma Jung entrüstet.

»Das hätte es nur noch schlimmer gemacht!«, sagte Richter Di mit müder Stimme. »Schließlich bin ich ja abends und in Verkleidung dort gewesen. Sie ist sehr gerissen, und sie weiß genau, wie sie die Sympathie der Menge erlangen kann.«

Ärgerlich zupfte er an seinem Bart.

»Meiner Meinung nach«, bemerkte Tao Gan, »ist sie gar nicht so gerissen. Die beste Strategie wäre gewesen, alle Fragen ruhig zu beantworten und auf Doktor Kwangs Bescheinigung zu verweisen. Sie hätte wissen müssen, dass wir nur denken, sie habe ihren Mann wirklich ermordet, wenn sie solch ein Theater macht.«

»Sie kümmert sich einen Dreck darum, was wir denken!«, erwiderte Richter Di bitter. »Sie ist nur darauf aus, eine zweite Untersuchung von Lu Mings Tod zu verhindern, weil die ihre Schuld beweisen würde. Und heute ist sie diesem Ziel ein gutes Stück näher gekommen!«

»Wir müssen diese Angelegenheit mit der größten Sorgfalt behandeln«, warf Tschiao Tai ein.

»Das werden wir gewiss!«, bekräftigte Richter Di.

Plötzlich kam der Oberkonstabler ins Büro gestürmt.

»Euer Ehren«, sagte er aufgeregt, »soeben traf ein Schuhmacher mit einer dringenden Botschaft von Wachtmeister Hung im Gericht ein!«

Fünfzehntes Kapitel

Wachtmeister Hung besucht die Markthalle; in einem Weinhaus begegnet er dem Kapuzenmann.

Während Wachtmeister Hung ziellos von einem Straßenstand zum nächsten schlenderte, bemerkte er, dass die Dämmerung hereinbrach. Er überlegte, dass er vielleicht besser zum Gericht zurückkehren sollte.

Sein geduldiges Ausfragen der beiden jungen Männer, die gemeinsam mit dem Tataren das Badehaus betreten hatten, war wenig ergiebig gewesen. Sie hatten den Informationen, die ihr Freund beim Verhör durch Richter Di gegeben hatte, nichts hinzufügen können. Die beiden hatten ausgesagt, dass der Tatar ihnen wie ein ganz normaler junger Bursche vorgekommen sei, aufgefallen sei ihnen lediglich die Blässe seines Gesichts. Die Haarsträhne hatten sie nicht bemerkt, und der Wachtmeister hielt es für möglich, dass der erste junge Mann sie mit einem Zipfel des Schals verwechselt hatte.

Er blieb für einen Augenblick vor dem Stand eines Apothekers stehen und versuchte, die seltsam geformten Wurzeln und die kleinen getrockneten Tiere zu identifizieren, die in Kästen vor dem Ladentisch lagen.

Ein großer Mann fegte an ihm vorbei. Der Wachtmeister drehte sich um und sah einen breiten Rücken und eine spitze schwarze Kapuze.

Rasch bahnte er sich einen Weg durch eine Gruppe von Müßiggängern und konnte den Mann gerade noch um die nächste Ecke verschwinden sehen.

Er eilte ihm nach und entdeckte ihn vor dem Stand eines Juweliers wieder. Der Kapuzenmann fragte etwas, und der Juwelier holte ein Kästchen mit glitzernden Gegenständen hervor, die jener zu untersuchen begann.

Der Wachtmeister näherte sich ihm, so weit er sich traute, um einen Blick auf das Gesicht des Mannes zu erhaschen. Aber die Kapuze verhinderte dies. Hung trat an den Nudelstand neben dem Juwelier und bestellte eine Schale für zwei Kupferlinge. Während der Verkäufer die Nudeln austeilte, hielt der Wachtmeister seinen Blick auf den Kapuzenmann gerichtet. Doch nun unterhielten sich zwei andere potenzielle Käufer mit dem Juwelier und nahmen dem Wachtmeister die Sicht. Er sah nur die behandschuhten Hände des Kapuzenmannes, der prüfend ein Glasgefäß mit roten Steinen betrachtete. Er zog einen Handschuh aus und ergriff einen Rubin, den er auf seine rechte Hand legte. Er strich mit dem Zeigefinger über den Stein. Die beiden anderen Käufer gingen weiter, und nun hatte der Wachtmeister eine unverstellte Sicht auf den Mann. Aber der hielt den Kopf gesenkt, so dass Wachtmeister Hung sein Gesicht immer noch nicht erkennen konnte.

Der Wachtmeister war so aufgeregt, dass er kaum seine Nudeln hinunterbrachte. Er sah, wie der Juwelier die Hände zum Himmel hob und wortreich zu reden begann. Offensichtlich verhandelte er über den Preis mit dem Kapuzenmann. Doch obwohl der Wachtmeister die Ohren spitzte, konnte er wegen des Stimmengewirrs der Nudelesser, die neben ihm standen, nicht verstehen, was gesprochen wurde.

Er nahm rasch einen Mundvoll. Als er wieder hinsah, zuckte der Juwelier die Achseln. Er wickelte einen kleinen Gegenstand in ein Stück Papier und gab es dem Kapuzenmann, der sich schnell umdrehte und in der Menge verschwand.

Wachtmeister Hung stellte seine noch halbvolle Nudelschale auf den Ladentisch und folgte ihm.

»He, Großvater, magst du meine Nudeln nicht?«, rief der Verkäufer entrüstet. Doch der Wachtmeister hörte ihn nicht. Er hatte den Kapuzenmann entdeckt, als dieser gerade ein Weinhaus betrat.

Er stieß einen Seufzer der Erleichterung aus. Er blieb stehen und spähte über die Köpfe der Menge. Mit Mühe entzifferte er die halbverblassten Schriftzeichen auf dem schmutzigen Schild. Der Name lautete *Frühlingswind*.

Prüfend betrachtete er die Passanten, ob sich ein bekanntes Gesicht darunter befand. Aber er sah nur Kulis und kleine Händler. Plötzlich entdeckte er einen Stiefelmacher, den er manchmal besuchte. Er packte ihn rasch am Ärmel. Der Mann öffnete den Mund zu einer ärgerlichen Frage, doch als er den Wachtmeister erkannte, hellte sich sein Gesicht zu einem Lächeln auf.

»Wie geht es Ihnen, Meister Hung?«, fragte er höflich. »Wann wird diese Person die Ehre haben, ein hübsches Paar Winterstiefel für Sie zu machen?«

Wachtmeister Hung zog ihn zum Straßenrand hinüber. Er holte das kleine verblichene Brokatkästchen, in dem er die Besuchskarten aufbewahrte, und ein Silberstück aus seinem Ärmel.

»Hören Sie«, flüsterte er, »ich möchte, dass Sie so schnell wie möglich zum Gericht laufen und Seine Exzellenz den Bezirksvorsteher zu sprechen verlangen. Sagen Sie den Wachen, dass Sie eine dringende Botschaft von mir haben, und zeigen Sie als Beweis dieses Kästchen vor. Wenn Sie den Richter sehen, bitten Sie ihn, mit seinen drei Männern unverzüglich zu dem Weinhaus da drüben zu kommen, um einen Mann, den wir suchen, zu verhaften. Hier, nehmen Sie dieses Silberstück für Ihre Mühe!«

Die Augen des Schuhmachers weiteten sich, als er das Silberstück sah. Er begann dem Wachtmeister überschwänglich zu danken, der ihn aber rasch unterbrach.

»Vorwärts!«, zischte er. »Laufen Sie, so schnell Sie können!«

Dann überquerte Hung die Straße und betrat das Weinhaus.

Der Raum war größer, als er erwartet hatte, mehr als fünfzig Personen saßen in Gruppen zu dreien oder vieren an rohen Kiefernholztischen, tranken billigen Alkohol und unterhielten sich lärmend. Ein griesgrämiger Kellner eilte umher, ein Tablett mit Weinkrügen auf der erhobenen Hand balancierend.

Der Wachtmeister warf rasch einen prüfenden Blick durch den übelriechenden Dunst der Öllampen. Er sah niemanden mit einer schwarzen Kapuze in dem Raum.

Als er sich einen Weg zwischen den Tischen hindurch bahnte, entdeckte er ganz hinten im Restaurant plötzlich eine Art Nische neben einer schmalen Tür. Dort war gerade genug Platz für einen kleinen Tisch, und an diesem saß der Kapuzenmann mit dem Rücken zum Raum.

Entmutigt betrachtete der Wachtmeister den Weinkrug, der vor dem Mann stand, und die schmale Tür. Er wusste, dass man in zweitklassigen Restaurants wie diesen seine Bestellung sofort bezahlen musste. Wenn der Kapuzenmann aufbrechen wollte, konnte er dies jederzeit tun. Aber er musste ihn unter allen Umständen im Weinhaus festhalten, bis der Richter eintraf.

Der Wachtmeister ging zu der Nische hinüber und tippte dem Kapuzenmann auf die Schulter. Der sah sich erschrocken um, zwei Rubine, die er untersucht hatte, fielen zu Boden.

Wachtmeister Hungs Gesicht wurde totenblass, als er den Mann erkannte.

»Was tun Sie denn hier?«, fragte er ungläubig.

Der Mann warf einen raschen Blick auf die Menge. Niemand beachtete sie. Er legte einen Finger an die Lippen.

»Setzen Sie sich!«, flüsterte er. »Ich werde Ihnen alles erzählen!«

Er zog einen Schemel zu sich heran und ließ den Wachtmeister Platz nehmen.

»Jetzt hören Sie gut zu!«, sagte der Mann. Er neigte sich zum Wachtmeister hinüber. Gleichzeitig kam seine rechte Hand mit einem langen dünnen Messer aus dem Ärmel zum Vorschein. Blitzschnell stieß er es dem Wachtmeister in die Brust.

Hungs Augen öffneten sich weit, er wollte schreien, aber ein Strom von Blut kam aus seinem Mund. Er sank stöhnend und hustend nach vorn auf den Tisch.

Der Kapuzenmann beobachtete ihn unbewegt, während er gleichzeitig den Raum im Auge behielt.

Niemand sah in ihre Richtung.

Die Hand des Wachtmeisters bewegte sich. Mit einem zuckenden Finger schrieb er den Anfang eines Familiennamens in das Blut auf der Tischplatte. Dann ging ein krampfartiges Schütteln durch seine Gestalt, und er bewegte sich nicht mehr.

Der Kapuzenmann löschte verächtlich das Schriftzeichen wieder aus. Dann wischte er seine blutigen Finger an Wachtmeister Hungs Schulter ab. Nach einem letzten Blick auf die Menge erhob er sich, öffnete die Hintertür und war verschwunden.

Als Richter Di und dicht hinter ihm Ma Jung, Tschiao Tai und Tao Gan im Laufschritt die Passage betraten, die zum Weinhaus ›Frühlingswind‹ führte, sahen sie, dass sich eine aufgeregte Menschenmenge unter der Laterne vor der Eingangstür versammelt hatte.

Dem Richter schwante Böses. Jemand rief aus: »Hier sind die Männer vom Gericht, um den Mord zu untersuchen!«

Die Leute machten hastig Platz, und Richter Di eilte nach drinnen, gefolgt von seinen drei Helfern. Er schob die Menschen, die sich in der entferntesten Ecke befanden, beiseite. Dann stand er stockstill und blickte auf den Körper von Wachtmeister Hung herab, der in einer Blutlache über dem Tisch zusammengesunken war.

Der Besitzer des Weinhauses wollte etwas sagen, doch als er die Gesichter der vier Männer sah, zog er sich rasch zurück und machte den

Schaulustigen ein Zeichen, sich mit ihm in den anderen Teil des Raumes zu begeben.

Nach einer langen Zeit beugte sich Richter Di vor und berührte sanft die Schulter des Toten. Dann hob er vorsichtig den grauen Kopf, öffnete das Gewand und untersuchte die Wunde. Langsam ließ er den Kopf wieder auf den Tisch sinken. Als er die Arme in seinen Ärmeln verschränkte, blickten seine drei Männer rasch fort. Sie sahen Tränen über Richter Dis Wangen laufen.

Tao Gan war der Erste, der sich von diesem fürchterlichen Schlag erholte. Aufmerksam untersuchte er die Tischplatte und betrachtete dann die rechte Hand des Wachtmeisters. Er sagte:

»Ich glaube, der tapfere Kerl versuchte, mit seinem eigenen Blut etwas zu schreiben. Hier ist ein eigenartiger Fleck.«

»Wir sind nichts, verglichen mit ihm!«, stieß Tschiao Tai wütend hervor. Ma Jung biss sich auf die Lippen, bis ihm das Blut vom Kinn tropfte.

Tao Gan kniete nieder und suchte den Fußboden ab. Als er wieder aufstand, zeigte er dem Richter schweigend die beiden Rubine, die er gefunden hatte.

Richter Di nickte. Mit einer fremdartigen, heiseren Stimme sagte er:

»Ich weiß von diesen Rubinen. Aber nun ist es zu spät.« Nach einer Pause fügte er hinzu: »Fragt den Weinhausbesitzer, ob unser Wachtmeister mit einem Mann hierher kam, der eine schwarze Kapuze trug.«

Ma Jung rief den Besitzer. Der Mann schluckte mehrere Male, dann stammelte er:

»Davon ... davon wissen wir nichts, Euer Exzellenz! Ein Mann ... ein Mann mit einer schwarzen Kapuze saß allein an diesem Tisch. Keiner von uns kannte ihn. Der Kellner sagt, er bestellte einen Krug Wein und bezahlte ihn. Etwas später muss sich dieser arme Herr zu ihm gesetzt haben. Als der Kellner ihn entdeckte, war der andere Mann bereits fort.«

»Wie sah der Mann aus?«, fuhr Ma Jung ihn an.

»Der Kellner hat nur seine Augen gesehen, Exzellenz! Der Mann hustete, er hatte sich die Ohrenklappen seiner Kapuze vor den Mund gezogen und ...«

»Es ist nicht wichtig!«, unterbrach ihn der Richter mit tonloser Stimme. Der Weinhausbesitzer hastete davon.

Richter Di schwieg. Keiner seiner Männer wagte zu sprechen.

Plötzlich blickte der Richter auf. Er fixierte Ma Jung und Tschiao

Tai mit seinen brennenden Augen. Nach kurzem Nachdenken sagte er barsch zu ihnen:

»Hört gut zu! Morgen bei Tagesanbruch reitet ihr ins Dorf der fünf Widder. Nehmt Tschu Ta-yuan mit, er kennt viele Abkürzungen. Geht ins Dorfgasthaus und lasst euch eine genaue Beschreibung des Mannes geben, der dort Pan Feng traf, als dieser in dem Gasthaus abstieg. Kehrt anschließend unverzüglich wieder zum Gericht zurück, zusammen mit Tschu Ta-yuan. Habt ihr verstanden?«

Als seine beiden Mitarbeiter nickten, fügte der Richter mit hoffnungsloser Stimme hinzu:

»Bringt den Leichnam des Wachtmeisters ins Gericht!«

Er drehte sich um und ging ohne ein weiteres Wort.

Sechzehntes Kapitel

Drei Reiter kehren von einem frühen Ritt zurück; eine irregeleitete Frau berichtet von ihrer Torheit.

Am nächsten Tag, gegen Mittag, hielten drei Reiter mit schneebedeckten Pelzkappen vor dem Gericht. Sie sahen viele Menschen in einer Reihe durch das Haupttor marschieren.

Ma Jung sagte erstaunt zu Tschu Ta-yuan:

»Es scheint eine Sitzung stattzufinden!«

»Beeilen wir uns«, murmelte Tschiao Tai.

Tao Gan kam ihnen im Haupthof entgegen.

»Seine Exzellenz musste eine Sondersitzung einberufen«, informierte er sie. »Es sind ein paar wichtige Tatsachen ans Licht gekommen, die sofortiger Aufmerksamkeit bedurften!«

»Lasst uns in das private Büro des Richters gehen, um zu erfahren, was los ist!«, sagte Tschu Ta-yuan eifrig. »Vielleicht gibt es Neuigkeiten, die Ermordung des Wachtmeisters betreffend!«

»Die Sitzung beginnt gleich«, bemerkte Tao Gan, »der Richter sagte, er wolle jetzt nicht gestört werden.«

»In dem Fall«, meinte Tschiao Tai, »gehen wir am besten gleich in den Gerichtssaal. Wenn Sie mit uns kommen, Herr Tschu, besorgen wir Ihnen einen Platz in der Nähe der Estrade.«

»Die erste Reihe genügt mir völlig«, entgegnete Tschu Ta-yuan, »aber Sie können mich durch den Hintereingang hineinbringen, damit ich mich nicht durch die Menge drängen muss. Es scheinen viele Leute da zu sein.«

Die drei Männer durchquerten den Flur und betraten den Gerichtssaal durch die Tür, die sich hinter der Estrade befand und die der Richter immer benutzte. Ma Jung und Tschiao Tai nahmen an der Seite der erhöhten Plattform Aufstellung, Tschu Ta-yuan ging weiter und stellte sich in die erste Zuschauerreihe hinter den Konstablern.

Ein wirres Stimmengemurmel erhob sich aus dem zum Bersten gefüllten Saal. Aller Augen blickten erwartungsvoll auf Richter Dis leeren Armstuhl hinter dem hohen Richtertisch. Plötzlich trat Schweigen ein. Der Richter erschien auf der Estrade. Während er Platz nahm, bemerkten Ma Jung und Tschiao Tai, dass sein Gesicht noch abgehärmter aussah als am Abend zuvor.

Der Richter schlug mit dem Hammer auf den Tisch und sprach:

»Diese Sondersitzung des Gerichts von Pei-tscho wurde einberufen, weil sich wichtige neue Entwicklungen bezüglich des Mordes im Haus des Raritätenhändlers Pan Feng ergeben haben.« Den Oberkonstabler ansehend befahl er: »Bringen Sie das erste Beweisstück!«

Ma Jung warf Tschiao Tai einen erstaunten Blick zu.

Der Oberkonstabler kehrte mit einem großen, in Ölpapier gewickelten Paket zurück. Vorsichtig stellte er es auf den Boden, dann nahm er eine Rolle Ölpapier aus seinem Ärmel und breitete es auf dem einen Ende des Tisches aus. Er hob das Paket hoch und stellte es dorthin.

Richter Di beugte sich vor und löste rasch den oberen Teil der Verpackung. Das Publikum stieß einen Laut des Erschreckens aus, als die Umhüllung herabfiel. Auf dem Tisch stand der Kopf eines Schneemanns. Die Augen bildeten zwei glühend rote Steine, die die Zuschauer bösartig anfunkelten.

Der Richter sagte nichts. Er blickte unverwandt Tschu Ta-yuan an. Tschu kam langsam nach vorn, die Augen auf den Kopf gerichtet.

Auf ein gebieterisches Zeichen des Richters traten die Konstabler rasch zur Seite. Tschu ging auf den Richtertisch zu, bis er unmittelbar unter dem Kopf stand. Mit einem sonderbar ausdruckslosen Blick starrte er zu ihm empor.

Plötzlich sagte er mit eigenartig gereizter Stimme:

»Gebt mir meine roten Steine zurück!«

Als er die behandschuhten Hände hob, schoss Richter Dis Hand vor. Mit seinem Hammer tippte er leicht auf den Kopf, und der Schnee zerbröckelte. Der abgetrennte Kopf einer Frau stand auf dem Richtertisch. Das Gesicht wurde von den nassen Haarsträhnen halb verdeckt.

Ma Jung stieß einen schrecklichen Fluch aus. Er machte Anstalten, von der erhöhten Plattform zu springen und sich auf Tschu Ta-yuan zu stürzen, aber der Richter hielt ihn mit eisernem Griff am Arm fest.

»Bleib, wo du bist!«, zischte er ihm zu. Tschiao Tai sprang an Ma Jungs Seite und hielt ihn zurück.

Tschu Ta-yuan stand stocksteif da und sah wie benommen den Kopf der Frau an. Totenstille herrschte im Saal.

Langsam wandte Tschu seinen Kopf ab und blickte zu Boden. Plötzlich bückte er sich und hob die beiden Rubine auf, die mit dem Schnee heruntergefallen waren. Er zog die Handschuhe aus, legte die beiden Steine auf seine linke Handfläche, die geschwollen und mit Bläschen bedeckt war, und streichelte die Rubine mit dem rechten Zeigefinger. Ein kindliches Lächeln trat auf sein breites Gesicht.

»Wunderschöne Steine!«, flüsterte er. »Wunderschöne rote Steine, wie Blutstropfen!«

Aller Augen starrten gebannt auf die unheimliche, ungeschlachte Gestalt, die wie ein Kind über seinem Spielzeug glücklich lächelte. Niemand bemerkte die große verschleierte Frau, die von Tao Gan vor den Richtertisch geführt wurde. Als sie Tschu Ta-yuan gegenüberstand, fragte Richter Di plötzlich:

»Erkennen Sie den abgetrennten Kopf von Fräulein Liao Lien-fang?«

Gleichzeitig riss Tao Gan den Schleier vom Gesicht der Frau.

Tschu schien plötzlich aus einem Traum zu erwachen. Sein Blick schoss vom Gesicht der Frau ihm gegenüber zu dem Kopf auf dem Tisch. Dann sagte er verstohlen lächelnd zu der Frau:

»Wir müssen ihn rasch mit Schnee bedecken!«

Er fiel auf die Knie und fuhr mit den Händen über die Steinfliesen.

Ein Murmeln, das rasch an Lautstärke zunahm, stieg aus der Menge auf. Doch es verebbte, als der Richter gebieterisch seine Hand hob.

»Wo ist Yeh Tai?«, fragte er Tschu.

»Yeh Tai?«, wiederholte Tschu, indem er den Kopf hob. Dann brach er in lautes Gelächter aus. »Auch im Schnee!«, rief er, »auch im Schnee!«

Plötzlich wandelte sich seine Miene, er sah erschrocken aus. Mit einem raschen Blick auf die Frau rief er jammernd:

»Du musst mir helfen! Ich brauche mehr Schnee!«

Die Frau wich an den Richtertisch zurück. Sie verbarg ihr Gesicht in den Händen.

»Mehr Schnee!«, kreischte Tschu Ta-yuan plötzlich. Verzweifelt kratzte er mit den Händen über den Steinboden, wobei seine Fingernägel in den Rillen zwischen den Fliesen abbrachen.

Richter Di gab dem Oberkonstabler ein Zeichen. Zwei seiner Männer packten Tschus Arm und zogen ihn hoch. Er wehrte sich wild, schreiend und fluchend und mit Schaum vor dem Mund. Vier weitere

Konstabler sprangen herbei, um den Rasenden mit großer Mühe in Ketten zu legen und abzuführen.

Richter Di verkündete ernst:

»Dieses Gericht wirft dem Landbesitzer Tschu Ta-yuan vor, Fräulein Liao Lien-fang ermordet zu haben, und verdächtigt ihn des Mordes an Yeh Tai. Frau Pan war seine Komplizin.«

Während er die aufgebrachten Stimmen aus dem Publikum mit erhobener Hand zum Schweigen brachte, fuhr er fort:

»Heute Morgen durchsuchte ich das Anwesen von Tschu Ta-yuan und fand dort Frau Pan, die allein in einem der abgeschlossenen Höfe lebte. Fräulein Liaos Kopf wurde in einem Schneemann in einem der Seitengärten gefunden. Das Beweisstück hier vor Ihnen ist eine Holzattrappe.«

Dann sagte Richter Di, sich der Frau zuwendend:

»Frau Pan, geborene Yeh, wird uns nun wahrheitsgemäß ihre Beziehung zu dem Angeklagten Tschu Ta-yuan schildern und berichten, wie besagter Tschu Ta-yuan Fräulein Liao Lien-fang entführte und sie anschließend ermordete.

Das Gericht hat den eindeutigen Beweis von Frau Pans Komplizenschaft an diesen Verbrechen und wird die Todesstrafe für sie beantragen. Ein volles Geständnis könnte das Gericht jedoch veranlassen, eine der milderen Formen der Todesstrafe zu empfehlen.«

Langsam hob die Frau ihren Kopf. Sie begann mit leiser Stimme:

»Diese Person begegnete Tschu Ta-yuan zum ersten Mal vor ungefähr einem Monat, am Stand eines Juweliers in der Markthalle. Er kaufte ein rubinbesetztes goldenes Armband, und er muss meinen neidischen Blick bemerkt haben. Denn als ich später bei einem Händler ein Stück weiter hinten in der Passage einen Kamm kaufte, stand er plötzlich neben mir. Er knüpfte eine Unterhaltung an, und als er hörte, wer ich war, sagte er, dass er oft Antiquitäten bei meinem Mann kaufe. Ich fühlte mich von seinem Interesse geschmeichelt, und als er fragte, ob er mich besuchen dürfe, stimmte ich sogleich zu und nannte ihm einen Nachmittag, an dem mein Mann nicht da wäre. Er ließ das Armband in meinen Ärmel gleiten und ging davon.«

Frau Pan schwieg. Nach einigem Zögern fuhr sie mit gesenktem Kopf fort:

»An jenem Nachmittag zog ich mein bestes Kleid an, heizte das Ofenbett und bereitete einen Krug warmen Wein. Tschu kam und sprach sehr freundlich mit mir, wie von gleich zu gleich. Er trank rasch den Wein, machte jedoch keinen der Anträge, die ich erwartete. Als ich mein Kleid auszog, schien er sich plötzlich sehr unbehaglich zu fühlen, und als ich meine Unterkleidung ablegte, wandte er das Gesicht ab. Er forderte mich barsch auf, mein Kleid wieder anzuziehen, dann fuhr er freundlicher fort, dass er mich sehr schön fände und mich gern zu seiner Geliebten machen würde. Doch zuvor müsse ich beweisen, dass er mir vertrauen könne, indem ich ihm einen Dienst erwiese. Ich stimmte bereitwillig zu, denn ich wollte sehr gern eine Verbindung mit diesem reichen Mann eingehen, der mich gewiss freigebig belohnen würde. Ich hasste das Leben, das ich in jenem einsamen Haus führte; das wenige Geld, das ich sparte, nahm mir immer mein Bruder Yeh Tai fort ...«

Ihre Stimme verlor sich. Auf ein Zeichen des Richters bot der Oberkonstabler ihr eine Tasse bitteren Tee an. Gierig trank sie ihn, dann fuhr sie fort:

»Tschu erzählte mir von einem Mädchen, das an bestimmten Tagen zusammen mit einer alten Frau die Markthalle zu besuchen pflegte. Ich sollte mit ihm dorthin gehen und das Mädchen, das er mir zeigen würde, fortlocken, ohne dass die alte Frau es merkte. Er nannte einen Tag und einen Treffpunkt, gab mir ein weiteres goldenes Armband und ging.

Ich traf Tschu an dem vereinbarten Tag, und er folgte mir, das Gesicht zum Teil von einer schwarzen Kapuze verdeckt. Ich versuchte, an das Mädchen heranzukommen, aber die alte Frau blieb die ganze Zeit dicht in ihrer Nähe, und ich musste es aufgeben.«

»Erkannten Sie das Mädchen?«, unterbrach Richter Di.

»Nein, Euer Ehren, ich schwöre, ich erkannte sie nicht!«, rief Frau Pan aus. »Ich hielt sie für eine berühmte Kurtisane. Ein paar Tage später versuchten wir es wieder. Die alte Frau und das Mädchen waren in den südlichen Teil des Marktes geschlendert, wo sie einem Tatar mit einem dressierten Bären zusahen. Ich stellte mich dicht neben das Mädchen und flüsterte, wie Tschu mich angewiesen hatte: ›Herr Yü möchte Sie sehen.‹ Das Mädchen ging ohne ein Wort mit.

Ich brachte sie zu einem leerstehenden Haus in der Nähe, das Tschu mir gezeigt hatte, er folgte dicht hinter mir. Die Tür war angelehnt, und Tschu stieß das Mädchen rasch hinein. Er sagte zu mir, er würde mich später sehen, und schloss die Tür vor meiner Nase.

Als ich die Plakatanschläge sah, erkannte ich, dass Tschu ein Mädchen aus einer wohlbekannten Familie entführt hatte. Ich eilte mit einer angeblichen Botschaft meines Mannes zu seinem Haus und bat ihn, das Mädchen freizulassen. Aber er sagte, er habe sie bereits heimlich in einen abgeschiedenen Hof seines Anwesens gebracht, und niemand würde jemals erfahren, dass sie dort sei. Er gab mir eine Geldsumme und versprach, dass er mich bald wieder besuchen würde.

Vor drei Tagen begegnete ich ihm auf dem Markt. Er sagte, dass das Mädchen Schwierigkeiten mache, dass sie versuche, die Aufmerksamkeit der anderen Mitglieder des Haushalts zu erregen, und er nichts bei ihr erreiche. Da sich mein Haus in einem einsamen Viertel befand, wollte er das Mädchen für eine Nacht dorthin bringen. Ich erwiderte, dass mein Mann zwei Tage fort wäre. Tschu kam am selben Abend nach dem Essen, das als Nonne verkleidete Mädchen hinter sich her zerrend. Ich wollte mit dem Mädchen sprechen, aber Tschu schob mich zur Tür und befahl mir, hinauszugehen und nicht vor der zweiten Nachtwache zurückzukommen.«

Frau Pan fuhr sich mit der Hand über die Augen. Dann setzte sie mit heiserer Stimme ihren Bericht fort:

»Als ich zurückkam, fand ich Tschu halb benommen in der Halle sitzend. Besorgt fragte ich ihn, was geschehen sei, und er erzählte mir zusammenhanglos, dass das Mädchen tot sei. Ich lief ins Schlafzimmer und sah, dass er sie erdrosselt hatte. Wahnsinnig vor Angst rannte ich zu Tschu zurück und sagte, dass ich den Aufseher des Viertels rufen würde. Ich hatte nichts dagegen, ihm bei einer Liebesaffäre zu helfen, aber unter gar keinen Umständen wollte ich in einen Mordfall verwickelt werden.

Plötzlich wurde Tschu ganz ruhig. Er sagte kurz angebunden, dass ich bereits seine Komplizin sei und die Todesstrafe verdient hätte. Aber er sei vielleicht in der Lage, den Mord zu vertuschen und mich gleichzeitig als seine Konkubine in sein Haus zu nehmen, ohne dass irgendjemand Verdacht schöpfte.

Er zwang mich, wieder ins Schlafzimmer mitzugehen und mich auszuziehen. Sorgfältig untersuchte er meinen ganzen Körper, und als er sah, dass ich weder Narben noch große Muttermale hatte, sagte er, ich hätte Glück, und alles käme wieder in Ordnung. Er zog mir den Silberring vom Finger und befahl mir, den Nonnenumhang anzuziehen, der auf dem Boden lag. Ich wollte meine Unterkleidung darunter anziehen, aber er wurde sehr zornig, warf mir den Umhang über die Schultern und stieß mich hinaus mit der Anweisung, in der Halle auf ihn zu warten.

Ich weiß nicht, wie lange ich dort saß, vor Angst und Kälte zitternd. Schließlich kam Tschu mit zwei großen Bündeln zurück. ›Ich habe den abgetrennten Kopf des Mädchens und deine Kleider und Schuhe mitgenommen‹, sagte er ruhig. ›Nun wird man glauben, es sei deine Leiche, und du wirst in meinem Haus als meine Geliebte sicher aufgehoben sein!‹ ›Du bist wahnsinnig!«, rief ich aus, ›das Mädchen ist eine Jungfrau!‹ Plötzlich wurde er furchtbar wütend, er begann zu fluchen, und Schaum trat vor seinen Mund. ›Eine Jungfrau?‹, zischte er, ›ich habe die wollüstige Dirne mit meinem Sekretär zusammen gesehen, unter meinem eigenen Dach!‹

Zitternd vor Wut gab er mir eines der Bündel, und wir verließen das Haus. Er befahl mir, die Eingangstür von außen abzuschließen. Dann gingen wir, uns im Schatten der Stadtmauer haltend, zu seinem Haus. Ich hatte solche Angst, dass ich die Kälte nicht bemerkte. Tschu öffnete eine Hintertür auf der Rückseite des Hauses, verbarg eines der Bündel unter den Sträuchern in einer Ecke des Gartens und führte mich durch mehrere dunkle Flure zu einem separaten Hof. Er sagte, er würde alles besorgen, was ich bräuchte, und ging.

Meine Zimmer waren luxuriös eingerichtet, und eine alte taubstumme Frau brachte mir ausgezeichnetes Essen. Tschu kam am nächsten Tag. Er schien mit seinen Gedanken ganz woanders zu sein und fragte mich nur, wo ich den Schmuck aufbewahrte, den er mir geschenkt hätte. Ich erzählte ihm von dem Geheimfach in meiner Kleiderkiste, und er meinte, er würde sie mir holen. Ich bat ihn, auch einige meiner Lieblingskleider mitzubringen.

Aber als er am nächsten Tag kam, erklärte er, die Juwelen seien verschwunden, und gab mir nur meine Kleider. Ich bat ihn, bei mir zu bleiben, doch er sagte, er habe sich an der Hand verletzt und würde an einem anderen Abend kommen. Ich sah ihn nicht wieder. Das ist die ganze Wahrheit!«

Auf ein Zeichen des Richters las der rangälteste Schreiber Frau Pans Geständnis vor. Sie bestätigte teilnahmslos, dass es korrekt sei, und setzte ihren Daumendruck unter das Dokument.

Dann sprach Richter Di ernst:

»Sie haben sehr töricht gehandelt, und Sie müssen mit Ihrem Leben dafür bezahlen. Doch da Tschu Ta-yuan Sie angestiftet hat und Sie später zwang, ihm zu helfen, werde ich die Todesstrafe in einer ihrer milderen Formen beantragen.«

Der Oberkonstabler führte die schluchzende Frau Pan zur Seitentür, wo Frau Kuo sie in Empfang nahm, um sie ins Gefängnis zurückzubringen.

Richter Di sagte:

»Der Leichenbeschauer wird den Verbrecher Tschu Ta-yuan untersuchen. Im Laufe der nächsten Tage werden wir erfahren, ob sein Verstand dauerhaft gestört ist. Sollte er sich erholen, schlage ich die schwerste Form der Todesstrafe für ihn vor, denn er ermordete nicht nur Fräulein Liao und vermutlich Yeh Tai, sondern auch den Wachtmeister dieses Gerichts. Wir werden sogleich mit der Suche nach Yeh Tais Leiche beginnen.

Das Gericht möchte sein Mitgefühl für den schrecklichen Verlust zum Ausdruck bringen, den Gildenmeister Liao erlitten hat. Gleichzeitig jedoch sieht sich das Gericht genötigt, zu betonen, dass, wenn Töchter das heiratsfähige Alter erreicht haben, es nicht nur die Pflicht des Vaters ist, einen geeigneten Ehemann für sie auszusuchen, sondern auch dafür zu sorgen, dass die Hochzeit so schnell wie möglich stattfindet. Die weisen Männer aus alter Zeit, die die Regeln aufstellten, nach denen wir leben sollen, taten dies nicht ohne guten Grund. Diese Mahnung gilt auch für alle anderen hier anwesenden Haushaltsvorstände.

Pan Feng soll den Sarg mit Liao Lien-fangs Leichnam Gildenmeister Liao übergeben, damit seine Tochter zusammen mit dem wiedergefundenen Kopf begraben werden kann. Sobald die höheren Behörden entschieden haben, wie mit dem Mörder verfahren werden soll, wird aus Tschu Ta-yuans Besitz ein Blutgeld an Herrn Liao gezahlt.

Vorläufig wird dieser Besitz vom Rechnungsprüfer dieses Gerichts verwaltet, mit Unterstützung des Sekretärs Yü Kang.«

Der Richter schloss die Sitzung.

Siebzehntes Kapitel

Richter Di erläutert einen grausamen Mord; er entdeckt das Geheimnis der Papierkatze.

Als sie wieder im privaten Büro waren, sagte Richter Di mit müder Stimme:

»Tschu Ta-yuan besaß eine doppelte Persönlichkeit. Äußerlich war er der leutselige, athletische Bursche, der euch, Ma Jung und Tschiao Tai, einfach gefallen musste. Aber der Kern war verfault, verdorben vom Brüten über die eigene physische Schwäche.«

Er gab Tao Gan ein Zeichen, der ihm rasch seine Teetasse füllte. Der Richter trank gierig. Dann fuhr er zu Ma Jung und Tschiao Tai gewandt fort:

»Ich brauchte Zeit, um sein Haus zu durchsuchen, und ich musste ihn überraschen, denn der Mann ist teuflisch schlau. Deshalb schickte ich euch mit ihm zusammen auf diesen vorgetäuschten Botengang ins Dorf der fünf Widder. Wenn der Wachtmeister nicht ermordet worden wäre, hätte ich euch allen schon gestern Abend von meiner Theorie über Tschus Schuld erzählt. Doch danach glaubte ich, dass ich von euch nicht verlangen könnte, euch gegenüber Wachtmeister Hungs Mörder natürlich zu verhalten. Ich weiß, dass ich selbst es nicht gekonnt hätte!«

»Wenn ich es gewusst hätte«, sagte Ma Jung heftig, »hätte ich den Hund mit meinen eigenen Händen erwürgt!«

Richter Di nickte. Es entstand eine lange Pause.

Schließlich fragte Tao Gan:

»Wann haben Euer Ehren entdeckt, dass die kopflose Leiche nicht die von Frau Pan war?«

»Ich hätte es sofort ahnen müssen!«, sagte der Richter bitter. »Der Leichnam wies nämlich eine überraschende Unstimmigkeit auf.«

»Welche war das?«, fragte Tao Gan gespannt.

»Der Ring!«, erwiderte Richter Di. »Yeh Pin sagte während der Autopsie aus, dass der Rubin entfernt worden war. Wenn der Mörder den Stein haben wollte, warum nahm er dann nicht einfach den ganzen Ring mit?«

Während sich Tao Gan mit der Hand an die Stirn schlug, fuhr der Richter fort:

»Das war der erste Fehler des Mörders. Aber mir entging nicht nur diese Unstimmigkeit. Ich übersah noch einen weiteren Anhaltspunkt, der darauf hinwies, dass die Leiche nicht die von Frau Pan war, nämlich die fehlenden Schuhe!«

Ma Jung nickte.

»Es ist schwer zu erkennen«, sagte er, »ob diese weiten Kleider und diese lockere Unterwäsche, die die Weibsbilder tragen, ihnen wirklich passen, aber mit Schuhen ist es eine andere Sache!«

»Genau«, bekräftigte Richter Di. »Der Mörder wusste, dass wir stutzig würden, wenn er Frau Pans Kleider, nicht aber ihre Schuhe zurückließe. Und wenn er die Schuhe zurückließ, konnten wir feststellen, dass sie der Leiche nicht passten. Also machte er den schlauen Schachzug, alles mitzunehmen in der Annahme, uns damit so sehr zu verwirren, dass wir die Bedeutung der fehlenden Schuhe übersehen würden.«

Der Richter seufzte und fuhr fort:

»Leider hatte er mit seiner Annahme nur zu recht! Dann jedoch beging er seinen zweiten Fehler. Das brachte mich auf die richtige Spur und ließ mich erkennen, was ich zuvor übersehen hatte. Er hatte eine Leidenschaft für Rubine und konnte es nicht ertragen, sie in Pans Haus zurückzulassen. Deshalb brach er in das Schlafzimmer ein, während Pan im Gefängnis war, und nahm sie aus der Kleiderkiste. Außerdem ging er törichterweise auf Frau Pans Bitte ein, ihr ein paar von ihren Lieblingskleidern mitzubringen. Das bewies mir, dass Frau Pan noch am Leben sein musste. Denn wenn der Mörder das Versteck gekannt hätte, als er das Verbrechen beging, hätte er die Steine zu dem Zeitpunkt bereits mitgenommen. Jemand musste ihm hinterher davon erzählt haben, und das konnte nur Frau Pan gewesen sein.

Da dämmerte mir, was der Ring ohne Stein bedeutete, und ich begriff auch, warum der Mörder all die Kleidungsstücke mitgenommen hatte. Er wollte damit verhindern, dass wir die wahre Identität der Leiche entdeckten. Der Mörder wusste, dass die einzige Person, die das hätte feststellen können, Frau Pans Mann war, und er nahm wiederum richtig an, dass bis zu dem Augenblick, da Pan Feng sich entlastet hätte, die Leiche bereits eingesargt wäre.«

»Wann brachten Euer Ehren Tschu Ta-yuan mit dem Verbrechen in Verbindung?«, fragte Tschiao Tai.

»Erst nach meinem letzten Gespräch mit Pan Feng«, antwortete Richter Di. »Zuerst hatte ich Yeh Tai in Verdacht. Ich fragte mich, wer die ermordete Frau sein könnte, und da Fräulein Liao die einzige als vermisst gemeldete Frau war, dachte ich natürlich, dass sie es sein müsse. Der Leichenbeschauer stellte fest, dass der Körper nicht der einer Jungfrau war, aber durch Yü Kangs Geständnis wusste ich, dass Fräulein Liao ebenfalls keine war. Außerdem hatte Yeh Tai, wie wir damals vermuteten, Fräulein Liao entführt, und er war stark genug, ihren Kopf abzutrennen. Für einen Augenblick dachte ich an die reizvolle Theorie, dass Yeh Tai Fräulein Liao in einem Wutanfall getötet hatte und dass seine Schwester ihm half, den Mord zu vertuschen und dann freiwillig verschwand. Diese Theorie gab ich jedoch bald wieder auf.«

»Warum?«, fragte Tao Gan rasch. »Sie scheint mir gut fundiert zu sein. Wir wussten, dass Yeh Tai und seine Schwester sich sehr nahestanden, und dies gab Frau Pan die Möglichkeit, ihren Mann, aus dem sie sich nichts machte, zu verlassen!«

Der Richter schüttelte den Kopf.

»Vergiss den Anhaltspunkt der Lackinfektion nicht«, sagte er. »Aufgrund der Aussage Pan Fengs wusste ich, dass nur der Mörder versehentlich den mit einer frischen Lackschicht bedeckten Tisch berührt haben konnte. Frau Pan kannte die Gefahr, sie hätte sich davor gehütet, den Tisch anzufassen. Yeh Tai hatte keine Lackinfektion, und mit Handschuhen kann man unmöglich tun, was der Mörder seinem unglücklichen Opfer antat.

Die Lackinfektion wies auf Tschu Ta-yuan hin. Ich erinnerte mich nämlich an zwei an sich ganz unbedeutende Vorfälle, die mit einem Mal eine besondere Bedeutung erhielten. Erstens bot die Lackinfektion eine Erklärung für Tschus plötzliche Entscheidung, statt eines gewöhnlichen Essens in der Halle ein Jagdessen im Freien zu veranstalten. Er musste die ganze Zeit Handschuhe tragen, um seine entzündete Hand zu verbergen. Zweitens erklärte sie, warum Tschu die Gelegenheit verpatzte, den Wolf zu erschießen, als Ma Jung und Tschiao Tai am Morgen nach dem Mord mit ihm jagen gingen. Tschu Ta-yuan hatte eine schreckliche Nacht hinter sich, und seine Hand schmerzte heftig.

Ferner musste der Mörder in der Nähe von Pan Feng leben und

besaß vermutlich ein riesiges Haus. Ich wusste, dass er Pans Haus zusammen mit einer Frau, die niemand sehen sollte, und mit einem großen Bündel verlassen haben musste. Er konnte es nicht riskieren, der Nachtwache oder einer Patrouille der Militärpolizei zu begegnen, denn diese Leute haben die lobenswerte Gewohnheit, Personen, die in der Nacht mit großen Bündeln herumlaufen, anzuhalten und ihnen Fragen zu stellen.«

»Aber kurz vor Erreichen seines Hauses«, warf Tao Gan ein, »musste er in der Nähe des östlichen Stadttors die Hauptstraße überqueren.«

»Das war ein relativ kleines Risiko«, erwiderte der Richter, »weil die Wachen am Tor nur die Personen genauer überprüfen, die es passieren wollen, und nicht diejenigen, die innerhalb der Stadt daran vorbeigehen.

Als ich somit auf Tschu Ta-yuan als den wahrscheinlichsten Verdächtigen gekommen war, fragte ich mich natürlich, was sein Motiv gewesen sein könnte. Da wurde mir plötzlich klar, was mit Tschu nicht stimmen musste. Ein gesunder, kräftiger Mann, der, obwohl er acht Frauen besaß, keinen Nachwuchs hatte, ließ einen physischen Defekt vermuten; und zwar einen, der manchmal gefährliche Auswirkungen auf den Charakter eines Mannes haben kann. Die Leidenschaft für Rubine, deutlich geworden am Entfernen des Steins aus dem Ring, und der Einbruch in Pans Haus, um in den Besitz der Armbänder zu gelangen, fügten meinem Bild von Tschu als das eines Geistesgestörten ein wichtiges Detail hinzu. Und der Hass eines Verrückten auf Fräulein Liao war es auch, der ihn dazu brachte, sie zu ermorden.«

»Wie konnten Sie das zu dem Zeitpunkt wissen?«, fragte Tao Gan wieder.

»Ich dachte zuerst an Eifersucht«, antwortete Richter Di, »die Eifersucht eines älteren Mannes auf ein junges Paar. Aber diesen Gedanken ließ ich sogleich wieder fallen, denn Yü Kang und Fräulein Liao waren schon seit drei Jahren verlobt, und Tschus heftiger Hass war jüngeren Datums. Dann erinnerte ich mich an Yü Kangs Aussage. Yü Kang erzählte uns, dass Yeh Tai von seinem Geheimnis erfahren hatte, als dieser sich mit der alten Bediensteten vor Tschu Ta-yuans Bibliothek unterhielt. Er erzählte uns außerdem, dass er später wegen dieser Sache mit jener Bediensteten sprach, wiederum vor Tschus Bibliothek. Es kam mir in den Sinn, dass Tschu beide Unterhaltungen belauscht haben könnte. Die erste, durch die er von Yü Kangs und Fräulein Liaos Begegnung in dessen Schlafzimmer erfuhr, lieferte Tschu den Grund für seinen Hass auf Fräulein Liao: Sie hatte einem Mann, unter Tschus eigenem Dach, das Glück geschenkt, das ihm selbst versagt blieb. Ich könnte mir vorstellen, dass Fräulein Liao für Tschu zum Symbol seines Versagens wurde, und dass er glaubte, der einzige Weg, seine Männlichkeit wieder herzustellen, sei der, sie zu besitzen. Die zweite Unterhaltung, die er mithörte, die zwischen Yü Kang und der Bediensteten, enthüllte ihm, dass Yeh Tai ein Erpresser war. Tschu wusste, auf welch vertrautem Fuß Yeh Tai mit seiner Schwester stand, und er fürchtete, dass Frau Pan ihrem Bruder von ihren Begegnungen, vielleicht sogar von dem Mädchen auf dem Markt, erzählt haben könnte. Da er nicht das Risiko eingehen wollte, dass Yeh Tai ihm auf die Schliche kam und ihn für den Rest seines Lebens erpresste, beschloss er, Yeh Tai aus dem Weg zu räumen. Das stimmte sehr schön mit den Tatsachen überein, denn Yeh Tai verschwand am Nachmittag desselben Tages, an dem Yü Kang mit der alten Bediensteten sprach.

Nachdem ich so zu dem Schluss gekommen war, dass Tschu Ta-yuan sowohl ein Motiv als auch die Gelegenheit, das Verbrechen zu begehen, hatte, fiel mir noch etwas anderes ein. Ihr alle wisst, dass ich kein abergläubischer Mann bin, aber das heißt nicht, dass ich die Möglichkeit übernatürlicher Phänomene leugne. Als ich am Abend des Festessens in Tschu Ta-yuans Haus in einem Seitengarten einen Schneemann sah, nahm ich deutlich die böse, unheilvolle Atmosphäre eines gewaltsamen Todes wahr. Ich erinnerte mich nun, dass Tschu mir während des Essens zu verstehen gegeben hatte, die Kinder seiner Bediensteten hätten jenen Schneemann gemacht. Ma Jung und Tschiao Tai jedoch hatten mir erzählt, dass auch Tschu selbst Schneemänner zu machen pflegte, um sie als Ziel für seine Bogenschießübungen zu benutzen. Plötzlich kam mir in den Sinn, dass es, wenn man bei diesem kalten Wetter rasch einen abgetrennten menschlichen Kopf verbergen musste, keine schlechte Lösung war, ihn mit Schnee zu bedecken und als Kopf eines Schneemanns zu verwenden. Eine Lösung, die Tschu besonders gefallen musste, weil sie dazu beitrug, seinen abnormen Hass auf Fräulein Liao zu besänftigen. Denn der Schneemann würde ihn an seine Zielübungen erinnern, daran, wie er Pfeil um Pfeil in dessen Kopf schoss.«

Der Richter schwieg, ihn fröstelte. Eilig zog er seinen Pelzmantel enger um sich. Seine drei Mitarbeiter starrten ihn mit bleichen, sorgenvollen Gesichtern an. Die unheilvolle Atmosphäre jenes wahnsinnigen Verbrechens schien sich im ganzen Raum auszubreiten.

Nach einer langen Pause fuhr Richter Di fort:

»Ich war nun davon überzeugt, dass Tschu Ta-yuan der Mörder war, mir fehlte nur der konkrete Beweis. Ich wollte euch gestern Abend nach der Sitzung meine Theorie über Tschu erklären und mit euch erörtern, wie wir am besten eine überraschende Durchsuchung seines Hauses organisieren könnten. Wenn wir Frau Pan tatsächlich dort fanden, war Tschu verloren. Doch dann ermordete Tschu den Wachtmeister. Wenn ich einen halben Tag früher mit Pan gesprochen hätte, wären wir gegen Tschu vorgegangen, bevor er Hung hätte töten können. Aber das Schicksal hat es anders gewollt.«

Düsteres Schweigen senkte sich über den Raum.

Schließlich sagte Richter Di:

»Tao Gan kann euch den Rest erzählen. Nachdem ihr beiden mit Tschu die Stadt verlassen hattet, begab ich mich in Begleitung von Tao Gan und dem Oberkonstabler zu Tschus Haus, wo wir Frau Pan fanden. Sie wurde in einer geschlossenen Sänfte ins Gericht gebracht, ohne dass irgendjemand etwas davon merkte. Tao Gan hat in allen Schlafzimmern geheime Gucklöcher entdeckt, und meine Befragung der alten Bediensteten ergab, dass sie von Yü Kangs Affäre nichts wusste. Nun ist uns freilich durch Frau Pans Geständnis bekannt, dass Tschu selbst es war, der Yü Kang und seine Verlobte bespitzelte. Ich vermute, dass er zu Yeh Tai einmal eine unbedachte Bemerkung machte und der gerissene Gauner sich den Rest zusammenreimte. Aber als Yü Kang Yeh fragte, wie dieser sein Geheimnis erfahren habe, erfand Yeh die Geschichte von der alten Bediensteten, weil er nicht wagte, Tschu in seinen Erpresserplan zu verwickeln. Ob Yeh Tai sich später doch erdreistete, Tschu zu erpressen, oder ob Tschu Yüs Unterhaltung mit der alten Dienstmagd belauschte und nur befürchtete, von Yeh erpresst zu werden – wie ich vermute –, das werden wir wohl nie erfahren. Denn Tschu ist geisteskrank, und ich bin davon überzeugt, dass Yeh Tais Leiche irgendwo da draußen in den Schneefeldern liegt.

Ich habe auch mit Tschus acht Frauen gesprochen; was sie mir über ihr Leben mit Tschu erzählten, möchte ich so schnell wie möglich vergessen. Ich habe bereits die notwendigen Anordnungen erteilt, damit sie zu ihren jeweiligen Familien zurückgeschickt werden können, und wenn der Fall abgeschlossen ist, werden sie einen erheblichen Anteil von Tschus Besitz erhalten.

Tschu Ta-yuans Wahnsinn entzieht ihn dem gesetzlichen Zugriff. Eine höhere Macht wird über ihn urteilen.«

Der Richter nahm Hungs altes Besuchskartenkästchen, das auf dem Schreibtisch vor ihm lag, in die Hand. Sanft strich er mit den Fingerspitzen über den verblichenen Brokat, dann steckte er es vorsichtig in die Brusttasche seines Gewandes.

Er breitete ein Blatt Papier auf dem Schreibtisch aus und ergriff den Schreibpinsel. Seine drei Mitarbeiter erhoben sich eilig und verließen den Raum.

Zuerst verfasste Richter Di einen ausführlichen Bericht über den Mord an Fräulein Liao Lien-fang für den Präfekten, dann schrieb er zwei Briefe. Einen davon an Wachtmeister Hungs ältesten Sohn, der im Hause von Richter Dis jüngerem Bruder in Tai-yuan als Verwalter diente. Der Wachtmeister war Witwer gewesen, sein Sohn war nun das Oberhaupt der Familie, und er würde den Ort des Begräbnisses bestimmen müssen.

Der zweite Brief war an seine Erste Dame, an die Adresse ihrer alten Mutter, ebenfalls in Tai-yuan, gerichtet. Als Erstes erkundigte sich der Richter formell nach dem Befinden der kranken alten Dame, anschließend setzte er seine Frau vom Ableben des Wachtmeisters in Kenntnis. Nach den üblichen förmlichen Sätzen fügte er eine mehr persönliche Bemerkung hinzu. »Wenn jemand stirbt, der einem sehr teuer war«, schrieb er, »verlieren wir nicht nur ihn, sondern auch einen Teil unserer selbst.«

Nachdem er die Briefe dem Gerichtsdiener ausgehändigt hatte, nahm er, tief in melancholische Gedanken versunken, sein einsames Mittagsmahl zu sich.

Der Richter fühlte sich nicht in der Stimmung, über den Mord an Lan oder über den Fall von Frau Lu nachzudenken, er war völlig erschöpft. Er befahl dem Gerichtsdiener, ihm die Akte mit seinen Aufzeichnungen über einen Plan für zinslose Regierungsdarlehen an Bauern im Falle von Missernten zu bringen. Das war sein Lieblingsprojekt, an dem er so manchen Abend zusammen mit Wachtmeister Hung gearbeitet hatte in dem Bemühen, das Vorhaben so zu gestalten, dass es den Beifall des Finanzministeriums finden würde. Hung war der Meinung gewesen, dass der Plan durch Einsparungen bei den anderen Ausgaben der Bezirksverwaltung finanziert werden könnte. Als seine drei Mitarbeiter eintraten, fanden sie den Richter in Berechnungen vertieft. Indem er die Papiere zur Seite schob, sagte er:

»Wir müssen über den Mord an Meister Lan beratschlagen. Ich glaube immer noch, dass es eine Frau war, die ihn vergiftete. Doch bisher ist unser einziger Hinweis darauf, dass er mit einer Frau gut bekannt war, die Aussage dieses jungen Boxers. Er hat euch von einer Frau erzählt, die Meister Lan eines Abends besuchte, aber er hat den Worten, die er mithörte, nicht entnehmen können, wer sie war.«

Ma Jung und Tschiao Tai nickten kläglich.

»Uns fiel nur auf«, sagte Letzterer, »dass keiner von beiden die üblichen Begrüßungsformeln benutzte. Wir können daraus vielleicht den Schluss ziehen, dass sie einander sehr gut kannten. Aber wie Euer Ehren zuvor schon bemerkten, wussten wir das bereits, weil Lan nicht den Versuch machte, seine Blöße zu bedecken, als sie seinen Baderaum betrat.«

»Was waren die genauen Bruchstücke der Unterhaltung, die der junge Mann mitbekam?«, fragte Richter Di.

»Oh«, erwiderte Ma Jung, »nichts Besonderes. Sie schien wütend zu sein, weil er ihr aus dem Weg ging, und Meister Lan antwortete, dass das keine Bedeutung habe, und fügte ein Wort hinzu, das wie ›Kätzchen‹ klang.«

Der Richter setzte sich unvermittelt auf.

»Kätzchen?«, fragte er ungläubig.

Er erinnerte sich plötzlich an die Frage von Frau Lus kleiner Tochter. Sie hatte ihn gefragt, wo das Kätzchen sei, zu dem der Besucher ihrer Mutter gesprochen hatte. Das änderte alles! Rasch sagte er zu Ma Jung:

»Reite sofort zu Pan Fengs Haus. Pan kannte Frau Lu, als sie noch ein Kind war. Frag ihn, ob sie einen Spitznamen hatte!«

Ma Jung machte ein überraschtes Gesicht. Aber er hatte nicht die Gewohnheit, Fragen zu stellen, und machte sich sogleich auf den Weg.

Richter Di gab keine weiteren Erklärungen ab. Er bat Tao Gan, frischen Tee zu bereiten, und erörterte dann mit Tschiao Tai die Lösung eines Problems, das die Frage der Zuständigkeit der Militärpolizei für die Zivilbevölkerung des Bezirks betraf.

Ma Jung kehrte in bemerkenswert kurzer Zeit zurück.

»Nun«, berichtete er, »ich fand den alten Pan sehr deprimiert vor. Die Neuigkeit von den Verfehlungen seiner Frau hat ihn härter getroffen als die Nachricht von ihrer Ermordung. Ich fragte ihn nach Frau Lu, und er sagte, dass ihre Schulkameraden sie mit dem Spitznamen ›Kätzchen‹ riefen.«

Richter Di schlug donnernd mit der Faust auf den Tisch. »Das ist der Anhaltspunkt, auf den ich gehofft hatte!«, rief er aus.

Achtzehntes Kapitel

Die Frau des Leichenbeschauers erstattet Bericht über zwei Gefangene; eine junge Witwe wird erneut im Gericht vernommen.

Als Richter Dis Mitarbeiter gegangen waren, trat Frau Kuo ein.

Der Richter bedeutete ihr eilfertig, Platz zu nehmen und sich eine Tasse Tee einzuschenken. Er empfand ein großes Schuldgefühl gegenüber dieser Frau. Sie beugte sich über den Schreibtisch, um zuerst seine Tasse zu füllen, und wieder bemerkte Richter Di den zarten Wohlgeruch, der ein Teil von ihr zu sein schien.

»Ich kam, um Euer Ehren zu berichten«, sagte sie, »dass Frau Pan nichts isst und die ganze Zeit weint. Sie fragte mich, ob es ihrem Mann gestattet werden könnte, sie einmal zu besuchen.«

»Das ist gegen die Vorschriften«, erwiderte Richter Di stirnrunzelnd. »Abgesehen davon glaube ich nicht, dass es einem von beiden guttun würde.«

»Der Frau ist bewusst«, sagte Frau Kuo sanft, »dass sie hingerichtet wird, und sie hat sich in ihr Schicksal ergeben. Aber ihr wird nun auch klar, dass ihr Mann ihr doch mehr bedeutete, als sie gedacht hatte, und sie möchte sich bei ihm entschuldigen, um mit dem Gefühl zu sterben, wenigstens einen Teil ihrer Schuld gesühnt zu haben.«

Der Richter dachte eine Weile nach. Dann erwiderte er:

»Der Hauptzweck des Gesetzes ist es, den ursprünglichen Zustand wieder herzustellen und von dem durch ein Verbrechen verursachten Schaden so viel wie möglich wieder gutzumachen. Da Frau Pans Entschuldigung ihren Mann trösten könnte, soll ihrer Bitte stattgegeben werden.«

»Ich möchte ferner melden«, fuhr Frau Kuo fort, »dass ich Frau Lus Rücken mit verschiedenen Salben behandelt habe. Die Wunden werden heilen. Außerdem ...«

Ihre Stimme verlor sich. Als der Richter ihr ermutigend zunickte, fuhr sie fort:

»Sie scheint körperlich nicht sehr stark zu sein, Euer Ehren, es ist ihr Wille, der sie aufrecht hält. Ich befürchte, dass ein nochmaliges Auspeitschen ihrer Gesundheit dauerhaften Schaden zufügen könnte.«

»Das ist ein nützlicher Hinweis«, bedankte sich Richter Di. »Ich werde mich daran erinnern.«

Frau Kuo verneigte sich. Etwas zögernd sagte« sie:

»Da sie kein Wort spricht, nahm ich mir die Freiheit, sie nach ihrer kleinen Tochter zu fragen. Sie erwiderte, dass die Nachbarn sich um sie kümmern und dass das Gericht sie ohnehin bald wieder freilassen müsste. Ich dachte jedoch daran, bei Frau Lus Haus vorbeizugehen und mich selbst zu vergewissern. Wenn das Kind nicht glücklich ist, werde ich es zu mir nehmen.«

»Nehmen Sie es in jedem Fall mit!«, sagte Richter Di. »Gleichzeitig könnten Sie Frau Lus Haus durchsuchen und nach schwarzer Tatarenkleidung Ausschau halten oder nach Kleidungsstücken, die so ähnlich aussehen. Das ist etwas, das nur eine Frau entscheiden kann!«

Frau Kuo verneigte sich lächelnd. Der Richter empfand das Bedürfnis, sie nach ihrer Meinung zu einer möglichen Liaison zwischen Frau Lu und Meister Lan zu fragen, hielt sich dann jedoch zurück. Es war schon sonderbar genug, dass er sich mit einer Frau über Gerichtsangelegenheiten unterhielt. Stattdessen fragte er sie, was ihr Mann von Tschu Ta-yuans Zustand hielt.

Frau Kuo schüttelte langsam ihren kleinen Kopf.

»Mein Mann«, sagte sie, »hat ihm noch einmal ein starkes Schlafmittel verabreicht. Er glaubt, dass Tschu ernsthaft geistesgestört ist.«

Richter Di seufzte. Er nickte, und Frau Kuo verabschiedete sich.

Nachdem er die Abendsitzung eröffnet hatte, verkündete Richter Di als erstes die Vorschriften bezüglich der Zuständigkeit der Militärpolizei und fügte hinzu, dass sie im ganzen Bezirk auf Plakaten öffentlich angeschlagen würden. Dann befahl er dem Oberkonstabler, Frau Lu vor den Richtertisch zu führen.

Dem Richter fiel auf, dass sie wieder viel Sorgfalt auf ihr Äußeres verwendet hatte. Sie hatte ihr Haar in einer einfachen, aber eindrucksvollen Weise, hochgesteckt und trug eine neue Brokatjacke. Sie hielt sich gerade, obwohl ihre Schultern offensichtlich sehr schmerzten. Bevor sie niederkniete, warf sie einen raschen Blick in den Saal und schien enttäuscht, dass nur wenige Zuschauer anwesend waren.

»Gestern«, sagte Richter Di ruhig, »haben Sie dieses Gericht beleidigt. Sie sind nicht dumm, Frau Lu, ich hoffe, dass Sie diesmal meine

Fragen wahrheitsgemäß beantworten werden, im Interesse der Rechtsprechung und in Ihrem eigenen Interesse.«

»Diese Person hat nicht die Angewohnheit, Lügen zu erzählen!«, entgegnete Frau Lu kalt.

»Dann sagen Sie mir«, sprach der Richter, »ob es stimmt, dass Sie außer Ihrem persönlichen Namen den Spitznamen ›Kätzchen‹ haben.«

»Wollen Euer Ehren sich über mich lustig machen?«, fragte Frau Lu verächtlich.

»Es ist das Vorrecht dieses Gerichts, Fragen zu stellen«, gab Richter Di ruhig zurück. »Antworten Sie!«

Frau Lu wollte die Achseln zucken, doch plötzlich verzog sie gequält das Gesicht. Sie schluckte, dann antwortete sie:

»Ja, das ist mein Spitzname. Mein verstorbener Vater gab ihn mir.«

Richter Di nickte. Er fragte:

»Benutzte Ihr verstorbener Mann gelegentlich diese Anrede?«

»Nein!«, sagte sie aufbrausend.

»Tragen Sie«, fuhr der Richter fort, »gelegentlich die schwarze Männerkleidung der Tataren?«

»Ich lasse mich nicht beleidigen!«, rief Frau Lu aus. »Wie kann eine anständige Frau Männerkleidung tragen?«

»Tatsache ist«, stellte Richter Di fest, »dass ein solches Kleidungsstück in Ihrem Besitz gefunden wurde.«

Er bemerkte, dass Frau Lu sich zum ersten Mal unbehaglich zu fühlen schien. Nach einigem Zögern antwortete sie:

»Euer Ehren ist vielleicht bekannt, dass ich tatarische Verwandte habe. Jenes Kleidungsstück hat vor langer Zeit ein junger Neffe von jenseits der Grenze in meinem Haus zurückgelassen.«

»Sie werden nun wieder ins Gefängnis gebracht«, sagte Richter Di, »und alsbald zu einer weiteren Befragung hier erscheinen.«

Nachdem sie abgeführt worden war, verlas der Richter zwei offizielle Erklärungen zu einer Änderung des Erbschaftsgesetzes. Ihm fiel auf, dass der Gerichtssaal voll war und immer mehr Leute hereinströmten. Einige Zuschauer mussten die Nachricht verbreitet haben, dass Frau Lu noch einmal vernommen werden sollte.

Der Oberkonstabler führte drei Jünglinge vor den Richtertisch. Sie fühlten sich sehr unbehaglich und warfen den Konstablern und dem Richter besorgte Blicke zu.

»Ihr braucht keine Angst zu haben!«, sagte der Richter freundlich. »Ihr werdet in der ersten Zuschauerreihe stehen und euch eine Person ansehen, die gleich hereingeführt wird. Dann werdet ihr mir sagen, ob ihr diese Person schon einmal gesehen habt, und wenn ja, wann und wo.«

Frau Kuo brachte Frau Lu herein. Sie hatte Frau Lu das schwarze Kleidungsstück angezogen, das sie in deren Haus gefunden hatte.

Frau Lu ging mit gezierten Schritten auf den Richtertisch zu. Mit einer anmutigen Geste zog sie die schwarze Jacke nach unten, so dass sich ihre kleinen festen Brüste und ihre runden Hüften darunter abzeichneten. Sich halb dem Publikum zuwendend, rückte sie den schwarzen Schal zurecht, der etwas schräg um ihren Kopf gewickelt war. Sie lächelte schüchtern und zupfte nervös mit den Fingern am unteren Jackenrand. Richter Di dachte, dass sie eine vollendete Schauspielerin war. Er gab dem Oberkonstabler ein Zeichen, worauf dieser die drei jungen Burschen vor den Richtertisch führte.

»Erkennst du diese Person?«, fragte Richter Di den Ältesten.

Der Junge sah Frau Lu mit unverhüllter Bewunderung an. Sie warf ihm einen scheuen Seitenblick zu, ihre Wangen erröteten.

»Nein, Euer Ehren«, stammelte der Junge.

»Ist das nicht die Person, die du vor dem Badehaus sahst?«, fragte der Richter geduldig.

»Wie könnte sie das sein, Euer Ehren!«, sagte der Junge lächelnd. »Das war doch ein junger Mann!«

Richter Di sah die anderen an. Sie schüttelten, Frau Lu anglotzend, ihre Köpfe. Diese warf ihnen einen schelmischen Blick zu und bedeckte dann mit der Hand rasch ihren Mund.

Der Richter seufzte. Er gab dem Oberkonstabler ein Zeichen, die Jungen hinauszuführen.

Sobald sie gegangen waren, veränderte sich wie durch Zauberei Frau Lus Gesicht. Es zeigte wieder seinen früheren kalten und feindseligen Ausdruck.

»Darf diese Person fragen, was diese Maskerade zu bedeuten hat?«, fragte sie höhnisch. »Soll eine Frau, deren Rücken roh geschlagen worden ist, nun beleidigt werden, indem man ihr Männerkleidung anzieht und sie so öffentlich bloßstellt?«

Neunzehntes Kapitel

Eine arglistige Frau schmäht den Richter; die plötzliche Verwandlung einer Papierkatze.

Die Identifizierung war misslungen, aber Frau Lus vollendetes Theaterspiel hatte den Richter endgültig von ihrer Schuld überzeugt.

Er beugte sich vor und sagte streng:

»Erzählen Sie dem Gericht von Ihrer Beziehung zu dem verstorbenen Boxmeister Lan Tao-kuei!«

Frau Lu straffte sich. Sie rief:

»Sie können mich foltern und beleidigen, so viel Sie wollen, was mit mir geschieht, ist unwichtig. Aber ich lehne es ab, mich an niederträchtigen Verleumdungen zu beteiligen, die das kostbare Andenken an Meister Lan Tao-kuei, unseren Nationalhelden und den Stolz dieses Bezirks, in den Schmutz ziehen!«

Lauter Beifall erhob sich aus der Menge.

Der Richter schmetterte den Hammer auf den Tisch. »Ruhe!«, rief er. Dann fuhr er Frau Lu an:

»Beantworten Sie meine Frage, Weib!«

»Ich weigere mich!«, rief Frau Lu laut. »Sie können mich foltern, so viel Sie wollen, aber ich lasse nicht zu, dass Sie Meister Lan für Ihr böses Ränkespiel missbrauchen!«

Nur mit Mühe gelang es Richter Di, seinen Zorn unter Kontrolle zu behalten. Kurz angebunden sagte er:

»Das ist Missachtung des Gerichts.« Sich an Frau Kuos Warnung erinnernd, überlegte er, dass er mit Körperstrafen bei Frau Lu vorsichtig sein musste.

Er befahl dem Oberkonstabler:

»Geben Sie dieser Frau zwanzig Streiche mit dem Rohrstock auf die Hüften!«

Aufgebrachtes Gemurmel erfüllte den Saal. Jemand schrie:

»Fang lieber Lans Mörder!« Andere brüllten: »Schande!«

»Ruhe und Ordnung!«, rief Richter Di mit Stentorstimme. »Das Gericht wird gleich den unumstößlichen Beweis vorlegen, dass Meister Lan selbst diese Frau bezichtigt hat!«

Das Publikum wurde still. Plötzlich hallten Frau Lus Schreie durch den Saal.

Die Konstabler hatten sie mit dem Gesicht nach unten auf den Boden gelegt und die Hose ihres Tatarenanzugs heruntergezogen. Anschließend hatte der Oberkonstabler ihre Hüfte mit einem nassen Tuch bedeckt, denn das Gericht schreibt vor, dass eine Frau nur auf der Hinrichtungsstätte schamvoll enthüllt werden darf. Während zwei seiner Gehilfen ihre Hände und Füße festhielten, ließ der Oberkonstabler den Rohrstock auf sie herabsausen.

Wild kreischend wand sich Frau Lu am Boden. Nach dem zehnten Streich gab Richter Di dem Oberkonstabler ein Zeichen, worauf dieser innehielt.

»Sie werden jetzt meine Frage beantworten«, sagte der Richter kalt.

Frau Lu hob den Kopf, aber sie konnte nicht sprechen. Schließlich brachte sie hervor:

»Niemals!«

Richter Di zuckte die Achseln, und wieder zischte der Rohrstock durch die Luft. Als Blutflecken auf dem Tuch über Frau Lus Hüften erschienen, wurde sie plötzlich still. Der Oberkonstabler hielt inne, und seine beiden Gehilfen drehten sie auf den Rücken. Sie versuchten, sie wiederzubeleben.

Richter Di befahl dem Oberkonstabler barsch:

»Bringen Sie mir den zweiten Zeugen herein!«

Ein kräftiger junger Mann wurde vor den Richtertisch geführt. Sein Kopf war kahl geschoren, und er trug ein einfaches braunes Gewand. Er hatte ein freundliches, ehrliches Gesicht.

»Nennen Sie Ihren Namen und Beruf!«, forderte der Richter ihn auf.

»Diese Person«, antwortete der junge Mann ehrerbietig, »heißt Mei Tscheng. Ich war über vier Jahre Meisters Lans Gehilfe und bin ein Boxer des siebten Grades.«

Der Richter nickte.

»Erzählen Sie mir, Mei Tscheng«, sagte er, »was Sie an einem bestimmten Abend vor ungefähr drei Wochen gesehen und gehört haben.«

»Wie gewöhnlich«, erwiderte der Boxer, »verabschiedete sich diese Person nach dem Abendtraining von Meister Lan. Als ich meine Haustür öffnen wollte, fiel mir plötzlich ein, dass ich die Eisenkugel in der Übungshalle vergessen hatte. Ich ging zurück, um sie zu holen, denn ich brauchte sie für mein Morgentraining. Gerade als ich den vorderen Hof betrat, sah ich den Meister die Tür hinter einem Besucher schließen. Ich nahm nur undeutlich ein schwarzes Gewand wahr. Da mir alle Freunde des Meisters bekannt waren, stand für mich fest, dass ich nicht stören wollte, und ich trat den Rückzug an. In dem Moment vernahm ich die Stimme einer Frau.«

»Was sagte die Frau?«, fragte Richter Di.

»Ich konnte keine einzelnen Wörter durch die Tür verstehen, Euer Ehren«, erwiderte der Boxer, »und die Stimme war mir ganz fremd. Aber sie klang zornig, es ging irgendwie darum, dass er sie nicht besuchte. Als der Meister antwortete, hörte ich deutlich, dass er etwas von einem Kätzchen sagte. Da ich mit dieser Sache nichts zu tun hatte, ging ich rasch fort.«

Auf ein Nicken des Richters las der Schreiber das Protokoll der Aussage Mei Tschengs vor. Nachdem der Boxer seinen Daumenabdruck unter das Dokument gesetzt hatte, entließ ihn der Richter.

In der Zwischenzeit war Frau Lu aus ihrer Ohnmacht erwacht und kniete wieder, gestützt von zwei Konstablern.

Richter Di schlug mit dem Hammer auf den Tisch und sagte:

»Dieses Gericht stellt die Behauptung auf, dass die Person, die Meister Lan an dem fraglichen Abend besuchte, Frau Lu war. Irgendwie hatte sie es geschafft, sich in Meister Lans Vertrauen einzuschleichen, und er vertraute ihr. Dann bemühte sie sich um seine Gunst, aber er wollte nichts von ihr wissen. Aus gehässiger Rachsucht ermordete sie ihn, als er sich nach dem Bad ausruhte, indem sie eine Jasminblüte, die ein tödliches Gift enthielt, in seine Teetasse fallen ließ. Sie war als junger Tatar verkleidet in das Badehaus gelangt. Es stimmt zwar, dass drei Zeugen sie vor wenigen Augenblicken nicht wiedererkannt haben, aber sie ist eine gute Schauspielerin. Damals im Badehaus imitierte sie das Verhalten eines Mannes, während sie soeben bewusst ihre weiblichen Reize betonte. Dieser Punkt ist jedoch unwichtig. Denn ich werde nun demonstrieren, auf welche Weise Meister Lan selbst einen Anhaltspunkt hinterließ, der direkt auf diese verderbte Frau weist.«

Ausrufe des Erstaunens ertönten aus dem Publikum. Richter Di spürte, dass die Atmosphäre im Gerichtssaal sich zu seinen Gunsten wandelte. Die Aussage des freimütigen jungen Boxers hatte einen guten Eindruck auf die Menge gemacht. Er gab Tao Gan ein Zeichen.

Dieser brachte die viereckige schwarze Tafel, die er kurz vor der Sitzung auf Richter Dis Geheiß angefertigt hatte. Darauf waren sechs Teile des Siebenbretts aus weißem Kartonpapier befestigt. Jedes hatte einen Durchmesser von mehr als zwei Fuß, damit die Zuschauer sie deutlich sehen konnten. Tao Gan stellte die Tafel auf die Plattform und lehnte sie an den Tisch des Schreibers.

»Hier sehen Sie«, ergriff Richter Di wieder das Wort, »die sechs Teile des Siebenbretts, wie sie auf dem Tisch in Meister Lans Baderaum gefunden wurden.« Der Richter hielt ein Papierdreieck in die Höhe und fuhr fort: »Das siebente Teil, dieses Dreieck, wurde in der rechte Hand des Toten gefunden.

Die schreckliche Wirkung des heimtückischen Gifts ließ seine Zunge anschwellen, er konnte nicht rufen. Deshalb versuchte er in einer letzten Anstrengung, mithilfe des Siebenbretts, mit dem er gespielt hatte, bevor er die tödliche Tasse trank, einen Hinweis auf die Identität des Mörders zu geben.

Unglücklicherweise setzten die Krämpfe ein, bevor er die Figur vollenden konnte. Und als er in seinem Todeskampf zu Boden glitt, muss er mit dem Arm die Teile berührt und drei von ihnen verschoben haben. Wenn man diese drei Teile ein wenig zurechtrückt und das in seiner Hand gefundene Dreieck hinzufügt, kann die beabsichtigte Figur zweifelsfrei rekonstruiert werden.«

Richter Di erhob sich. Er nahm drei Teile fort und befestigte sie in einer geringfügig veränderten Position. Als er das vierte Teil hinzufügte und die Figur der Katze vollendete, gab das Publikum einen Laut des Erstaunens von sich.

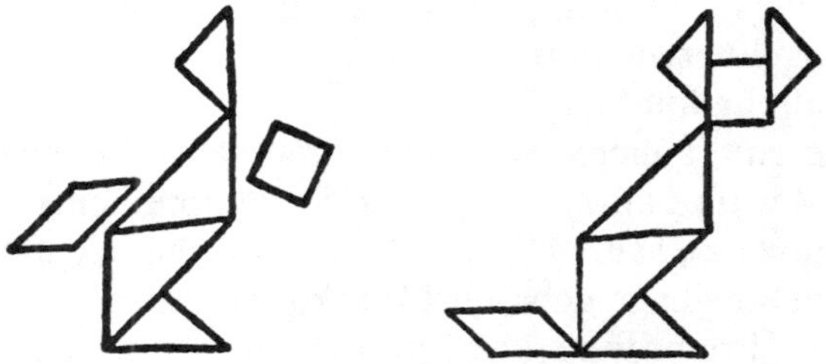

»Mit dieser Figur«, schloss der Richter, während er seinen Platz wieder einnahm, »bezeichnete Meister Lan Frau Lu als die Mörderin.«

Plötzlich schrie Frau Lu: »Das ist eine Lüge!«

Sie schüttelte die Hände der Konstabler ab und kroch auf allen vieren zu der erhöhten Plattform. Ihr Gesicht war vor Schmerz verzerrt. Mit einer übermenschlichen Anstrengung schleppte sie sich auf die Plattform und hockte sich stöhnend neben den Richtertisch. Sie keuchte schwer, dann umklammerte sie mit ihrer linken Hand den Rand der Tafel. Heftig zitternd veränderte sie die Position der drei Teile, die Richter Di angeheftet hatte. Dann sah sie sich zum Publikum um, das vierte Teil an die Brust gedrückt. Heiser rief sie:

»Seht her! Es ist ein Schwindel!«

Ächzend erhob sie sich auf die Knie und befestigte das Dreieck oben an der Figur.

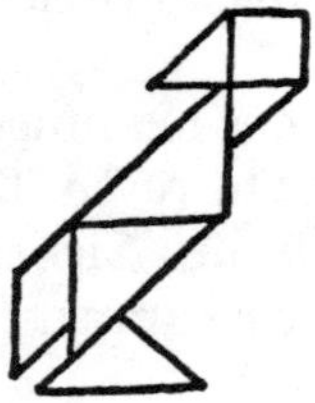

Dann kreischte sie:

»Meister Lan machte einen Vogel! Er hat niemals versucht, einen Hinweis ... zu hinterlassen.«

Plötzlich wurde ihr Gesicht totenbleich. Sie fiel flach auf den Boden.

»Die Frau kann kein Mensch sein!«, rief Ma Jung aus, als sie sich in Richter Dis privatem Büro versammelt hatten.

»Sie hasst mich«, sagte der Richter, »weil sie alles hasst, was ich verkörpere. Sie ist eine böse Frau. Dennoch muss ich zugeben, dass ich ihren starken Willen und ihren schnellen Verstand bewundere. Das war keine schlechte Leistung, mit einem Blick zu sehen, wie die Katze in einen Vogel verwandelt werden konnte und das, während sie vor Schmerzen halb betäubt war!«

»Sie musste eine außergewöhnliche Frau sein«, bemerkte Tao Gan. »Sonst hätte Meister Lan nie Notiz von ihr genommen.«

»Nichtsdestotrotz«, sagte Richter Di besorgt, »hat sie uns in eine äußerst unangenehme Lage gebracht! Wir können unsere Anklage gegen sie wegen Lans Ermordung nicht aufrechterhalten. Jetzt müssen wir beweisen, dass ihr Mann eines gewaltsamen Todes starb und dass sie darin verwickelt war! Ruf den Leichenbeschauer.«

Als Tao Gan mit dem Buckligen zurückkehrte, sagte der Richter zu diesem:

»Neulich, Kuo, äußerten Sie Ihre Verwunderung darüber, dass die

Augen des verstorbenen Lu Ming aus ihren Höhlen hervortraten. Sie bemerkten, dass ein heftiger Schlag auf den Hinterkopf ein solches Phänomen verursachen könne. Aber selbst wenn wir einmal annehmen, dass Doktor Kwang in die Sache verwickelt war, hätte Lu Mings Bruder oder dem Leichenbestatter eine solche Wunde nicht auffallen müssen?«

Kuo schüttelte den Kopf.

»Nein, Euer Ehren«, erwiderte er, »es hätte keine Blutung gegeben, wenn der Schlag zum Beispiel mit einem schweren, in ein dickes Tuch gewickelten Holzhammer ausgeführt worden wäre.«

Richter Di nickte.

»Bei einer Autopsie würde der zertrümmerte Schädel natürlich entdeckt werden«, bemerkte er. »Doch angenommen, diese Theorie ist falsch, welchen anderen Beweis für Gewaltanwendung könnten Sie an der Leiche finden? Es liegt alles bereits fünf Monate zurück!«

»Viel hängt davon ab«, antwortete der Bucklige, »welche Art Sarg verwendet wurde und welche Bedingungen im Innern des Grabes herrschen. Aber selbst wenn die Verwesung schon weit fortgeschritten wäre, könnte ich anhand einer Untersuchung der Haut und des Knochenmarks zum Beispiel immer noch Gift nachweisen.«

Der Richter dachte eine Weile nach. Dann sagte er:

»Laut Gesetz ist die Exhumierung einer Leiche ohne triftigen Grund ein Kapitalverbrechen. Wenn die Autopsie nicht den unwiderlegbaren Beweis erbringt, dass Lu Ming ermordet wurde, werde ich meinen Rücktritt einreichen und mich wegen Grabschändung dem Urteil der Behörden unterwerfen müssen. Wenn man noch die Beschuldigung der falschen Mordanklage gegen Frau Lu hinzunimmt, besteht nicht der geringste Zweifel, dass ich hingerichtet werde. Die gesamte Regierung steht hinter ihren Beamten, aber nur so lange, wie sie keine Fehler machen. Unser kaiserlicher Verwaltungsdienst ist eine solch riesige Organisation, dass es keinen Spielraum für Milde gegenüber Beamten gibt, die sich eines Vergehens schuldig gemacht haben, und sei es auch in gutem Glauben.«

Richter Di erhob sich und begann auf und ab zu gehen. Seine drei Mitarbeiter beobachteten ihn besorgt. Plötzlich blieb er stehen.

»Wir werden die Autopsie durchführen lassen!«, sagte er entschlossen. »Ich werde das Risiko eingehen!«

Tschiao Tai und Tao Gan machten ein bedenkliches Gesicht. Letzterer bemerkte:

»Diese Frau kennt alle möglichen dunklen Geheimnisse. Was, wenn sie ihren Mann getötet hat, indem sie ihn mit einem Fluch belegte? Das würde keine Spuren im Körper zurücklassen!«

Der Richter schüttelte ungeduldig den Kopf.

»Ich bin zwar davon überzeugt«, sagte er, »dass es viele Dinge in dieser Welt gibt, die über unseren Verstand gehen. Aber ich weigere mich zu glauben, dass der Erhabene Himmel den dunklen Mächten gestatten würde, einen Menschen allein durch Magie zu töten. Ma Jung, erteile dem Oberkonstabler die notwendigen Anweisungen! Die Autopsie an Lu Mings Leichnam wird heute Nachmittag auf dem Friedhof stattfinden!«

Zwanzigstes Kapitel

Auf dem Friedhof wird eine Autopsie durchgeführt; ein sehr kranker Mann erzählt eine seltsame Geschichte.

Das Nordviertel der Stadt sah aus, als ob dort eine Völkerwanderung stattfände. Die Straßen waren voller Menschen, die alle zum Nordtor drängten. Als Richter Dis Amtssänfte durch das Tor getragen wurde, machte die Menge in düsterem Schweigen Platz. Doch sobald sie die kleine Sänfte, in der Frau Lu getragen wurde, erblickten, brachen sie in laute Beifallsrufe aus.

Die lange Schlange von Menschen bewegte sich durch die Schneehügel im Nordwesten der Stadt zu dem Hochplateau, auf dem der Hauptfriedhof gelegen war. Sie folgten dem Pfad, der sich zwischen kleineren und größeren Grabhügeln hindurchwand, und gelangten an das offene Grab im Zentrum, wo die Konstabler aus Schilfmatten eine provisorische Hütte errichtet hatten.

Als der Richter aus seiner Sänfte stieg, sah er, dass ein behelfsmäßiger Gerichtsplatz aufgebaut worden war, so gut es die Umstände erlaubten. Ein hoher Holztisch diente als Richterbank, und der rangälteste Schreiber saß an einem Seitentisch und blies sich in die Hände, um sie zu wärmen. Vor dem offenen Grab stand ein großer Sarg auf Schrägen. Der Leichenbestatter und seine Gehilfen standen daneben. Dicke Schilfmatten waren in dem Schnee davor ausgebreitet worden, und Kuo kauerte dort neben einem tragbaren Ofen, energisch das Feuer anfachend.

Ungefähr dreihundert Menschen standen in einem weiten Kreis darum herum. Der Richter setzte sich auf den einzigen Stuhl hinter dem hohen Tisch, und Ma Jung und Tschiao Tai nahmen rechts und links von ihm Aufstellung. Tao Gan war zum Sarg hinübergegangen und untersuchte ihn neugierig.

Die Träger setzten Frau Lus Sänfte ab, und der Oberkonstabler öffnete den Vorhang. Entsetzt wich er zurück. Frau Lus Körper hing leblos über dem Querriegel.

Aufgebracht murmelnd näherte sich die Menge.

»Werfen Sie einen Blick auf die Frau!«, befahl Richter Di dem Leichenbeschauer. Seinen Mitarbeitern flüsterte er zu: »Der Himmel bewahre uns davor, dass sie unter unseren Händen gestorben ist!«

Kuo hob vorsichtig Frau Lus Kopf. Plötzlich flatterten ihre Augenlider. Sie gab einen tiefen Seufzer von sich. Kuo entfernte den Querriegel und leistete ihr Beistand, während sie, auf einen Stock gestützt, zur Hütte schwankte. Als sie das offene Grab sah, schrak sie zurück und bedeckte ihr Gesicht mit dem Ärmel.

»Nichts als Schauspielerei!«, murmelte Tao Gan angewidert.

»Ja«, sagte Richter Di beunruhigt, »aber der Menge gefällt es.«

Er schlug mit seinem Hammer auf den Tisch. Es klang seltsam dünn in der kalten klaren Luft.

»Wir werden nun«, verkündete er mit lauter Stimme, »die Autopsie an der Leiche des verstorbenen Lu Ming vornehmen.«

Plötzlich sah Frau Lu hoch. Auf ihren Stock gestützt, sagte sie langsam: »Euer Ehren sind der Vater und die Mutter von uns, dem einfachen Volk. Heute Morgen im Gericht habe ich unbesonnen gesprochen, weil ich als arme junge Witwe meine Ehre verteidigen musste, und die unseres Meisters Lan. Aber ich habe die gerechte Strafe für mein unziemliches Betragen erhalten. Nun bitte ich Euer Ehren auf den Knien, es dabei bewenden zu lassen und nicht den Sarg meines armen toten Mannes zu entweihen.« Sie sank auf die Knie und berührte dreimal mit ihrer Stirn den Boden.

Beifälliges Gemurmel kam von den Zuschauern. Hier war ein vernünftiger Vorschlag für einen Kompromiss, eine Regelung, die ihnen aus ihrem alltäglichen Leben so vertraut war.

Der Richter klopfte auf den Tisch.

»Ich, der Bezirksvorsteher«, sagte er fest, »hätte diese Autopsie niemals angeordnet, lägen mir nicht genügend Beweise dafür vor, dass Lu Ming ermordet wurde. Diese Frau hat eine gewandte Zunge, aber sie wird mich nicht daran hindern, meine Pflicht zu erfüllen. Man öffne den Sarg!«

Als der Leichenbestatter vortrat, erhob sich Frau Lu wieder. Halb zur Menge gewandt rief sie:

»Wie können Sie Ihr Volk derartig tyrannisieren? Ist das Ihre Auffassung vom Bezirksvorsteheramt? Sie behaupten, ich hätte meinen

Frau Lu trifft auf dem Friedhof ein

Mann ermordet, aber welchen Beweis haben Sie dafür vorgebracht? Lassen Sie sich von mir gesagt sein, dass Sie auch als Richter nicht allmächtig sind! Es heißt, die Türen der höheren Behörden stehen den Verfolgten und Unterdrückten immer offen. Und vergessen Sie nicht, wenn sich herausstellt, dass ein Bezirksrichter zu Unrecht eine unschuldige Person angeklagt hat, misst das Gesetz diesem Beamten die gleiche Strafe zu, die dieser dem zu Unrecht Angeklagten zugedacht hatte! Ich mag eine wehrlose junge Witwe sein, aber ich werde nicht eher ruhen, als bis Sie Ihre Richterkappe los sind!«

Laute Rufe ertönten aus der Menge: »Sie hat recht! Wir wollen keine Autopsie!«

»Ruhe!«, rief der Richter. »Wenn sich an der Leiche kein eindeutiger Beweis für Mord finden lässt, werde ich gern die Strafe erleiden, die andernfalls diese Frau trifft!«

Als Frau Lu zu einer Erwiderung ansetzen wollte, deutete Richter Di auf den Sarg und fuhr rasch fort: »Dort drüben liegt der Beweis, worauf warten wir also noch?« Da die Menge zu zögern schien, befahl er dem Leichenbestatter barsch: »Fangen Sie an!«

Der Leichenbestatter hämmerte sein Stemmeisen unter den Deckel, und seine beiden Helfer machten sich auf der anderen Seite des Sargs an die Arbeit. Bald hatten sie den schweren Deckel gelockert und ließen ihn auf den Boden hinunter. Sie bedeckten Mund und Nase mit ihren Halstüchern und hoben den Leichnam aus dem Sarg, zusammen mit der dicken Matte, auf die er gebettet war. Sie legten ihn vor den Richtertisch. Einige der Zuschauer, die sich in ihrem Eifer, nichts zu versäumen, sehr weit nach vorn gewagt hatten, zogen sich nun hastig zurück. Die Leiche bot einen grässlichen Anblick.

Kuo stellte auf jede Seite des Toten eine Vase mit brennenden Weihrauchstäbchen. Nachdem er sein Gesicht mit einem dünnen Gazeschleier bedeckt hatte, vertauschte er seine dicken Handschuhe mit solchen aus dünnem Leder. Er sah zum Richter hoch und wartete auf das Zeichen, anzufangen.

Richter Di füllte das Amtsformular aus, dann sagte er zum Leichenbestatter:

»Bevor wir mit der Autopsie beginnen, möchte ich von Ihnen hören, wie Sie das Grab geöffnet haben.«

»Gemäß Euer Exzellenz Anweisungen«, sagte der Leichenbestatter ehrerbietig, »öffneten diese Person und seine beiden Gehilfen das Grab nach der Mittagszeit. Die Steinplatte, die das Grab verschloss, befand sich genau im selben Zustand wie vor fünf Monaten, als wir sie dort aufstellten.«

Der Richter nickte und gab dem Leichenbeschauer das Zeichen. Kuo säuberte den Leichnam mit einem in heißes Wasser getauchten Handtuch, dann untersuchte er ihn Zoll für Zoll. Alle beobachteten in gespanntem Schweigen den Fortgang der Arbeit.

Als er mit der Vorderseite fertig war, drehte er die Leiche um und begann, den hinteren Schädel zu untersuchen. Er sondierte dessen Basis mit dem Zeigefinger und fuhr dann mit der Untersuchung des Rückens fort. Richter Dis Gesicht wurde blass.

Schließlich erhob sich Kuo und wandte sich dem Richter zu, um ihm das Ergebnis mitzuteilen.

»Nachdem ich nun das Äußere der Leiche untersucht habe«, sagte er, »stelle ich fest, dass es keine Anzeichen für einen gewaltsamen Tod dieses Mannes gibt.«

Die Zuschauer begannen zu rufen: »Der Bezirksvorsteher hat gelogen! Lasst die Frau frei!« Aber die Leute in der ersten Reihe forderten die weiter hinten auf, still zu sein und das Ende des Berichts anzuhören.

»Deshalb«, fuhr Kuo fort, »bittet diese Person Euer Ehren um die Erlaubnis, nun das Innere der Leiche untersuchen zu dürfen, um festzustellen, ob Gift verabreicht wurde.«

Bevor der Richter antworten konnte, kreischte Frau Lu:

»Ist es noch nicht genug? Muss der arme Körper weiteren Demütigungen ausgesetzt werden?«

»Lassen Sie den Beamten sich die Schlinge um den eigenen Hals legen, Frau Lu!«, rief ein Mann in der ersten Reihe. »Wir wissen, dass Sie unschuldig sind!«

Frau Lu wollte wieder etwas schreien, aber Richter Di hatte dem Leichenbeschauer bereits ein Zeichen gegeben, und die Schaulustigen riefen Frau Lu zu, still zu sein.

Kuo arbeitete lange an der Leiche, indem er mit einem dünnen Plättchen aus poliertem Silber das Gewebe untersuchte und sorgfältig die Knochen studierte, die aus dem verwesten Körper hervorstanden.

Als er sich erhob, warf er dem Richter einen verwunderten Blick zu. Es war jetzt ganz still auf dem mit Menschen überfüllten Friedhof. Nach einigem Zögern sagte Kuo:

»Ich habe zu berichten, dass auch im Körper keinerlei Anzeichen von Gift festzustellen sind. Soweit ich es beurteilen kann, starb dieser Mann eines natürlichen Todes.«

Frau Lu schrie irgendetwas, aber ihre Stimme ging in den wütenden Rufen der Menge unter. Diese drängte vorwärts, auf die Hütte zu, und schob die Konstabler beiseite. Die vorderen Zuschauer riefen:

»Tötet den Beamtenhund! Er hat ein Grab entweiht!«

Richter Di verließ seinen Platz und stellte sich vor den Tisch. Ma Jung und Tschiao Tai sprangen an seine Seite, aber er stieß sie grob zurück.

Als die Leute in der ersten Reihe den Ausdruck auf Richter Dis Gesicht sahen, traten sie unwillkürlich einen Schritt zurück und schwiegen.

Die hinter ihnen stellten ihr Geschrei ein, um zu hören, was geschehen würde.

Der Richter verschränkte die Arme in seinen Ärmeln und rief mit Donnerstimme:

»Ich habe gesagt, dass ich mein Amt niederlegen würde, und das werde ich tun! Aber nicht, bevor ich nicht einen weiteren Punkt überprüft habe. Ich mache euch darauf aufmerksam, dass, solange ich nicht meinen Rücktritt eingereicht habe, ich immer noch der Bezirksvorsteher hier bin. Ihr könnt mich töten, wenn ihr wollt, aber vergesst nicht, dass ihr dann Aufrührer seid, die sich gegen die kaiserliche Regierung erheben, und dass ihr die Folgen dafür zu tragen habt! Entscheidet euch, ich warte!«

Die Menge blickte ehrfürchtig auf die beeindruckende Gestalt. Sie zögerte.

Richter Di fuhr rasch fort:

»Wenn irgendwelche Gildenmeister hier anwesend sind, mögen sie vortreten, damit ich ihnen die Bestattung des Leichnams anvertrauen kann.«

Als sich ein stämmiger Mann, der Meister der Metzgergilde, aus der Menge löste, befahl der Richter:

»Sie werden die Leichenbestatter überwachen, wenn sie den Leichnam in den Sarg legen, und Sie werden dafür sorgen, dass dieser wieder in das Grab gestellt wird. Anschließend werden Sie den Eingang versiegeln.«

Er drehte sich um und bestieg seine Sänfte.

Spät in der Nacht herrschte trübseliges Schweigen in Richter Dis privatem Büro. Der Richter saß hinter seinem Schreibtisch, die struppigen Augenbrauen zu einem tiefen Stirnrunzeln verzogen. Die glühende

Kohle im Heizbecken hatte sich in Asche verwandelt, und es war bitterkalt in dem großen Raum. Doch weder der Richter noch seine Männer nahmen dies wahr.

Als die große Kerze auf dem Schreibtisch zu zischen begann, sagte der Richter schließlich:

»Wir haben nun alle Möglichkeiten, diesen Fall zu lösen, in Betracht gezogen. Und wir sind einer Meinung, dass es mit mir aus ist, wenn wir keinen neuen Beweis entdecken. Wir müssen diesen Beweis finden, und wir müssen ihn rasch finden!«

Tao Gan zündete eine neue Kerze an. Das flackernde Licht fiel auf ihre sorgenvollen Gesichter.

Ein Klopfen ertönte an der Tür. Der Gerichtsdiener trat ein und verkündete aufgeregt, dass Yeh Pin und Yeh Tai den Richter zu sprechen verlangten.

Höchst erstaunt befahl ihm Richter Di, sie hereinzubringen.

Yeh Pin trat ein, Yeh Tais Arm stützend. Kopf und Hände des Letzteren waren stark bandagiert, sein Gesicht hatte eine unnatürlich grüne Farbe, und er konnte kaum gehen.

Nachdem Yeh Tai mit Ma Jungs und Tschiao Tais Hilfe auf der Pritsche Platz genommen hatte, sagte Yeh Pin:

»Heute Nachmittag, Euer Ehren, brachten vier Bauern, die jenseits des Osttors leben, meinen Bruder auf einer Bahre. Sie hatten ihn zufällig bewusstlos hinter einer Schneewehe liegend gefunden. Er hatte eine furchtbare Wunde am Hinterkopf, und seine Finger waren erfroren. Aber sie haben sich gut um ihn gekümmert, und heute Morgen erlangte er das Bewusstsein wieder und sagte ihnen, wer er war.«

»Was ist passiert?«, fragte Richter Di gespannt.

»Das Letzte, an das ich mich erinnere«, sagte Yeh Tai mit schwacher Stimme, »ist, dass ich vor zwei Tagen, als ich zum Abendessen nach Hause ging, plötzlich einen heftigen Schlag auf den Hinterkopf erhielt.«

»Das war Tschu Ta-yuan, der Ihnen den Schlag versetzte, Yeh Tai«, entgegnete der Richter. »Wann hat er Ihnen erzählt, dass Yü Kang und Fräulein Liao sich heimlich in seinem Haus getroffen hatten?«

»Das hat er mir nie erzählt, Euer Ehren«, antwortete Yeh Tai. »Ich wartete einmal vor Tschus Bibliothek und bekam mit, wie er drinnen laut redete. Ich dachte, er hätte einen Streit mit irgendjemandem, und legte mein Ohr an die Tür. Ich hörte ihn über Yü Kang und Fräulein Liao toben, darüber, dass sie unter seinem eigenen Dach miteinander geschlafen hätten; er benutzte eine höchst unanständige Sprache. Dann kam der Hausbesorger und klopfte. Tschu war plötzlich still, und als ich eingelassen wurde, sah ich, dass er ganz allein und völlig ruhig war.«

Richter Di drehte sich zu seinen Mitarbeitern um und sagte:

»Damit wäre der letzte dunkle Punkt im Zusammenhang mit dem Mord an Fräulein Liao geklärt!« Zu Yeh Tai gewandt, fuhr er fort: »Nachdem Sie durch diesen Zufall von Yü Kangs Geheimnis erfahren hatten, erpressten Sie den Unglücklichen. Aber der Erhabene Himmel hat Sie bereits streng dafür bestraft!«

»Meine Finger sind weg!«, rief Yeh Tai verzweifelt aus.

Der Richter gab Yeh Pin ein Zeichen. Dieser half seinem Bruder, unterstützt von Ma Jung und Tschiao Tai, zur Tür.

Einundzwanzigstes Kapitel

Ein Hauptmann trifft mit einem dringenden Brief ein; der Richter begibt sich zu einer Zeremonie in die Ahnenhalle.

Am nächsten Morgen unternahm Richter Di einen frühen Ritt. Aber auf den Straßen beschimpften ihn die Leute, und in der Nähe des Trommelturms traf ihn beinahe ein Stein.

Er ritt zum ehemaligen Exerzierplatz und galoppierte ein paarmal um ihn herum. Wieder zurück im Gericht überlegte er, dass er sich draußen besser nicht zeigen sollte, bevor er nicht eine Sitzung einberufen und die Lösung des Falles Lu verkünden konnte.

An den beiden folgenden Tagen beschäftigte er sich mit liegengebliebenen Arbeiten der Bezirksverwaltung. Seine drei Mitarbeiter suchten jeden Tag verzweifelt nach neuen Beweisen. Doch all ihr Bemühen war umsonst.

Die einzige gute Nachricht kam am zweiten Tag in Gestalt eines langen Briefes von seiner Ersten Dame. Sie schrieb aus Tai-yuan, dass die Krise überwunden war und dass ihre alte Mutter sich nun auf dem Weg zur vollständigen Genesung befand. Sie planten, in naher Zukunft nach Pei-tscho zurückzukehren. Der Richter überlegte traurig, dass er seine Familie niemals wiedersehen würde, wenn es ihm nicht gelang, den Fall Lu aufzuklären.

Früh am Morgen des dritten Tages, Richter Di saß beim Frühstück in seinem Büro, meldete der Gerichtsdiener, dass ein Hauptmann aus dem Hauptquartier des Oberbefehlshabers eingetroffen sei mit einem Brief, den er dem Bezirksvorsteher persönlich überreichen solle.

Ein hochgewachsener Mann in voller Rüstung, die mit Schnee bedeckt war, trat ein.

Er verneigte sich und übergab dem Richter einen großen versiegelten Brief, wobei er steif sagte:

»Ich habe Befehl, die Antwort mit zurückzunehmen!«

Der Richter warf ihm einen neugierigen Blick zu. »Nehmen Sie Platz!«, forderte er ihn knapp auf und öffnete den Brief.

Darin stand, dass die Geheimagenten der Militärpolizei Unruhe unter der Bevölkerung in Pei-tscho gemeldet hätten. Ferner gäbe es Berichte über Kriegsvorbereitungen der barbarischen Horden hoch oben im Norden, und der Oberbefehlshaber erachte es militärisch für notwendig, dass in dem Gebiet im Rücken der Nordarmee Ruhe herrsche. Es wurde angedeutet, dass man einem eventuellen Ersuchen des Bezirksvorstehers von Pei-tscho um Stationierung einer Garnison in seinem Bezirk unverzüglich Folge leisten würde. Der Brief war im Namen des Oberbefehlshabers geschrieben und trug Unterschrift und Siegel des kommandierenden Generals der Militärpolizei.

Richter Di erbleichte.

Rasch nahm er seinen Schreibpinsel auf und antwortete mit vier Zeilen:

»Der Bezirksvorsteher von Pei-tscho weiß die umgehende Benachrichtigung zu schätzen, erlaubt sich jedoch zu melden, dass er selbst heute Morgen die notwendigen Schritte unternehmen wird, die die sofortige Rückkehr von Ruhe und Ordnung in seinem Bezirk gewährleisten werden.«

Er drückte das große rote Gerichtssiegel auf den Brief und überreichte ihn dem Hauptmann, der ihn mit einer Verbeugung entgegennahm und ging.

Richter Di erhob sich und rief den Gerichtsdiener. Er befahl ihm, sein Zeremonialgewand bereitzulegen und seine drei Mitarbeiter herbeizurufen.

Ma Jung, Tschiao Tai und Tao Gan machten erstaunte Gesichter, als sie den Richter in seiner offiziellen Amtsrobe und mit der goldgeränderten Samtkappe auf dem Kopf erblickten.

Der Richter sah betrübt die drei Männer an, die seine vertrauten Freunde geworden waren, und sagte:

»So kann es nicht weitergehen. Ich erhielt soeben eine verschleierte Beschwerde aus dem Hauptquartier des Oberbefehlshabers über die Unruhe unter der Bevölkerung dieses Bezirks. Sie schlagen vor, Truppen hier zu stationieren; meine Fähigkeit, Pei-tscho zu verwalten, wird infrage gestellt. Ich brauche euch als Zeugen für eine kurze Zeremonie in meinem eigenen Haus.«

Während sie durch die überdachten Flure gingen, die die Kanzlei mit seinem privaten Quartier verbanden, dachte Richter Di, dass er zum ersten Mal, seit seine Familie nach Tai-yuan abgereist war, sein eigenes Haus aufsuchte.

Der Richter führte die drei Männer zu seinem Ahnenschrein an der Rückseite der Haupthalle. Der kalte Raum war bis auf einen riesigen deckenhohen Schrank und einen Altartisch völlig leer. Richter Di zündete die Stäbchen im Weihrauchbrenner an und sank dann vor dem Schrank auf die Knie. Seine drei Mitarbeiter knieten in der Nähe des Eingangs nieder.

Als er sich erhob, öffnete der Richter ehrfürchtig die hohen Flügeltüren des Schreins. Seine Fächer waren mit kleinen hochformatigen Holztafeln gefüllt, deren jede auf einem Miniaturpodest aus geschnitztem Holz stand. Dies waren die Seelentafeln von Richter Dis Ahnen, und jede Tafel vermerkte in Goldbuchstaben den posthumen Namen und Rang eines Ahnen sowie Jahr, Tag und Stunde seiner Geburt und seines Todes.

Der Richter kniete wieder nieder und berührte mit der Stirn dreimal den Boden. Dann konzentrierte er mit geschlossenen Augen seine Gedanken.

Das letzte Mal war der Ahnenschrein vor zwanzig Jahren in Tai-yuan geöffnet worden, als sein Vater den Ahnen Richter Dis Vermählung mit seiner Ersten Dame verkündet hatte. Er kniete mit seiner Braut hinter seinem Vater und sah die dünne weißbärtige Gestalt mit dem lieben, runzligen Gesicht vor sich.

Doch nun war das Gesicht seines Vaters kalt und unpersönlich. Der Richter sah ihn am Eingang einer riesigen Versammlungshalle stehen und rechts und links eine dichtgedrängte Menge ernster Männer, deren Augen unverwandt auf ihm selber ruhten, wie er dort zu Füßen seines Vaters kniete. Fern am anderen Ende der gewaltigen Halle erkannte er schwach das lange, golden schimmernde Gewand des Großen Ahnen, der bewegungslos auf seinem hohen Thron saß. Er hatte vor acht Jahrhunderten gelebt, nicht lange nach dem Weisen Konfuzius.

Demütig vor dieser feierlichen Versammlung kniend, fühlte sich der Richter friedvoll und entspannt, wie ein Mann, der nach einer langen und mühevollen Reise endlich nach Hause gekommen ist. Er sprach mit klarer Stimme:

»Der unwürdige Abkömmling des illustren Hauses Di, genannt Jendsiä, ältester Sohn des verstorbenen Ratsmitgliedes Di Tschen-yuan, teilt ehrerbietig mit, dass er seine Pflichten gegenüber dem Staat und dem Volk versäumt hat und deshalb heute von seinem Amt zurücktreten wird. Gleichzeitig klagt er sich selbst zweier Kapitalverbrechen an, nämlich ohne hinreichenden Grund ein Grab entweiht und zu Unrecht eine Person des Mordes bezichtigt zu haben. Seine Absichten waren lauter, aber seine geringen Fähigkeiten haben sich für die ihm anvertraute Aufgabe als unzureichend erwiesen. Nachdem diese Person solches mitgeteilt hat, bittet sie respektvoll um Vergebung.«

Als er schwieg, löste sich die riesige Versammlung langsam vor seinem geistigen Auge auf. Als Letztes sah er seinen Vater ruhig die Falten seines langen roten Gewandes ordnen mit einer Geste, die ihm so vertraut war.

Der Richter erhob sich. Nachdem er sich erneut dreimal verneigt hatte, schloss er die Türen des Schreins.

Er drehte sich um und winkte den drei Männern, ihm zu folgen.

Zurück in seinem privaten Büro sagte der Richter mit ruhiger Stimme:

»Ich möchte nun allein sein. Ich werde mein offizielles Rücktrittsgesuch aufsetzen. Ihr kommt vor Mittag wieder hierher und verteilt den auf Anschlägen vervielfältigten Text meines Briefes in der ganzen Stadt, damit die Bevölkerung sich beruhigt.«

Die drei Männer verneigten sich schweigend, dann fielen sie auf die Knie und berührten dreimal mit ihrer Stirn den Boden, um auf diese Weise kundzutun, dass nichts ihre Ergebenheit zu erschüttern vermöchte, ganz gleich, was dem Richter zustieß.

Als sie gegangen waren, schrieb Richter Di seinen Brief an den Präfekten, in dem er die Einzelheiten seines Versagens schilderte und sich der beiden Kapitalverbrechen bezichtigte. Er fügte hinzu, dass es keinen Grund gebe, um Nachsicht zu bitten.

Nachdem er den Brief unterzeichnet und gesiegelt hatte, lehnte er sich mit einem tiefen Seufzer in seinen Armstuhl zurück. Dies war seine letzte offizielle Handlung als Bezirksvorsteher von Pei-tscho gewesen. Am Nachmittag würde er, sobald sein Rücktritt bekannt gemacht worden war, die Amtssiegel dem rangältesten Schreiber übergeben, der den Bezirk so lange verwalten würde, bis ein anderer Beamter eintraf.

Während Richter Di seinen Tee schlürfte, stellte er fest, dass er den ihm bevorstehenden Prozess ganz leidenschaftslos betrachten konnte. Das Todesurteil war ihm sicher; der einzige Punkt, der zu seinen Gunsten sprach, war, dass ihm einst, als Bezirksvorsteher von Pu-yang, eine

Kaiserliche Inschrift gewährt worden war. Er hoffte inbrünstig, dass der hauptstädtische Gerichtshof in Anbetracht dessen darauf verzichten würde, seinen ganzen Besitz zu konfiszieren. Für seine Frauen und Kinder würde natürlich sein jüngerer Bruder in Tai-yuan sorgen. Aber der Richter dachte, dass es ein trauriges Leben war, auf die Mildtätigkeit anderer angewiesen zu sein, auch wenn es sich dabei um die eigenen Verwandten handelte.

Er war wenigstens froh, dass die Mutter seiner Ersten Dame genesen war. Sie würde ihrer Tochter eine große Hilfe sein in der schweren Zeit, die vor ihnen lag.

Zweiundzwanzigstes Kapitel

Der Richter erhält unerwarteten Besuch; er beschließt, eine zweite Autopsie durchzuführen.

Richter Di erhob sich und ging zum Kohlebecken hinüber. Während er dort stand und sich die Hände wärmte, hörte er, wie hinter ihm die Tür geöffnet wurde. Ärgerlich über die Störung drehte er sich um. Dann sah er, dass Frau Kuo eingetreten war.

Er lächelte ihr rasch zu und sagte freundlich:

»Ich bin im Augenblick sehr beschäftigt, Frau Kuo! Wenn es etwas Wichtiges gibt, können Sie es dem rangältesten Schreiber mitteilen.«

Aber Frau Kuo machte keine Anstalten, zu gehen. Sie stand schweigend und mit niedergeschlagenen Augen da. Nach einer Weile sagte sie sehr leise:

»Ich habe gehört, dass Euer Ehren uns verlassen werden. Ich wollte Euer Ehren für sein Wohlwollen danken, das er meinem Mann und mir entgegengebracht hat.«

Der Richter wandte sich um und trat ans Fenster. Das Leuchten des Schnees fiel durch die Papierfenster. Mit einiger Anstrengung sagte er:

»Vielen Dank, Frau Kuo. Ich weiß die Hilfe zu schätzen, die ich von Ihnen und Ihrem Mann während meiner Amtszeit hier erhalten habe.«

Er stand unbeweglich da und wartete darauf, dass sich die Tür schließen würde.

Dann bemerkte er den Duft getrockneter Kräuter. Er hörte eine sanfte Stimme hinter sich sagen:

»Ich weiß, es ist schwer für einen Mann, die Gedanken einer Frau zu erraten.«

Als der Richter sich rasch zu ihr umdrehte, fuhr sie hastig fort:

»Frauen haben ihre eigenen Geheimnisse, die ein Mann niemals ergründen kann. Kein Wunder, dass Euer Ehren das von Frau Lu nicht zu lüften vermochte.«

Richter Di trat neben sie.

»Soll das heißen«, fragte er gespannt, »dass Sie einen neuen Anhaltspunkt gefunden haben?«

»Nein«, erwiderte Frau Kuo seufzend, »keinen neuen Anhaltspunkt. Einen alten ... aber den einzigen, der den Mord an Lu Ming klärt.«

Der Richter sah sie durchdringend an. Heiser sagte er:

»Sprechen Sie, Frau!«

Frau Kuo zog ihren Umhang enger um sich. Sie schien zu frösteln. Dann sprach sie mit einer Stimme, die sehr müde klang:

»Wenn wir die täglichen Haushaltsarbeiten erledigen, Kleider flicken, die zu flicken sich nicht mehr lohnt, die Filzsohlen unserer alten Schuhe nähen, beginnen die Gedanken zu wandern. Mit angestrengten Augen arbeiten wir im flackernden Licht der Kerze und fragen uns vergeblich, ob das alles ist. Die Filzsohle ist hart, unsere Finger schmerzen. Wir nehmen den langen dünnen Nagel, wir nehmen den Holzhammer und hämmern die Löcher in die Sohle, eins nach dem anderen ...«

Der Richter betrachtete aufmerksam die schlanke Gestalt, die mit gesenktem Kopf dastand, und suchte nach ein paar freundlichen Worten. Doch sie fuhr plötzlich fort, mit derselben müden, gleichgültigen Stimme:

»Wir stecken die Nadel hinein und ziehen sie wieder heraus, hinein und heraus. Und unsere trüben Gedanken gehen hinein und heraus, seltsame graue Vögel, die ziellos um ein verlassenes Nest flattern.«

Frau Kuo hob ihren Kopf und sah den Richter an. Er war überrascht von dem Glanz in ihren weit geöffneten Augen. Sie sagte sehr langsam:

»Dann, eines Abends, kommt die Idee. Sie unterbricht ihr Nähen, nimmt den langen Nagel und sieht ihn an ... als ob sie ihn nie zuvor gesehen hätte. Der treue Nagel, der sie vor wunden Fingern bewahrt, der treue Kamerad so vieler einsamer Stunden trauriger Gedanken.«

»Wollen Sie etwa sagen ...«, rief Richter Di aus.

»Ja, das will ich«, erwiderte Frau Kuo mit derselben tonlosen Stimme. »Diese Nägel haben nur einen ganz kleinen Kopf. Wenn sie mit dem Holzhammer vollständig in den Schädel getrieben werden, würde der winzige Punkt zwischen den Haaren niemals entdeckt. Niemand würde jemals wissen, wie sie ihn ermordete ... und sie selbst wäre frei.«

Der Richter fixierte sie mit seinem brennenden Blick.

»Frau«, rief er, »Sie haben mich gerettet! Das muss die Lösung sein!

Das erklärt, warum sie vor einer Autopsie solche Angst hatte und warum die Autopsie ergebnislos blieb!« Ein warmes Lächeln hellte sein abgehärmtes Gesicht auf, als er sanft hinzufügte: »Wie recht Sie haben! Nur eine Frau hätte das wissen können!«

Frau Kuo sah ihn schweigend an. Der Richter fragte rasch:

»Warum sind Sie traurig? Ich wiederhole, Sie müssen recht haben. Dies ist die einzige Lösung!«

Frau Kuo zog die Kapuze ihres Umhangs hoch und über den Kopf. Mild den Richter anlächelnd, sagte sie:

»Ja, Sie werden feststellen, dass dies die einzige Lösung ist.«

Sie ging zur Tür und verließ den Raum.

Während Richter Di auf die geschlossene Tür starrte, wurde sein Gesicht plötzlich bleich. Lange Zeit blieb er so stehen. Dann rief er den Gerichtsdiener und befahl diesem, sofort seine drei Mitarbeiter zu ihm ins Büro zu schicken.

Ma Jung, Tschiao Tai und Tao Gan traten lustlos ein. Aber sie begannen ungläubig zu lächeln, als sie den Ausdruck auf Richter Dis Gesicht sahen.

Er stand aufrecht vor seinem Schreibtisch, die Arme in den weiten Ärmeln verschränkt. Mit strahlenden Augen sagte er:

»Ich bin zuversichtlich, meine Freunde, dass wir im allerletzten Augenblick Frau Lus Verbrechen aufdecken werden! Lu Mings Leichnam wird einer zweiten Autopsie unterzogen!«

Ma Jung sah bestürzt seine beiden Kameraden an. Doch dann grinste er breit und rief aus:

»Wenn Euer Ehren das sagen, bedeutet es, dass der Fall geklärt ist! Wann soll die Autopsie stattfinden?«

»So rasch wie möglich!«, sagte Richter Di energisch. »Dieses Mal gehen wir nicht auf den Friedhof, wir lassen den Sarg ins Gericht bringen.«

Tschiao Tai nickte.

»Euer Ehren wissen«, sagte er, »dass die Leute in einer gefährlichen Stimmung sind. Ich bin auch der Meinung, dass es leichter ist, sie hier in Schach zu halten als draußen im Freien.«

Tao Gan blickte immer noch zweifelnd drein. Langsam sagte er:

»Als ich den Schreibern auftrug, die Plakate für die Bekanntmachung anzufertigen, konnte ich an ihren Mienen erkennen, dass sie verstanden. Inzwischen wird sich die Nachricht von Euer Ehren Rücktritt in der ganzen Stadt verbreitet haben. Ich befürchte, dass ein Aufstand ausbricht, wenn die Leute von der zweiten Autopsie erfahren.«

»Ich bin mir über das Risiko völlig im Klaren«, entgegnete Richter Di mit ruhiger Stimme, »und ich bin bereit, es einzugehen. Sag Kuo, er soll alles für die Autopsie im Gerichtssaal vorbereiten. Ma Jung und Tschiao Tai, ihr sucht den Meister der Metzgergilde und Gildenmeister Liao auf. Unterrichtet sie von meiner Entscheidung und bittet sie, euch zum Friedhof zu begleiten, damit sie als Zeugen bei der Bergung des Sargs und bei seiner Überführung zum Gericht dabei sein können. Wenn alles rasch und ruhig vonstatten geht, wird der Sarg hier im Gericht sein, bevor die Leute wissen, dass irgendetwas geschieht. Und wenn sich die Neuigkeit verbreitet, hoffe ich, dass ihre Neugier am Anfang größer sein wird als ihr Groll gegen mich, und die Anwesenheit der Gildenmeister, denen sie vertrauen, wird weiter dazu beitragen, sie von unüberlegtem Handeln abzuhalten. Ich hoffe also, dass nichts Widriges geschehen wird, bis ich die Sitzung hier im Gericht eröffne.«

Er lächelte seinen Mitarbeitern beruhigend zu, und sie brachen rasch auf.

Dann gefror das Lächeln auf Richter Dis Gesicht. Nur mit der größten Anstrengung war es ihm gelungen, eine fröhliche Miene vor seinen Männern zur Schau zu tragen. Nun ging er zum Schreibtisch, setzte sich und vergrub das Gesicht in den Händen.

Dreiundzwanzigstes Kapitel

Das Gericht bereitet eine Sondersitzung vor; eine Frau erzählt endlich ihre unglaubliche Geschichte.

Zur Mittagszeit aß der Richter nichts von dem Reis und der Suppe, die der Gerichtsdiener vor ihn hingestellt hatte. Er konnte nur eine Tasse Tee trinken.

Kuo hatte gemeldet, dass der Sarg ohne Zwischenfall ins Gericht gebracht worden war. Doch nun versammelte sich vor dem Haupttor eine große, wütende Menschenmenge. Als Ma Jung und Tschiao Tai eintraten, sahen sie sehr besorgt aus.

»Die Leute im Gerichtssaal sind in übler Stimmung, Euer Ehren«, sagte Ma Jung ernst. »Und diejenigen auf der Straße, die keinen Platz im Saal gefunden haben, stoßen Flüche aus und werfen Steine gegen das Tor.«

»Lass sie!«, erwiderte Richter Di kurz.

Ma Jung warf Tschiao Tai einen flehenden Blick zu. Tschiao Tai sagte:

»Lassen Sie mich die Militärpolizei rufen, Euer Ehren! Sie könnten einen Kordon um das Gericht bilden und ...«

Der Richter schlug mit der Faust auf den Tisch.

»Bin ich nicht der Bezirksvorsteher hier?«, fuhr er seine Mitarbeiter an. »Dies ist mein Bezirk, dies ist mein Volk. Ich will keine Hilfe von außen, ich werde allein mit ihnen fertig!«

Die beiden Männer sagten nichts, sie wussten, dass es zwecklos war. Aber sie befürchteten, dass der Richter diesmal unrecht hatte.

Der Gong ertönte dreimal.

Richter Di erhob sich und überquerte den Flur zum Gerichtssaal, gefolgt von Ma Jung und Tschiao Tai.

Als der Richter den Saal betrat und hinter dem Tisch Platz nahm, wurde er von einem drohenden Schweigen begrüßt.

Der Saal war zum Bersten gefüllt. Die Konstabler standen, unbehaglich dreinblickend, an ihren vorgeschriebenen Plätzen. Zu seiner Linken sah der Richter Lu Mings Sarg, daneben den Leichenbestatter und seine Gehilfen. Vor dem Sarg stand, auf einen Stock gestützt, Frau Lu. Tao Gan und Kuo befanden sich nahe dem Tisch des Schreibers.

Richter Di schlug mit dem Hammer auf den Tisch. Er sagte:

»Ich erkläre die Sitzung für eröffnet.«

Frau Lu schrie plötzlich:

»Welches Recht hat ein zurücktretender Bezirksvorsteher, eine Sitzung zu eröffnen?«

Aufgebrachtes Gemurmel erhob sich aus der Menge.

»Diese Sitzung«, verkündete Richter Di, »ist einberufen worden, um den Beweis zu erbringen, dass der Baumwollhändler Lu Ming auf heimtückische Art ermordet wurde. Leichenbestatter, öffnen Sie den Sarg!«

Frau Lu trat auf die Ecke der Plattform und kreischte:

»Sollen wir zulassen, dass dieser Beamtenhund erneut den Leichnam meines Mannes entweiht?«

Die Menge wogte nach vorn. Von allen Seiten ertönte der Ruf: »Nieder mit dem Bezirksvorsteher!« Ma Jung und Tschiao Tai legten ihre Hände auf die Griffe ihrer Schwerter, die sie in den Falten ihrer Gewänder verborgen hielten. Die Leute in der ersten Reihe stießen die Konstabler zur Seite.

Frau Lus Augen funkelten böse. Dies war ihr Triumph. Ihr wildes Tatarenblut frohlockte angesichts der bevorstehenden Gewalttätigkeiten und des drohenden Blutvergießens. Sie hob ihre Hand, und die Menge hielt vor dieser beeindruckenden Gestalt inne. Keuchend deutete sie auf den Richter und begann:

»Dieser Beamtenhund, dieser ...«

Als sie tief Atem holte, sagte Richter Di plötzlich ganz sachlich:

»Denk an deine Filzschuhe, Weib!«

Mit einem Schrei sank sie zusammen und blickte zu ihm hin. Als sie sich wieder aufrichtete, sah Richter Di zum ersten Mal wirkliche Angst in ihren Augen. Die Leute ganz vorn gaben die unerwartete Bemerkung des Richters nach hinten weiter. Während Frau Lu ihre Beherrschung wiederzugewinnen versuchte und nach Worten ringend das Publikum ansah, ertönte wirres Stimmengemurmel aus der Menge. »Was hat er gesagt?«, riefen die Zuschauer hinten im Saal ungeduldig. Als Frau Lu zu sprechen begann, wurde ihre Stimme von den

Hammerschlägen des Leichenbestatters übertönt. Mit Tao Gans Hilfe legte der Leichenbestatter rasch den Deckel auf den Boden.

»Wir werden nun die Antwort sehen!«, rief Richter Di mit Stentorstimme.

»Glaubt ihm nicht, er ...«, begann Frau Lu. Doch sie hielt inne, als sie sah, dass die Menge nur Augen für die Leiche hatte, die aus dem Sarg gehoben und auf die Schilfmatte gelegt wurde. Sie zog sich erschreckt an die Seite des Richtertisches zurück, den Blick auf die grausigen menschlichen Überreste geheftet, die auf der Matte lagen.

Richter Di schlug mit dem Hammer auf den Tisch. Er sagte laut:

»Der Leichenbeschauer wird jetzt nur den Kopf des Toten untersuchen. Er wird seine Aufmerksamkeit besonders auf das Schädeldach richten und zwischen den Haaren nachsehen.«

Als Kuo sich niederkauerte, herrschte tiefes Schweigen im überfüllten Saal. Nur die gedämpften Rufe der Leute draußen auf der Straße waren zu hören.

Plötzlich richtete sich Kuo auf, aschfahl im Gesicht. Heiser sagte er:

»Ich melde, Euer Ehren, dass ich zwischen den Haaren einen kleinen eisernen Punkt gefunden habe. Es scheint der Kopf eines Nagels zu sein.«

Frau Lu hatte ihre Haltung wiedergewonnen.

»Das ist ein Komplott!«, kreischte sie. »An dem Sarg ist herumgepfuscht worden!«

Aber Neugier hielt die Zuschauer nun in ihrem Bann. Ein stämmiger Metzger in der ersten Reihe rief:

»Mein Gildenmeister hat das Grab eigenhändig versiegelt. Halt den Mund, Weib, wir wollen sehen, was das für ein Ding ist!«

»Beweisen Sie Ihre Aussage!«, sagte der Richter barsch zu Kuo.

Der Leichenbeschauer nahm eine Schere aus seinem Ärmel. Frau Lu wollte zu ihm hinspringen, aber der Oberkonstabler packte sie und hielt sie zurück. Während sie wie eine wilde Katze kämpfte, zog Kuo einen langen Nagel aus dem Schädel. Er hielt ihn hoch und zeigte ihn der Menge, dann legte er ihn vor dem Richter auf den Tisch.

Frau Lus Körper erschlaffte. Als der Oberkonstabler sie losließ, taumelte sie blind zum Tisch des Schreibers und stand dort mit gesenktem Kopf, sich auf den Rand des Tisches stützend.

Die Zuschauer in der ersten Reihe riefen denen weiter hinten zu, was sie gesehen hatten. Die Leute begannen lärmend zu reden, ein paar Männer aus der letzten Reihe liefen hinaus, um den Gaffern auf der Straße die Neuigkeit mitzuteilen. Der Richter hämmerte auf den Tisch. Als sich der Lärm gelegt hatte, sprach er zu Frau Lu:

»Gestehen Sie, Ihren Mann ermordet zu haben, indem Sie ihm einen Nagel in den Schädel trieben?«

Frau Lu hob langsam den Kopf. Ein anhaltendes Frösteln schüttelte ihren Körper. Während sie sich eine Haarsträhne aus der Stirn schob, sagte sie mit tonloser Stimme:

»Ich gestehe.«

Ein Stimmengemurmel pflanzte sich in der Menge fort, als diese letzte Neuigkeit durch den Gerichtssaal weitergegeben wurde. Richter Di lehnte sich in seinen Stuhl zurück. Als es wieder ruhig im Saal geworden war, sagte er müde:

»Ich werde nun Ihr Geständnis hören.«

Frau Lu zog ihr Gewand enger um ihre schmächtige Gestalt. Mit hoffnungsloser Stimme sagte sie:

»Es scheint alles schon so lange her zu sein, ist das wirklich von Bedeutung?« Sie lehnte sich mit dem Rücken an den Tisch und sah zu dem Fenster hoch oben in der Wand empor. Dann begann sie plötzlich zu sprechen:

»Mein Mann Lu Ming war ein langweiliger, dummer Mann, was wusste er schon? Wie konnte ich weiter mit ihm zusammenleben, ich, die ich auf der Suche ...« Sie seufzte tief und fuhr fort: »Ich hatte eine Tochter von ihm, dann sagte er, er wolle einen Sohn. Ich konnte es nicht mehr ertragen. Eines Tages klagte er über Bauchschmerzen, und ich gab ihm starken Wein als Medizin, vermischt mit einem Schlafpulver. Als er fest schlief, nahm ich den langen Nagel, den ich benutzte, um die Löcher in meine Schuhsohlen zu bohren, und trieb ihn mit dem Holzhammer in seinen Kopf, bis nur noch das Ende zu sehen war.«

»Tötet die Hexe!«, schrie jemand, und erzürnte Ausrufe folgten. Die Menge, deren Stimmung rasch umgeschlagen war, richtete ihre Wut nun gegen Frau Lu.

Richter Di schmetterte seinen Hammer auf den Tisch.

»Ruhe und Ordnung!«, rief er.

Es wurde sofort still im Saal. Die Autorität des Gerichts war wieder hergestellt.

»Doktor Kwang erklärte, dass es ein Herzanfall war«, fuhr Frau Lu fort und fügte verächtlich hinzu: »Ich musste die Geliebte dieses Mannes werden, um seine Hilfe zu erhalten. Er glaubte, die Geheimnisse der Magie zu kennen, aber er war nur ein unnützer Anfänger. Sobald er den Totenschein unterzeichnet hatte, löste ich unsere Beziehung. Damit war ich frei ...

Eines Tages, vor ungefähr einem Monat, glitt ich beim Verlassen meines Ladens im Schnee aus. Ein Mann half mir hoch und führte mich nach drinnen. Ich saß auf der Bank in meinem Laden, und er massierte mein Fußgelenk. Bei jeder Berührung seiner Hand spürte ich die Lebenskraft, die in diesem Mann pulsierte. Ich wusste, dass dies endlich der Gefährte war, auf den ich gewartet hatte. Ich konzentrierte meine ganze geistige und physische Kraft darauf, diesen Mann an mich zu ziehen, aber ich fühlte, dass er Widerstand leistete. Doch als er ging, wusste ich, dass er wiederkommen würde.«

Frau Lu gewann etwas von ihrer früheren Lebhaftigkeit zurück, als sie fortfuhr:

»Und er kam wieder! Ich hatte gewonnen. Dieser Mann war eine brennende Flamme, er liebte und hasste mich zur gleichen Zeit, er hasste sich selbst, weil er mich liebte, dennoch liebte er mich! Es waren die Wurzeln des Lebens selbst, die uns aneinander banden ...«

Sie hielt inne und senkte den Kopf. Als sie fortfuhr, klang ihre Stimme wieder müde:

»Dann spürte ich, dass ich ihn wieder verlor. Er warf mir vor, seine Kräfte auszusaugen, seine Disziplin zu stören. Er sagte, dass ich ihn aufgeben müsse ... Ich war verzweifelt, ich konnte ohne diesen Mann nicht leben, ohne ihn hatte ich das Gefühl, dass meine Lebenskräfte versiegten ... Ich drohte ihm, wenn er mich verließe, würde ich ihn umbringen, so wie ich meinen Mann umgebracht hätte.«

Sie schüttelte traurig den Kopf und fuhr fort: »Das hätte ich nicht sagen sollen. Sein Blick verriet es mir. Es war alles aus. Da wurde mir klar, dass ich ihn töten musste. Ich tat das Gift in eine getrocknete Jasminblüte und ging als Tatar verkleidet ins Badehaus. Ich sagte, ich sei gekommen, um mich zu entschuldigen, ich wolle mich im Guten von ihm trennen. Er war kühl und höflich. Als er mit keinem Wort erwähnte, dass er mein Geheimnis bewahren würde, ließ ich die Blüte in seine Teetasse fallen. Als das Gift zu wirken begann, warf er mir einen furchtbaren Blick zu. Er öffnete den Mund, aber er konnte nicht sprechen. Ich wusste jedoch, dass er mich verflucht hatte und dass ich verloren war ... Himmel, er war der einzige Mann, den ich jemals geliebt habe ... und ich musste ihn töten.«

Plötzlich hob sie ihren Kopf. Dem Richter in die Augen blickend, sagte sie:

»Nun bin ich tot. Mit meinem Körper können Sie tun, was Ihnen beliebt!«

Richter Di sah mit Entsetzen die plötzliche Veränderung, die mit ihr vorgegangen war. Tiefe Linien waren auf ihrem glatten Gesicht erschienen, die Augen waren trübe geworden, sie war um zehn Jahre gealtert. Jetzt, da ihr unbeugsamer, leidenschaftlicher Geist sie verlassen hatte, war in der Tat nur noch eine leere Hülle übrig.

»Lesen Sie das Geständnis vor!«, befahl er dem Schreiber.

Totenstille herrschte im Saal, während der Schreiber seine Aufzeichnungen verlas.

»Bestätigen Sie, dass dies Ihr wahres Geständnis ist?«, fragte der Richter.

Frau Lu nickte. Der Oberkonstabler legte ihr das Dokument vor, und sie setzte ihren Daumenabdruck darunter.

Richter Di schloss die Sitzung.

Vierundzwanzigstes Kapitel

Der Richter unternimmt einen heimlichen Ausflug; er besucht ein zweites Mal den Medizinhügel.

Richter Di verließ den Gerichtssaal, gefolgt von seinen drei Mitarbeitern. Ein paar schüchterne Hochrufe ertönten aus der Menge. Im Flur schlug Ma Jung Tschiao Tai auf die Schulter. Sie konnten ihre Begeisterung kaum zügeln. Selbst Tao Gan kicherte vergnügt, als sie Richter Dis privates Büro betraten.

Aber als der Richter sich zu ihnen umwandte, bemerkten sie zu ihrem größten Befremden, dass sein Gesicht so kalt und ausdruckslos wie während der Sitzung war.

»Es war ein langer Tag«, sagte er leise. »Tschiao Tai und Tao Gan, ihr ruht euch am besten ein wenig aus. Was dich betrifft, Ma Jung, so bedaure ich, dass ich dich noch nicht gehen lassen kann.«

Nachdem Tschiao Tai und Tao Gan mit Mienen blanken Erstaunens das Zimmer verlassen hatten, nahm Richter Di seinen Brief an den Präfekten vom Schreibtisch. Er zerriss ihn und warf die Schnipsel auf die glühenden Kohlen des Heizbeckens. Schweigend sah er zu, wie sie sich in Asche verwandelten. Dann sagte er zu Ma Jung:

»Geh und zieh dir deine Jagdkleider an, Ma Jung. Und lass zwei Pferde im Hof bereitstellen.«

Ma Jung war wie vom Donner gerührt. Er dachte daran, nach einer Erklärung zu fragen, doch als er Richter Dis Gesicht sah, ging er schweigend hinaus.

Im Hof schneite es in großen Flocken. Richter Di blickte zu dem bleiernen Himmel empor.

»Wir müssen uns beeilen«, sagte er zu Ma Jung. »Bei diesem Wetter wird es bald dunkel.«

Er zog sein Halstuch über die untere Gesichtshälfte und schwang sich auf sein Pferd. Sie verließen das Gericht durch ein Seitentor.

Als sie durch die Hauptstraße ritten, sahen sie, dass sich trotz Schnee und eisigem Wind viele Menschen an den Straßenständen drängten. Dicht beieinander stehend, diskutierten sie unter den provisorischen Dächern aus Öltuch die sensationelle Gerichtssitzung. Den beiden Reitern, die vorbeikamen, schenkten sie keine Aufmerksamkeit.

Am nördlichen Stadttor angekommen, blies dem Richter und Ma Jung der kalte Wind aus der Ebene voll ins Gesicht. Richter Di klopfte mit seinem Peitschengriff an die Tür des Wachhauses. Als ein Soldat erschien, befahl er ihm, Ma Jung eine Sturmlaterne aus dickem Ölpapier zu geben.

Hinter der Stadt ritt der Richter in westlicher Richtung. Die Dämmerung brach nun herein, aber es schien nicht mehr so stark zu schneien.

»Ist es weit, Euer Ehren?«, fragte Ma Jung besorgt. »Bei diesem Wetter kann man sich in den Hügeln leicht verirren!«

»Ich kenne den Weg«, antwortete Richter Di kurz, »wir sind gleich da.« Er nahm den Weg, der zum Friedhof führte.

Als sie den Friedhof erreicht hatten, ließ der Richter sein Pferd im Schritt gehen, während er aufmerksam die Grabhügel musterte. Er ritt an Lu Mings offenem Grab vorbei und weiter zur entferntesten Ecke des Friedhofs. Dort stieg Richter Di ab. Er wanderte, vor sich hin murmelnd, zwischen den Grabhügeln umher, dicht gefolgt von Ma Jung.

Plötzlich blieb der Richter stehen. Mit seinem Ärmel wischte er den Schnee von einem Stein, der eine hohe Grabstätte verschloss. Als er den in die Platte gemeißelten Namen Wang erblickte, sagte er zu Ma Jung:

»Hier ist es. Hilf mir, das Grab zu öffnen, du findest zwei kurze Spaten in meiner Satteltasche.«

Richter Di und Ma Jung schaufelten den Schnee und die Erde fort, die sich am Fuße der Steinplatte angesammelt hatten, und begannen dann, diese zu lockern. Es war eine mühselige Arbeit, und als sie die Platte schließlich nach vorn kippen konnten, war es dunkel geworden. Dichte Wolken verbargen den Mond.

Der Richter schwitzte trotz der Kälte. Er ließ sich von Ma Jung die brennende Laterne geben, bückte sich und betrat die Gruft.

Die muffige Luft stand seltsam still. Als Richter Di die Laterne hochhielt, sah er, dass sich drei Särge in dem Gewölbe befanden. Er untersuchte ihre Inschriften, dann ging er an das Ende des Sargs, der auf der rechten Seite stand. »Halte die Laterne!«, befahl er Ma Jung, unwillkürlich die Stimme senkend.

Ma Jung betrachtete sorgenvoll das Gesicht des Richters, das im flackernden Licht der Laterne eingefallen wirkte. Er sah ihn einen Meißel aus dem Ärmel nehmen. Den Spaten als Hammer benutzend, begann er den Deckel aufzustemmen. Dumpf hallten die Schläge in dem Gewölbe wider.

»Fang auf der anderen Seite an!«, zischte der Richter.

Wirre Gedanken jagten Ma Jung durch den Kopf, während er die Laterne auf den Boden stellte und seinen Spaten an dem Spalt ansetzte. Sie entweihten ein Grab. In diesem engen Raum erschien die Luft beinahe warm, doch Ma Jung fröstelte heftig.

Er hätte nicht sagen können, wie lange sie an dem Sarg arbeiteten. Aber sein Rücken schmerzte, als sie endlich den Deckel gelockert hatten. Sie stellten fest, dass sie ihn mit den Spaten hochheben konnten.

»Lass ihn auf der rechten Seite herunterfallen!«, keuchte Richter Di.

Sie gaben dem Deckel einen Stoß, und er fiel krachend zu Boden.

Der Richter bedeckte Mund und Nase mit seinem Halstuch, und Ma Jung folgte hastig seinem Beispiel.

Richter Di hob die Laterne über den offenen Sarg. Darinnen lag ein Skelett, dessen Knochen hier und da noch von den Resten des vermoderten Leichentuchs bedeckt waren.

Ma Jung schrak zurück. Der Richter gab ihm die Laterne, beugte sich dann über den Sarg und befühlte vorsichtig den Schädel. Als er merkte, dass er lose war, nahm er ihn aus dem Sarg und untersuchte ihn eingehend. Ma Jung hatte in dem unsteten Licht der Laterne den Eindruck, dass die leeren Augenhöhlen des Schädels boshaft Richter Dis nahes Gesicht anschielten.

Plötzlich schüttelte der Richter den Schädel. Ein metallisches Rasseln ertönte. Richter Di inspizierte aufmerksam das Schädeldach und betastete es mit seiner Fingerspitze. Dann legte er den Schädel vorsichtig wieder in den Sarg. Heiser sagte er:

»Das ist alles. Gehen wir wieder zurück.«

Als sie aus dem Gewölbe krochen, sahen sie, dass die Wolken verschwunden waren, der Vollmond stand am Himmel und warf seine silbernen Strahlen auf den verlassenen Friedhof.

Richter Di löschte die Laterne.

»Lass uns die Steinplatte wieder an ihren Ort rücken!«, sagte er.

Sie brauchten lange, um den Stein in seine ursprüngliche Position zu bringen. Richter Di schaufelte die Erde und den Schnee wieder an den Fuß der Platte und bestieg dann sein Pferd.

Als sie auf das Friedhofstor zuritten, konnte Ma Jung seine Neugier nicht länger bezähmen.

»Wer war dort begraben, Euer Ehren?«, fragte er.

»Morgen wirst du es erfahren«, erwiderte Richter Di. »In der Morgensitzung werde ich eine weitere Mordanklage erheben.«

Vor dem nördlichen Stadttor angekommen, hielt der Richter sein Pferd an. Er sagte:

»Die Nacht ist so schön nach dem Schneesturm. Du kannst zum Gericht zurückkehren. Ich werde einen Ritt durch die Hügel unternehmen, um Klarheit in meine Gedanken zu bringen.«

Bevor Ma Jung etwas sagen konnte, hatte der Richter kehrtgemacht und ritt davon.

Er lenkte sein Pferd nach Osten. Als er den Fuß des Medizinhügels erreicht hatte, hielt er an. Er beugte sich über den Sattel und betrachtete prüfend den Schnee. Dann saß er ab, befestigte die Zügel an dem Baumstumpf und begann den Aufstieg.

Eine schmächtige Gestalt in einem grauen Pelzumhang stand in der Nähe der Balustrade auf der Spitze der Klippe und sah auf die weiße Ebene hinaus, die sich unten ausbreitete.

Als sie das Geräusch von Richter Dis Stiefeln im Schnee vernahm, drehte sie sich langsam um.

»Ich wusste, dass Sie hierherkommen würden«, sagte sie ruhig. »Ich habe Sie erwartet.«

Als der Richter schweigend vor ihr stehen blieb, fuhr sie rasch fort:

»Sehen Sie nur, Ihre Kleider sind ganz schmutzig, und Ihre Stiefel sind voller Lehm! Waren Sie dort?«

»Ja«, antwortete Richter Di langsam, »ich war dort, zusammen mit Ma Jung. Dieser alte Mord muss vom Gericht untersucht werden.«

Ihre Augen weiteten sich. Der Richter sah an ihr vorbei, verzweifelt nach Worten suchend.

Sie zog den Umhang enger um sich.

»Ich wusste, dass dies geschehen würde«, sagte sie mit tonloser Stimme. »Und dennoch ...« Sie hielt inne, dann fuhr sie unglücklich fort: »Sie wissen nicht, was ...«

»Doch, ich weiß!«, unterbrach sie der Richter heftig. »Ich weiß, was Sie vor fünf Jahren zu Ihrem Handeln veranlasste, und ich weiß, dass Sie ... Ich weiß, was Sie veranlasste, es mir zu erzählen.«

Sie senkte ihren Kopf und schluchzte leise.

»Die Ordnung muss wiederhergestellt werden«, fuhr der Richter

Eine letzte Begegnung auf dem Medizinhügel

mit gebrochener Stimme fort, »selbst ... wenn wir dadurch vernichtet werden. Glauben Sie mir, es ist stärker als ich. Die kommenden Tage werden die Hölle sein für Sie ... und für mich. Ich wünschte beim Himmel, ich könnte anders handeln. Aber ich kann es nicht ... Und Sie waren es, die mich rettete! Vergeben Sie mir ... bitte!«

»Sagen Sie nicht so etwas!«, schluchzte sie auf. Dann fügte sie, durch ihre Tränen hindurch lächelnd, sanft hinzu: »Ich wusste natürlich, was Sie tun würden, sonst hätte ich es Ihnen nicht erzählt. Ich würde Sie mir niemals anders wünschen, als Sie sind.«

Der Richter wollte sprechen, aber die Gemütsbewegung erstickte seine Stimme. Er warf ihr einen verzweifelten Blick zu.

Sie wandte die Augen ab.

»Sprechen Sie nicht!«, keuchte sie. »Und schauen Sie mich nicht an. Ich ertrage es nicht zu sehen ...«

Sie begrub das Gesicht in ihren Händen. Der Richter stand bewegungslos da. Er fühlte sich, als zerschnitte ein kaltes Schwert sein Herz.

Plötzlich blickte sie auf. Der Richter wollte etwas sagen, aber sie legte rasch ihren Finger auf die Lippen.

»Nicht!«, sagte sie. Dann fügte sie mit einem bebenden Lächeln hinzu: »Seien Sie jetzt ganz still! Erinnern Sie sich an die Blüten, die in den Schnee fallen? Wenn wir aufmerksam lauschen, können wir das Geräusch hören ...«

Sie deutete fröhlich auf den Baum hinter ihm und fuhr rasch fort: »Schauen Sie nur, die Blüten haben sich heute geöffnet! Bitte, schauen Sie!«

Der Richter drehte sich um. Als er den Kopf hob, verschlug ihm die Schönheit dessen, was er sah, den Atem. Der Baum hob sich klar vom mondhellen Himmel ab, die kleinen roten Blüten glichen funkelnden roten Juwelen, die die silbernen Zweige bedeckten. Ein schwacher Windhauch bewegte die kalte Luft. Einige Blüten lösten sich und schwebten langsam auf den Schnee herab.

Plötzlich vernahm er hinter sich das Geräusch splitternden Holzes. Er wirbelte herum und sah den durchbrochenen Zaun. Er war allein auf der Klippe.

Fünfundzwanzigstes Kapitel

Der Leichenbeschauer gesteht ein schweres Verbrechen; zwei hohe kaiserliche Beamte aus der Hauptstadt treffen ein.

Nach einer qualvollen Nacht wachte der Richter am nächsten Morgen spät auf. Der Gerichtsdiener, der ihm seinen Frühstückstee brachte, sagte traurig:

»Die Frau unseres Leichenbeschauers hatte einen Unfall, Euer Ehren! In der vergangenen Nacht ging sie wie gewöhnlich zum Medizinhügel, um Kräuter zu sammeln. Sie muss sich über die Balustrade gebeugt haben, und diese gab nach. Im Morgengrauen fand ein Jäger ihre Leiche am Fuß der Klippe!«

Der Richter brachte sein Bedauern zum Ausdruck, dann befahl er ihm, Ma Jung zu rufen. Als sie allein waren, sprach der Richter ernst zu ihm:

»Gestern Abend habe ich einen Fehler gemacht, Ma Jung. Du darfst niemandem etwas von unserem Besuch auf dem Friedhof erzählen. Vergiss es!«

Ma Jung nickte. Er sagte ruhig:

»Für geistige Arbeit bin ich nicht besonders gut zu gebrauchen, Euer Ehren, aber eins kann ich, Befehlen gehorchen. Wenn Euer Ehren sagen ›Vergiss es‹, dann vergesse ich es!«

Richter Di warf ihm einen wohlwollenden Blick zu.

Es klopfte an der Tür, und Kuo kam herein. Der Richter erhob sich rasch und ging ihm entgegen. Er brachte höflich sein Beileid zum Ausdruck.

Kuo sah mit großen traurigen Augen zu ihm auf.

»Es war kein Unfall, Euer Ehren«, sagte er ruhig. »Meine Frau kannte den Ort in- und auswendig, und der Zaun war ziemlich stabil. Ich weiß, dass sie sich umgebracht hat.«

Als Richter Di seine Augenbrauen hob, fuhr Kuo mit der gleichen ruhigen Stimme fort:

»Ich gestehe, mich eines schweren Verbrechens schuldig gemacht zu haben, Euer Ehren. Als ich meine Frau bat, mich zu heiraten, warnte sie mich, dass sie ihren Mann getötet habe. Ich sagte, das sei mir einerlei, weil ich gewusst hätte, dass ihr Mann ein brutaler Rohling gewesen war, dem es Vergnügen bereitete, Menschen und Tiere zu quälen. Ich bin der Meinung, dass solche Personen vernichtet werden sollten, obwohl mir persönlich der Mut fehlt, es zu tun. Ich bin kein Mann von großen Taten, Euer Ehren.«

Er hob seine Hände zu einer mutlosen Geste. Dann fuhr er fort:

»Ich habe sie damals nicht nach Einzelheiten gefragt, und das Thema wurde nie wieder zwischen uns erwähnt. Aber ich wusste, dass sie von Zweifeln zerrissen war und oft darüber nachdachte. Ich hätte natürlich in sie dringen sollen, das Verbrechen zu melden, doch ich bin ein selbstsüchtiger Mann, Euer Ehren. Ich konnte den Gedanken, sie zu verlieren, nicht ertragen ...«

Er starrte mit zuckendem Mund auf den Boden.

»Warum sprechen Sie dann jetzt darüber?«, fragte Richter Di.

Kuo sah hoch.

»Weil ich weiß, dass es ihr Wunsch ist, Euer Ehren«, antwortete er ruhig. »Ich weiß, dass der Prozess gegen Frau Lu sie tief beeindruckte; sie glaubte, ihr Verbrechen sühnen zu müssen, indem sie sich umbrachte. Sie war eine Frau von größter Aufrichtigkeit, und ich weiß, dass sie ihr Verbrechen offiziell gemeldet haben möchte, damit sie unbelastet ins Jenseits eingehen kann. Deshalb bin ich nun hier und auch, um meine Komplizenschaft nach der Tat zu gestehen.«

»Ist Ihnen klar, dass Sie sich eines Kapitalverbrechens schuldig gemacht haben?«, fragte der Richter.

»Natürlich!«, erwiderte Kuo überrascht. »Meine Frau wusste, dass es mir nichts ausmachen würde, nach ihrem Tod ebenfalls zu sterben.«

Richter Di strich sich schweigend über den Bart. Er war zutiefst beschämt von dieser beispiellosen Ergebenheit. Nach einer Weile sagte er:

»Ich kann gegen Ihre Frau keine nachträgliche Anklage erheben, Kuo. Sie hat Ihnen nie erzählt, wie sie ihren Mann umbrachte, und auf bloßes Hörensagen hin kann ich kein Grab für eine Autopsie öffnen. Außerdem glaube ich, dass sie eine schriftliche Selbstanklage hinterlassen hätte, wenn sie wirklich wollte, dass das von ihr behauptete Verbrechen gemeldet würde.«

»Das ist wahr!«, sagte Kuo nachdenklich. »Daran habe ich nicht gedacht! Ich bin so verwirrt ...« Dann fügte er leise hinzu, als spräche er zu sich selbst: »Es wird einsam sein ...«

Richter Di verließ seinen Stuhl und ging zu ihm hinüber. Er fragte: »Ist die kleine Tochter von Frau Lu nicht in Ihrem Haus?«

»Ja«, sagte Kuo mit einem zögernden Lächeln. »Sie ist ein niedliches kleines Ding! Meine Frau hatte sie sehr lieb gewonnen.«

»Dann ist Ihre Aufgabe klar, Kuo!«, entgegnete der Richter bestimmt. »Sobald der Fall gegen Frau Lu abgeschlossen ist, werden Sie das Mädchen als Ihre Tochter adoptieren!«

Kuo sah den Richter dankbar an. Reumütig sagte er:

»Ich war so durcheinander, dass ich mich bei der Autopsie nicht einmal für mein Versagen entschuldigt habe, den Nagel zu entdecken, Euer Ehren! Ich hoffe ...«

»Vergessen wir das Vergangene!«, unterbrach Richter Di ihn rasch.

Kuo kniete nieder und berührte dreimal mit seiner Stirn den Boden. Nachdem er sich wieder erhoben hatte, sagte er nur:

»Ich danke Ihnen.« Sich zum Gehen wendend, fügte er hinzu: »Euer Ehren sind ein großer und guter Mann!«

Als Kuo langsam zur Tür schlurfte, fühlte der Richter sich, als sei ihm mit einer schweren Peitsche ins Gesicht geschlagen worden.

Er schwankte zum Schreibtisch zurück und ließ sich in seinen Stuhl fallen. Plötzlich dachte er an das, was Kuo über die Zweifel seiner Frau gesagt hatte. ›Die Freude schwindet, nur Reue und Kummer bleiben allein‹ – sie hatte wirklich das ganze Gedicht gekannt. ›Oh, könnte in neuer Liebe ...‹ Sein Kopf sank auf den Tisch.

Nachdem er lange so dagesessen hatte, richtete er sich auf. Eine längst vergessene Unterhaltung mit seinem Vater kam ihm wieder in den Sinn. Vor dreißig Jahren, als er soeben sein erstes literarisches Examen bestanden hatte, hatte er seinem Vater voller Eifer von seinen großen Plänen für die Zukunft erzählt.

»Ich hoffe, du wirst es weit bringen, Jen-dsiä«, hatte sein Vater gesagt, »aber sei darauf vorbereitet, dass du auf dem Weg viel leiden wirst! Und du wirst es sehr einsam finden an der Spitze.« Er hatte zuversichtlich geantwortet: »Leiden und Einsamkeit machen einen Mann stark!« Er hatte das traurige Lächeln seines Vaters nicht verstanden. Doch nun begriff er es.

Der Gerichtsdiener trat mit einer Kanne voll heißem Tee ein, und der Richter trank langsam eine Tasse. Plötzlich dachte er erstaunt: ›Wie seltsam, dass das Leben weitergeht, als ob nichts geschehen wäre! Hung ist gestorben, eine Frau und ein Mann haben mich tief beschämt, und ich sitze hier und trinke meinen Tee. Das Leben geht weiter, aber ich habe mich verändert. Es geht weiter, aber ich möchte nicht länger daran teilhaben.‹

Er fühlte sich schrecklich müde. Frieden, dachte er, ein zurückgezogenes Leben. Doch dann wusste er, dass das für ihn nicht infrage kam. Ein zurückgezogenes Leben war etwas für Männer ohne Verpflichtungen, er hatte zu viele davon. Er hatte geschworen, dem Staat und dem Volk zu dienen, er hatte geheiratet und Kinder gezeugt. Er brachte es nicht fertig, ein Drückeberger zu sein, der wie ein Feigling vor seinen Pflichten davonlief. Er würde weitermachen.

Nachdem er zu diesem Entschluss gekommen war, blieb der Richter tief in Gedanken versunken, bis plötzlich die Tür aufflog und seine drei Mitarbeiter hereingestürzt kamen.

»Euer Ehren!«, rief Tschiao Tai aufgeregt, »zwei hohe Beamte aus der Hauptstadt sind eingetroffen! Sie sind die ganze Nacht hindurch gereist!«

Richter Di sah sie erstaunt an. Er befahl ihnen, den hohen Besuchern in der Empfangshalle Erfrischungen zu reichen, er würde erscheinen, sobald er sein Zeremonialgewand angelegt hätte.

Als er die Empfangshalle betrat, sah der Richter zwei Männer in Gewändern aus leuchtendem Brokat. An den Insignien auf ihren Kappen erkannte er, dass es hohe Ermittlungsbeamte des hauptstädtischen Gerichts waren. Verzagt kniete er nieder. Es musste sich um eine schwerwiegende Angelegenheit handeln.

Der ältere Mann trat rasch zu ihm und richtete ihn auf. Ehrerbietig sagte er:

»Euer Exzellenz sollen nicht vor seinen Dienern knien!«

Sprachlos ließ sich der Richter zum Ehrenplatz führen.

Der ältere Beamte ging zu dem hohen Altartisch an der Rückwand und hob behutsam eine gelbe Dokumentenrolle auf, die dort niedergelegt worden war. Sie ehrfürchtig in beiden Händen haltend, sagte er:

»Wenn Euer Exzellenz nun die Erhabenen Worte lesen wollen!«

Richter Di erhob sich und nahm mit einer Verbeugung die Dokumentenrolle entgegen. Er entfaltete sie langsam und gab acht, dass das kaiserliche Siegel, das er ganz oben erblickte, sich über seiner Augenhöhe befand.

Es war ein kaiserlicher Erlass, der in der üblichen förmlichen Weise feststellte, dass Di Jen-dsiä aus Tai-yuan in Anerkennung seiner zwölfjährigen verdienstvollen Tätigkeit zum Präsidenten des hauptstädtischen Gerichts ernannt worden war. Der Erlass trug die Bestätigung des Kaisers, geschrieben mit dem Zinnoberpinsel.

Richter Di rollte den Erlass zusammen und legte ihn auf den Altartisch zurück. Dann streckte er sich in Richtung Hauptstadt auf den Steinfliesen aus und berührte mit der Stirn neunmal den Boden, um seine Dankbarkeit für diese kaiserliche Gunst zum Ausdruck zu bringen.

Als er sich erhob, verneigten sich die beiden Beamten tief vor ihm.

»Diese beiden Personen«, sagte der Ältere ehrerbietig, »sind zu Euer Exzellenz Assistenten ernannt worden. Wir haben uns die Freiheit genommen, dem rangältesten Schreiber Kopien des Erhabenen Erlasses zu übergeben, damit sie in der ganzen Stadt angeschlagen werden und die Bevölkerung sich über die ihrem Bezirksvorsteher zuteil gewordene Ehre freuen kann. Früh am nächsten Morgen werden wir Euer Exzellenz in die Hauptstadt begleiten. Es ist der Wille des Erhabenen, dass Euer Exzellenz so rasch wie möglich seinen Dienst dort antreten.«

»Euer Exzellenz Nachfolger«, fügte der jüngere Mann hinzu, »ist bereits ernannt worden und wird heute Abend hier erwartet.«

Richter Di nickte.

»Sie können sich nun zurückziehen«, sagte er. »Ich werde mich in mein Büro begeben, um die Akten für meinen Nachfolger zu ordnen.«

»Es ist uns eine Ehre, Euer Exzellenz dabei behilflich zu sein«, entgegnete der ältere Mann unterwürfig.

Auf dem Weg in die Kanzlei vernahm der Richter in der Ferne das Geräusch von Feuerwerk. Die Bürger von Pei-tscho hatten begonnen, den Erfolg ihres Bezirksvorstehers zu feiern.

Der rangälteste Schreiber kam ihnen entgegen. Er verkündete, dass das Personal im Gerichtssaal warte, um Seiner Exzellenz zu gratulieren.

Als er die erhöhte Plattform betrat, sah Richter Di, dass alle Schreiber, Gerichtsdiener und Wachen vor dem Richtertisch knieten, und seine drei Mitarbeiter hatten sich ihnen angeschlossen.

Flankiert von den beiden hauptstädtischen Beamten sprach der Richter ein paar passende Worte und dankte allen für ihre Mitarbeit während seiner Amtszeit. Er versprach, dass alle eine ihrem Rang und ihrer Position entsprechende Sonderprämie erhalten würden. Dann

Richter Di liest einen Kaiserlichen Erlass

sah er die drei Männer an, die ihm so treu gedient hatten und seine Freunde geworden waren. Er verkündete, dass Ma Jung und Tschiao Tai zu Befehlshabern des Rechten und des Linken Flügels der Hofwache ernannt würden und Tao Gan die Position eines Generalsekretärs erhielte.

Die Beifallsrufe des Personals vermischten sich mit den Hochrufen der Menge, die sich draußen auf der Straße versammelt hatte. »Lang lebe unser Bezirksvorsteher!«, riefen sie. Der Richter dachte bitter, welch eine Komödie das Leben doch war.

Als Richter Di in sein privates Büro zurückgekehrt war, eilten Ma Jung, Tschiao Tai und Tao Gan herbei, um ihm zu danken. Doch sie blieben unvermittelt stehen, als sie sahen, wie die beiden ehrwürdigen Beamten dem Richter halfen, sein Zeremonialgewand abzulegen.

Über ihre Köpfe hinweg lächelte der Richter seinen drei Männern freudlos zu. Sie zogen sich rasch zurück. Als sich die Tür hinter ihnen schloss, wurde ihm schmerzhaft bewusst, dass die alten Tage der ungezwungenen Kameradschaft vorbei waren.

Der ältere Beamte reichte dem Richter seine Lieblingspelzkappe. In Gerichtskreisen groß geworden, hatte er gelernt, seine Gefühle zu verbergen. Aber er konnte nicht umhin, eine Augenbraue zu heben, als er auf den alten, abgetragenen Pelz herabsah.

»Es ist eine seltene Ehre«, sagte der jüngere Beamte höflich, »unmittelbar in das Amt des Präsidenten berufen zu werden. In der Regel trifft der Erhabene seine Wahl unter den älteren Provinzgouverneuren. Und Euer Exzellenz sind vermutlich erst um die fünfundfünfzig Jahre alt!«

Richter Di dachte, dass der Mann kein besonders guter Beobachter war, er hätte erkennen können, dass er kaum sechsundvierzig war. Doch als er in den Spiegel an seiner Kappe blickte, sah er zu seinem großen Erstaunen, dass sich sein schwarzer Bart in den zurückliegenden Tagen grau gefärbt hatte.

Er ordnete die Akten auf dem Schreibtisch und gab den beiden Beamten gleichzeitig ein paar kurze Erläuterungen. Als er an die Akte mit dem Projekt für die Bauerndarlehen kam, an dem er gemeinsam mit Wachtmeister Hung so oft gearbeitet hatte, geriet er unwillkürlich ins Schwärmen. Die beiden Beamten hörten höflich zu, doch er erkannte bald, dass sie schlicht gelangweilt waren. Mit einem Seufzer schloss er die Akte. Er erinnerte sich an die Worte seines Vaters: ›Es ist sehr einsam – an der Spitze‹.

Die drei Mitarbeiter Richter Dis saßen im Wachhaus um das Holzfeuer herum, das in der Mitte des Steinfußbodens loderte. Sie hatten über Wachtmeister Hung gesprochen und sahen nun schweigend in die Flammen.

Da sagte Tao Gan plötzlich:

»Ich frage mich, ob ich die beiden Wichtigtuer aus der Hauptstadt heute Abend wohl für ein freundschaftliches kleines Würfelspiel interessieren könnte!«

Ma Jung blickte auf.

»Keine Würfel mehr für dich, Herr Sekretär!«, knurrte er. »Du wirst jetzt lernen müssen, dich deinem hohen Rang gemäß zu verhalten! Und der Himmel sei gelobt, dass mir nun der Anblick deines grässlichen schmierigen Kaftans erspart bleibt!«

»Wenn wir in der Hauptstadt sind, lasse ich ihn wenden!«, parierte Tao Gan ruhig. »Und für dich keine ordinären Faustkämpfe mehr, Ma Jung! Wird es nicht ohnehin langsam Zeit, dass du die grobe Arbeit den Jüngeren überlässt, Bruder? Ich sehe graue Haare auf deinem Kopf, mein Freund!«

Ma Jung befühlte seine Knie mit den großen Händen.

»Tja«, sagte er wehmütig, »ich gebe zu, dass meine Glieder hin und wieder ein bisschen steif werden.« Plötzlich erhellte ein breites Grinsen sein Gesicht. »Aber, Bruder, vornehme Burschen wie wir können sich in der Hauptstadt die besten Weibsbilder aussuchen!«

»Vergiss die Konkurrenz der jungen Stutzer in der Hauptstadt nicht!«, bemerkte Tao Gan trocken.

Ma Jung machte ein langes Gesicht. Nachdenklich kratzte er sich am Kopf.

»Halt die Klappe, alter Miesmacher!«, schnauzte Tschiao Tai Tao Gan an. »Zugegeben, wir werden etwas älter und freuen uns manchmal sogar, wenn wir eine geruhsame Nacht allein verbringen dürfen. Aber, Brüder, es gibt etwas, das uns nie im Stich lassen wird!«

Er hob die Hand, als ob sie einen Becher hielte.

»Die goldene Flüssigkeit!«, rief Ma Jung, indem er aufsprang. »Kommt mit, Brüder, wir gehen ins beste Lokal in der Stadt!«

Sie nahmen Tao Gan in ihre Mitte und marschierten mit ihm zum Haupttor.

Nachwort

Der Fall der kopflosen Leiche beruht auf der Schilderung eines Verbrechens in einem chinesischen Handbuch aus dem dreizehnten Jahrhundert, das ich unter dem Titel ›T'ang-yin-pi-shih, Parallel Cases from under the Peartree, a thirteenth-century manual of jurisprudence and detection‹ (Sinica Leidensia Series, Band X, E. J. Brill, Leiden 1956) ins Englische übersetzt habe. In Fall 64 in diesem Handbuch heißt es, dass im Jahre 950 n. Chr. ein Kaufmann bei seiner Rückkehr von einer Reise die kopflose Leiche seiner Frau fand; die Familie seiner Frau beschuldigte ihn, sie ermordet zu haben, und er legte ein falsches Geständnis unter der Folter ab. Ein kluger Beamter hatte Zweifel und begann, sich bei allen Leichenbestattern des Bezirks nach ungewöhnlichen Begräbnissen zu erkundigen. Einer von ihnen berichtete, dass er für einen reichen Mann eine tote Magd begraben hätte, wobei ihm aber aufgefallen sei, dass der Sarg außerordentlich leicht war. Der Beamte ließ ihn öffnen, und es zeigte sich, dass er nur einen abgetrennten Kopf enthielt. Dann stellte sich heraus, dass der reiche Mann die Magd getötet, den kopflosen Leichnam in das Haus des abwesenden Kaufmanns gebracht und dessen Frau zu seiner heimlichen Geliebten gemacht hatte. Diese magere Geschichte überlässt vieles der Phantasie und enthält mehrere unwahrscheinliche Momente wie zum Beispiel, dass der Kaufmann nicht erkannte, dass es sich bei der Toten nicht um die Leiche seiner Frau handelte; diese Unstimmigkeiten habe ich bei der Ausarbeitung des Motivs für den vorliegenden Roman zu beseitigen versucht.

Der Nagelmord ist eines der berühmtesten Motive in der chinesischen Kriminalliteratur. Die älteste Quelle findet sich in dem oben genannten Handbuch *T'ang-yin-pi-shih* in Fall 16, wo die Lösung Yen Tsun, einem klugen Richter, der zu Beginn unserer Zeitrechnung lebte, zugeschrieben wird. Der entscheidende Punkt in diesen Geschichten ist immer derselbe: Der Richter steht vor einem Rätsel, da es zwar starke Verdachtsmomente gegen die Ehefrau gibt, die Leiche ihres Mannes aber keinerlei Zeichen von Gewaltanwendung aufweist. Die

Entdeckung des Nagels am Ende wird auf verschiedene Weise ausgearbeitet. In der ältesten Version fand Yen Tsun ihn, weil sich ein Fliegenschwarm an einer Stelle auf dem Schädel des Mannes sammelte. Die letzte mir bekannte Version ist in dem chinesischen Detektivroman *Wu-tse-t'ien-szu-ta-ch'i-an* aus dem achtzehnten Jahrhundert enthalten, den ich in englischer Übersetzung unter dem Titel ›Dee Goong An‹ (Tokio 1949) veröffentlichte; dort entlockt der Richter der schuldigen Witwe schließlich ein Geständnis, indem er im Gericht eine Szene aufführen lässt, die die Frau glauben macht, dass sie vor dem Richter des Jenseits erscheint. Da diese Lösung beim westlichen Leser keinen Anklang gefunden hätte, verwendete ich für den vorliegenden Roman eine ganz andere Version, die G. C. Stent 1881 unter dem Titel ›The Double Nail Murders‹ in Band X der *China Review* kurz erwähnt. Als der Leichenbeschauer keine Spur von Gewaltanwendung am Opfer entdecken kann, schlägt ihm seine eigene Frau vor, nach einem Nagel zu suchen. Nachdem der Richter die Frau des Ermordeten aufgrund dieses Beweises verurteilt hat, lädt er auch die Frau des Leichenbeschauers vor, da ihm ihr Wissen um eine solch raffinierte Art des Mordes verdächtig erscheint. Es stellt sich heraus, dass der Leichenbeschauer ihr zweiter Mann ist. Der Leichnam ihres ersten Mannes wird exhumiert, und im Schädel findet sich ein Nagel. Beide Frauen werden hingerichtet.

In meinen früheren Richter-Di-Büchern erscheint der Bezirksvorsteher immer als der allmächtige, unfehlbare Richter, der stets die Verbrecher, die ihm vorgeführt werden, besiegt. In diesem Roman nun habe ich versucht, die Kehrseite der Medaille zu zeigen und die schweren Risiken zu betonen, denen ein Bezirksvorsteher ausgesetzt war, wenn er einen Fehler beging. Es muss daran erinnert werden, dass die fast absolute Macht und die völlige Überlegenheit des Bezirksvorstehers gegenüber allen vor den Richtertisch gebrachten Personen nur ein geborgter Glanz waren, der nicht auf seinem persönlichen Rang, sondern allein auf dem Ansehen der Regierung beruhte, zu deren Vertreter er zeitweilig ernannt wurde. Das Gesetz war unantastbar, aber nicht der Richter, der ihm Geltung verschaffte; Bezirksvorsteher konnten keine Immunität oder irgendwelche Sonderprivilegien aufgrund ihres Amtes beanspruchen. Sie unterlagen dem jahrhundertealten chinesischen Rechtsprinzip des *fan-tso,* der »umgekehrten Bestrafung‹, dem zufolge die Person, die eine andere zu Unrecht anklagt, die gleiche Strafe erleiden soll, die dem fälschlich Angeklagten zugemessen worden wäre, wenn sich die Beschuldigung als wahr herausgestellt hätte. Für diesen Aspekt des Falles der Frau Lu benutzte ich einige der im *Dee Goong An* beschriebenen Details. Gleichzeitig bemühte ich mich, der nicht unbilligen(!) Forderung mancher Leser zu entsprechen, dass das schöne Geschlecht eine größere Rolle in Richter Dis Leben spielen sollte.

Zu meiner Geschichte mit Yü Kang und Fräulein Liao ist anzumerken, dass die Chinesen in Bezug auf die vorehelichen Geschlechtsbeziehungen eines Mannes zwar immer eine sehr tolerante Haltung eingenommen haben, seine zukünftige Frau aber streng tabu war. Der Grund ist vermutlich der, dass Beziehungen zu Kurtisanen und ungebundenen Frauen als Privatangelegenheit des Mannes angesehen wurden, die Hochzeit hingegen ein Ereignis darstellte, das die gesamte Familie betraf, einschließlich der Ahnen, denen dieser feierliche Akt in einer gebührenden Zeremonie mitgeteilt werden musste. Der Vollzug der Verbindung, bevor sie den Ahnen offiziell verkündet worden war, bedeutete für diese eine schwere Beleidigung und bewies einen kriminellen Mangel an Pietät. Und seit unvordenklichen Zeiten haben die Chinesen Pietätlosigkeit gegenüber den Eltern, ob tot oder lebendig, in die Rechtskategorie der *pu-tao,* der »pietätlosen Verbrechen«, eingeordnet, die die Todesstrafe in einer ihrer schwereren Formen nach sich ziehen.

Ahnenverehrung ist der Eckstein des religiösen Lebens in China. Jede Familie besaß ihren eigenen Hausschrein mit den Holztafeln, in denen die Geister der toten Familienmitglieder wohnten. Der Haushaltsvorstand teilte diesen Geistern wichtige Ereignisse im Familienleben mit, und in regelmäßigen Abständen wurden ihnen Nahrungsopfer dargebracht. Auf diese Weise fuhren die Toten fort, an den Aktivitäten der Lebenden teilzunehmen, überschritt die Einheit der Familie die Grenze zwischen Leben und Tod. Diese Tatsachen bilden den Hintergrund für das Kapitel 21 dieses Romans.

Die Ahnenverehrung liefert auch einen der Gründe dafür, warum die Entweihung eines Grabes gesetzlich ein Kapitalverbrechen darstellte. Das chinesische Strafgesetzbuch, das bis zur Gründung der Republik im Jahre 1911 in Kraft war, bestimmt in Abschnitt CCLXXVI: »Wer sich an der Totenstätte eines anderen zu schaffen macht und diese aufgräbt, so dass einer der darin befindlichen Särge freiliegt und sichtbar wird, soll mit hundert Schlägen und ständiger Verbannung an einen dreitausend Meilen entfernten Ort bestraft werden. Wer sich in der vorgenannten Weise strafbar gemacht hat und anschließend den Sarg öffnet und den Leichnam aufdeckt, soll nach der üblichen Haft mit dem Tod durch Erdrosseln bestraft werden« (siehe *Ta Tsing Leu Lee,* The Penal Code of China, übertragen aus dem Chinesischen von Sir George Thomas Staunton, London 1810).

Im Hinblick auf die Person des Boxmeisters Lan Tao-kuei ist anzumerken, dass das chinesische Boxen eine sehr alte Kunst ist, die eher darauf zielt, die eigene körperliche und geistige Gesundheit zu fördern, als einen Gegner zu überwältigen. Im siebzehnten Jahrhundert führten chinesische Flüchtlinge diese Kunst in Japan ein, wo sie sich zum berühmten *Judo* oder *Jiu-Jitsu* entwickelte. Was die Beziehung zwischen Meister Lan und Frau Lu betrifft, so möchte ich darauf hinweisen, dass es im alten China bestimmte Theorien gab, die, fragwürdig praktiziert, unserem mittelalterlichen Vampirismus glichen. Diejenigen, die sich dafür interessieren, finden nähere Einzelheiten in Dr. Joseph Needhams *Science and Civilisation in China* (Cambridge University Press, 1956), Band 2, Seite 146, wo auch auf meine eigene Veröffentlichung zu dem Thema hingewiesen wird.

Der Streit um die zerbrochenen Kuchen und seine Lösung, wie in Kapitel 14 dieses Romans geschildert, sind dem oben erwähnten *T'ang-yin-pi-shih,* Fall 35, entnommen. Dort wird die Lösung Sun Pao, einem scharfsinnigen Richter zu Beginn unserer Zeitrechnung, zugeschrieben.

Das Siebenbrett, im Chinesischen *Ch'i-chiao-pan* oder auch *Chih-hui-pan* genannt, ist eine alte chinesische Erfindung, die besonders während des sechzehnten und siebzehnten Jahrhunderts populär war. Später veröffentlichten einige weithin bekannte Gelehrte Bücher mit Figurenfolgen, die sich mit dem Siebenbrett herstellen lassen. Zu Beginn unseres Jahrhunderts fand es seinen Weg auch in westliche Länder und ist gelegentlich noch in Spielzeugläden erhältlich.

DIE ZEIT

KRIMI-ANALYSE

Roman und Realität

China anno 664

von Angela Köckritz

Richter Di ist ein Richter, wie wir ihn uns wünschen. Ein Adept der Gerechtigkeit, Schüler der Wahrheit, einer, der bereit ist, für seine Überzeugungen in den Tod zu gehen. Viele Jahrhunderte und noch mehr Kilometer trennen uns von Richter Di, das Recht seiner Zeit ist ein ganz anderes als das unsere, und doch erstaunt es, wie universal der Gedanke der Gerechtigkeit ist. Als schlafe der Dreiklang von Schuld, Sühne und Vergebung tief in unseren Genen.

Die Erzählung über Richter Di ist eine sehr chinesische (auch wenn sie von einem Niederländer erzählt wird), und doch sehnen sich Menschen überall und zu allen Zeiten nach einem wie ihm: dem idealen Richter, der uns, ganz egal, woher wir auch kommen, ob wir reich sind oder bettelarm, Gerechtigkeit schenkt.

Schade nur, dass längst nicht alle seiner Kollegen so sind wie Richter Di. Was aber passiert, wenn einen Richter nicht so sehr der »Leitstern der Gerechtigkeit« führt, sondern vielmehr das eigene Interesse? Wenn er sich weniger dem Gesetz verpflichtet fühlt als vielmehr seinen einflussreichen Freunden aus Politik und Wirtschaft? Was, wenn ein Richter amtsmüde ist? Überheblich oder nachlässig? Willkürlich und voller Vorurteile?

Es ist gefährlich, Gerechtigkeit in die Hände einer einzigen Person zu legen, sie deren mehr oder weniger ausgeprägter Integrität auszuliefern. Deshalb gibt es in demokratischen Gesellschaften eine Kontrolle der Rechtsprechung. Ein Angeklagter in Deutschland, der sich unrechtmäßig verurteilt sieht, kann in Berufung oder Revision gehen, kann etwa versuchen, das Bundesverfassungsgericht oder den Europäischen Gerichtshof für Menschenrechte anzurufen. Sollte er den Richter für befangen halten, könnte er sich an die Staatsanwaltschaft wenden. Immer wieder kommt es vor, dass Richter wegen Rechtsbeugung angezeigt werden, wenn auch die wenigsten deswegen verurteilt werden. Schließlich müsste ihnen nachgewiesen werden, dass sie vorsätzlich gehandelt haben.

Auch Richter Di kann nicht schalten und walten, wie es ihm beliebt, wenngleich er in Pei-tscho ein mächtiger Mann ist, Bezirksvorsteher, Staatsanwalt und Richter in Personalunion. Es gibt in Pei-tscho keine Gewaltenteilung von Exekutive und Judikative und damit keine unabhängige Justiz. Und doch hat Richter Dis Macht Grenzen, ist sein Glanz, wie Robert van Gulik in seinem Nachwort schreibt, »nur geborgt«. Er beruht nicht auf seiner persönlichen Macht, vielmehr wird diese ihm von der Regierung, deren Vertreter er ist, verliehen – und kann ihm jederzeit wieder entzogen werden. Richter Di genießt keine Immunität. Begeht er einen Fehler, so trifft ihn nach dem Rechtsprinzip des »fan-tso« die gleiche Strafe, die der Person zugekommen wäre, die er unrechtmäßig beschuldigt hat. Wäre es Richter Di nicht gelungen, Frau Lu des Mords an ihrem Gatten zu überführen, hätte er zudem unrechtmäßig ein Grab öffnen lassen und sich damit eines großen juristischen und moralischen Frevels schuldig gemacht.

In der Annahme, dies sei der Fall, fordert das Volk dann auch tatsächlich seinen Tod. »Tötet den Beamtenhund!«, schreit die aufgebrachte Menge. Später beschimpfen ihn die Menschen, einer wagt es gar, einen Stein nach ihm zu werfen. Der Oberbefehlshaber der Streitkräfte erfährt von der Unruhe des Volkes. Er befürchtet einen Aufstand und bezweifelt Dis Fähigkeit, Pei-tscho zu verwalten. Es scheint ganz so, als habe Richter Di sein Mandat verwirkt. Interessanterweise hätte dieses Schicksal sogar Richter Dis obersten Befehlshaber ereilen können: den Kaiser selbst. China war jahrtausendelang ein Kaiserreich, und seine Philosophen standen nicht im Verdacht, die Volksherrschaft zu predigen. Konfuzius und viele derer, die nach ihm kamen, lehrten die Kunst der Unterordnung, der »sozialen Harmonie«. Der Kaiser galt als Sohn des Himmels, als Vertreter der Götter auf Erden, und war demnach eigentlich unfehlbar. Und doch rechtfertigte die chinesische politische Lehre unter bestimmten Umständen den Regierungswechsel. Häuften sich in der Amtszeit eines Kaisers Naturkatastrophen oder Unruhen, galt dies als Zeichen dafür, dass er das Mandat des Himmels verwirkt habe. Und das wiederum berechtigte das Volk zum Aufstand.

So schlüssig das Konzept des »fan-tso« auch ist, konnte es doch nicht verhindern, dass es auch im alten China Machtmissbrauch und richterliche Fehlentscheidungen gab. Diese waren umso wahrscheinlicher, je weiter entfernt ein Ort vom Zentrum lag. »Der Himmel ist hoch und der Kaiser weit weg«, dieses Sprichwort verwendet man in China noch heute. Aber es bleibt erstaunlich, wie fortschrittlich das chinesische Justizwesen jener Zeit war, vor allem wenn man es mit der damaligen europäischen Praxis vergleicht.

In China waren nämlich ausschließlich Mandarine mit Verwaltung und Rechtsprechung betraut, also sehr gebildete Menschen. Jeder junge Mann konnte sich an der Beamtenprüfung versuchen, wenn auch die meisten von ihnen aus besseren Familien kamen – schließlich musste man es sich leisten können, jahrelang für das Examen zu lernen. Doch auch einige Bauernjungen konnten diese Examina bestehen, meist mit der Unterstützung von reichen Mäzenen. Entscheidend für eine Beamten- und Richterlaufbahn waren damit nicht die Herkunft oder Geld allein, sondern Wissen und Intelligenz. In Europa war man von einer solchen »Herrschaft der Klugen« vielerorts weit entfernt.

Wie aber sieht es mit Chinas Justizwesen heute aus? Als Mao Tsetung 1949 die Macht ergriff, war es mit der »Herrschaft der Klugen« schlagartig vorbei. Zwar gab es schon keine gebildeten Mandarine mehr – die Prüfungen waren mit dem Ende der Qing-Dynastie 1911 abgeschafft worden –, doch den Kommunisten galten alle Arten von »Intellektuellen« als verachtenswertes Überbleibsel einer überkommenen Ordnung. Zudem verspürte Mao eine starke persönliche Abneigung gegen ihre Kaste, denn er hatte in jungen Jahren als Bibliothekar vom Land in Peking die Arroganz der dortigen Studenten zu spüren bekommen. Mao teilte das Volk in Klassenfreunde und Klassenfeinde, die Letzteren hatten alle Grundrechte verwirkt. Die Justiz wurde zum Mittel des Klassenkampfes. In Volkstribunalen wurde Großgrundbesitzern, Bürgerlichen, Querulanten und Pechvögeln kurzer Prozess gemacht. Zu Richtern schwangen sich jetzt diejenigen auf, die die Revolution nach oben gespült hatte. Wer brauchte schon juristisches Fachwissen, solange die Parteilinie stimmte? Vor allem während der Kulturrevolution von 1966 bis 1976 wurde der Klassenfeind – oder wen immer man dafür hielt – gedemütigt, geschunden oder umgebracht. Es war die Zeit der Roten Garden und der sogenannten »Barfußrichter«, Menschen, die mangelnde juristische Sachkenntnis durch revolutionären Eifer kompensierten. Schätzungen zufolge wurden zwischen 1949 und 1979 bis zu 50 Millionen Menschen als Konterrevolutionäre verurteilt, davon kamen vermutlich 10 bis 15 Millionen ums Leben.

Mit dem Ende der Kulturrevolution und dem Beginn von Deng Xiaopings Reformpolitik im Jahr 1978 wurde nicht nur die Gesellschaft, sondern auch die Justiz aus den Klauen des Klassenkampfs befreit. In dem Maße, in dem sich die Wirtschaft entwickelte, brauchte das Land ein funktionierendes Justizwesen. Wurden in den zehn Jahren der Kulturrevolution gerade mal neun Gesetze verabschiedet, waren es in den vergangenen 25 Jahren 400 neue Gesetze, 1000 Verwaltungsvorschriften und zehnmal so viele lokale Verordnungen. Im Jahr 1999 wurde das Prinzip des Rechtsstaats in die Verfassung aufgenommen und das Gerichtswesen reformiert. Hatten 1995 gerade mal 5,6 Prozent der Richter einen Hochschulabschluss, so waren es zehn Jahre später immerhin mehr als die Hälfte. Viele Richter haben die Uniform abgelegt und kleiden sich in Roben, auch um zu signalisieren, dass sie sich nicht mehr nur als bloße Befehlsempfänger verstehen. In vielen Routinefällen funktionieren die Gerichte mittlerweile gut, die Chinesen haben im vergangenen Vierteljahrhundert enorm an Rechtssicherheit gewonnen.

Also alles in Ordnung? Leider nicht. Denn so schön die Bekenntnisse der Regierung auch klingen mögen: China ist weit davon entfernt, ein Rechtsstaat nach westlichem Maßstab zu sein. Der Fehler liegt im System: Solange keine Gewaltenteilung der Exekutive, Legislative und Judikative existiert, so lange gibt es auch keine unabhängige Justiz und damit keine umfassende Rechtssicherheit. In der Praxis ernennen die Lokalregierungen die örtlichen Richter und Staatsanwälte und statten die Gerichte auch finanziell aus.

Nehmen wir aber einmal an, ein lokaler Parteichef sei korrupt und bereichere sich in trauter Eintracht mit den örtlichen Wirtschaftsgrößen an allerlei Bauprojekten: Wird er dann einen unabhängigen Richter ernennen, der es wagen könnte, den bei diesen Projekten unrechtmäßig enteigneten Bauern recht zu geben? Wird er einen Staatsanwalt berufen, der seine zweifelhafte Vergabepraxis untersuchen würde?

Wenn die um ihre Äcker geprellten Bauern dann vor Gericht ziehen, wird ihnen der Richter kein recht geben, um seinen Gönner, den Parteichef, nicht zu verärgern. Jetzt könnten sich die Bauern an die lokalen Medien wenden, doch die sind bekanntlich weder frei noch unabhängig, und es ist gut möglich, dass sie gar nicht erst über den Fall berichten. Sie könnten auch in Revision gehen, aber vielleicht pflegt der zweite Richter gute Beziehungen zum ersten, und das Unterfangen wäre damit aussichtslos. Jetzt bleibt den Bauern noch eine Möglichkeit: eine Eingabe beim Beschwerdebüro, vielleicht sogar in

Peking. Tag für Tag reisen Hunderte in die Hauptstadt, um dies zu tun, immer wieder werden sie schon am Bahnhof von der Polizei vertrieben. Im schlimmsten Fall werden sie unter einem fadenscheinigen Vorwand weggesperrt, oder sie werden zu Opfern von Parteigewalt. Denn was für die Gerichte gilt, gilt für die Polizei erst recht: Sie wird nicht unabhängig kontrolliert, Übergriffe der Polizisten sind weitverbreitet.

Das hier geschilderte Szenario ist leider gar nicht selten, unzählige Anwälte und Opfer schildern solche oder ähnliche Geschichten. Die Möglichkeiten für einen findigen Lokalfunktionär, sehr schnell sehr viel Geld zu verdienen, sind in Zeiten des Wirtschaftswunders schier grenzenlos. Die Möglichkeiten einer dressierten Justiz, ihn dabei zu bremsen, aber bleiben verschwindend gering.

Wer eine Zeit lang im Auslandsbüro eines Korrespondenten in Peking gearbeitet hat, der kennt die verzweifelten Anrufe von Justizopfern, die sich nicht mehr zu helfen wissen. Die arbeitslose Frau aus Gansu, deren Ehemann vom Sohn eines Richters zum Krüppel gefahren wurde und seither im Koma liegt. Seit acht Jahren kämpft sie für eine Entschädigung, die ihr aber von keinem Gericht gewährt wird. Die Bauern, denen man erst unrechtmäßig ihr Land nahm und dann, als die Müllverbrennungsanlage gebaut war, die Gesundheit.

Sie alle mögen im Recht sein, doch es wird ihnen nicht zugesprochen.

Immer wieder geschieht es, dass die Politik in Gerichtsverhandlungen eingreift, Ergebnisse diktiert und bisweilen auch Schauprozesse anordnet.

Die Justiz steht offiziell sogar unter der Polizei. Auf lokaler Ebene ist der Polizeichef oft auch noch Mitglied des Parteikomitees. Da kann es passieren, dass Beweismittel einfach verschwinden. Ein chinesisches Sprichwort sagt: »Die Polizei kocht das Essen, der Staatsanwalt serviert es, und das Gericht isst es.«

Wo das Volk aber seinen Richtern nicht mehr trauen kann, kommt es zu Aufständen und Selbstjustiz. 87 000 Ausschreitungen zählte die Regierung im Jahr 2005 im ganzen Land, die meisten von ihnen ließen sich auf illegale Landenteignungen zurückführen. Oft sind es Bauern, die alle Mittel ausgeschöpft haben, um dann verzweifelt Sturm gegen die Lokalregierung zu laufen. Sie zünden Autos an und belagern Gebäude, sie prügeln sich mit Polizei und Feuerwehr.

Für die Regierung ist das äußerst besorgniserregend, untergräbt doch das Versagen von Verwaltung, Polizei und Justiz ihre eigene Legitimität. Sie toleriert seit einiger Zeit mehr Berichte über das Versagen von Kadern und Richtern in der Hoffnung, dass sich dadurch einiges verbessern möge. Wirklich Abhilfe könnten aber nur Gewaltenteilung, eine unabhängige Justiz und eine freie Presse schaffen, doch deren Zulassung erscheint den Machthabern zu gefährlich; zu wichtig ist die Kontrolle über den absoluten Rechts- und Machtanspruch der Partei, um ihn unabhängigen Richtern und Journalisten auszuliefern.

Immerhin hat sich in den vergangenen Jahren in China eine neue Bürgerbewegung gebildet, die die Grenzen des chinesischen »Rechtsstaats« bis zum Äußersten ausreizt. Sie begann in den Neunzigern mit der Verteidigung der Verbraucherrechte und weitete sich dann allmählich auf die Bürgerrechte aus. Die Bewegung ist breit und sehr heterogen, alle Aktivisten aber eint ein Ziel: die Rechte, die ihnen auf dem Papier garantiert werden, ernst zu nehmen und für sich und andere einzuklagen. »Weiquan« nennen sie sich, was wörtlich bedeutet: das Recht durchsetzen. Viele Anwälte arbeiten mittlerweile nebenher unentgeltlich als Weiquan-Anwälte. Sie vertreten mittellose Bauern und Wanderarbeiter, streiten für die Rechte verfolgter Christen und Falun-Gong-Anhänger, setzen sich für Dissidenten und Justizopfer ein. Sie klagen auf Einhaltung der Umweltgesetze, verteidigen die Anliegen ethnischer Minderheiten. Sie sind die große Chance der unzähligen Habenichtse, die sonst ohne Stimme und Recht bleiben. Einige derer, die 1989 auf der Straße für Demokratie und Freiheit kämpften, finden sich heute in der Weiquan-Bewegung wieder. Sie gehen, wenn man so will, den Weg durch die Institutionen.

Und langsam, ganz allmählich, verändern sie dabei China. Weil sie trotz hundertfacher Rückschläge dafür kämpfen, dass das Recht in ihrem Land zählt, und dafür streiten, dass es für alle gleichermaßen gilt, für die Reichen und die Armen, für die Mächtigen und die Benachteiligten. Und auch wenn ihre Gesellschaft meilenweit von diesem Ideal entfernt sein sollte, so zählt doch ihre erstaunliche Beharrlichkeit. Um es mit Laotse zu sagen: »Nichts in der Welt ist weicher und schwächer als Wasser, und doch gibt es nichts, was wie Wasser Starres und Hartes bezwingt.«

Noch kann keiner wissen, was die Bürgerrechtsbewegung einmal bringen wird, derzeit aber ist sie die größte Hoffnung auf Wandel und

Reformen, die in China auszumachen ist. Und sollte sie einmal ein verbindendes Symbol benötigen: Wer weiß, vielleicht wäre es ja Richter Di. Jener Richter, der sich nicht scheute, den reichen und mächtigen Tschu Ta-yuan zu verurteilen. Der den »schäumenden Wogen aus Hass, Falschheit und Zweifel mutig die Stirn bietet« und einzig den »unfehlbaren Leitstern der Gerechtigkeit kennt«, wie es im Gedicht am Anfang der Erzählung heißt. Vor allem aber ist es jener Richter, der nicht nur seine Möglichkeiten, sondern auch seine Grenzen kannte.